밀림의 야수

The Beast in
the Jungle

KB110955

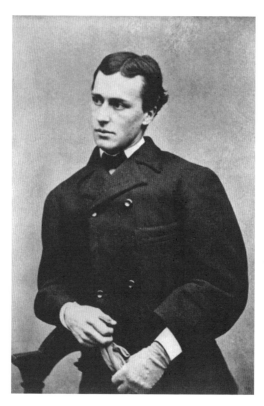

젊은 시절의 헨리 제임스

헨리 제임스
조애리 옮김

밀림의 야수

The Beast in the Jungle

일러두기

이 책은 Bradley, Scully, Richmond Croom Beatty, E. Hudson Long, and George Perkins eds. *The American Tradition in Literature volume 2*(New York: Grosset & Dunlap, 1974)를 저본으로 삼아 우리말로 옮겼다.

차례

진짜

1

초인종 소리를 듣고 나간 문지기의 아내가 "신사 한 분이 숙녀분과 함께 오셨습니다, 선생님." 하고 알렸다. 나는 그즈음 늘 그랬듯이 — 소원이 생각을 낳는 법이므로 — 바로 초상화를 그려 달라고 부탁할 남녀를 떠올렸다. 실제로 그들은 초상화를 부탁하러 온 것이었다. 그러나 내가 원하던 부탁은 아니었다. 첫눈에 두 사람은 어느 모로 보나 초상화를 부탁할 듯 보였다. 신사는 50세 정도였는데, 키가 훌쩍 크고 자세가 아주 꼿꼿한 데다, 약간 백발이 섞인 턱수염을 기른 모습이 지금 입고 있는 진회색 코트와 썩 잘 어울렸다. 코트나 턱수염을 보면, 직업적 관점에서 — 내가 이발사나 재단사라는 뜻은 아니다. — 유명 인사처럼 보이기도 했다. 흔히 유명 인사가 저토록 인상적일 수 있다면 말이다. 하지만 내가 살면서 알게 된 진실은, 잘생긴 사람치고 유명 인사는 거의 없다는 점이다. 그녀 또한 너무나 인물이 빼어나서 도저히 '명사'일 것 같지 않왔다. 더욱이 둘 다 외모가 빼어난 명사 부부를 만나기란 거의 불가능하다.

두 사람 중 누구도 먼저 말을 꺼내지 않았다. 그들은 시간을 끌며 상대방이 먼저 이야기를 꺼냈으면 하고 서로 눈짓을 했다. 그들은 눈에 띄게 수줍어하는 태도로 내 쪽에서 먼저 찾아온 까닭을 알아채 주길 기다리며 서 있었다. 나중에 깨달았지만 이것이 바로 그들이 취할 수 있는 가장 효과적인 태도이기는 했다. 이렇듯 당황하는 모습은 그들의 방문 목적을 밝히는 데 도움이 되었다. 초상화를 그려 달라는 부탁을 천박하게 여겨서 힘들게 말하는 사람들도 있다. 하지만 이들은 지나치다 싶을 정도로 망설였다. 신사가 "아내의 초상화를 부탁드립니다."라고 하든지, 아니면 숙녀가 "남편의 초상화를 부탁드립니다."라고 하기만 하면 되는데 말이다. 어쩌면 두 사람은 부부가 아닌지도 모르고 — 당연히 그래서 문제가 더 미묘할 수도 있었다. 어쩌면 두 사람을 함께 그려 달라고 부탁할지도 몰랐다. — 그런 경우라면 그들 대신에 이야기를 해 줄 제삼자를 데리고 왔어야 했다.

"리베 씨께 말씀 듣고 왔습니다." 마침내 숙녀가 미소를 지을 듯 말 듯한 얼굴로 먼저 말을 꺼냈다. 그 미소는 사라진 미모를 희미하게 떠오르게 했고, '빛바랜' 그림을 젖은 스펀지로 문지른 것 같은 효과를 일으켰다. 그녀는 여자인데도 같이 온 신사만큼이나 키가 컸고 자세는 바른 편이었으며 신사보다 열 살쯤 어려 보였다. 게다가 표정이 그다지 풍부하지 않은 여성이 지을 수 있는 가장 슬픈 표정을 하고 있었다. 화장을 했음에도 타원형 얼굴은 낡은 표지판처럼 여기저기 그늘져 있었다. 거친 시간이 그녀의 얼굴을 마음대로 가지고 노는 바람에 표정이 사라진 듯 보이기도 했다. 그러나 자세는 꼿꼿했고 날씬한 몸매에 꽤 고급스러운 옷을 입고 있었다. 주름이 멋지게 잡힌 데다 호주머니와 단추는 진한 청색의 옷이었는데, 분명 남편의 재단사가 만든 듯했다. 그 부부는 뭐랄까, 돈을 아끼면서도 부유하게 보이려고 애쓴 것 같았다. 가진 돈에 비해 사치를 했음이 분명했다. 초상화 역시 그들이 누리는 사치 중 하나라면 어떤 조건으로 계약할지 생각해 볼 필요가 있었다.

"아, 클로드 리베 씨가 소개하셨다고요!" 나는 그 말을 따라 했다. 그러고는 리베 씨께 매우 감사한다는 말도 덧붙였다. 물론 속으로는 리베야 풍경화 전문이니 어차피 이 사람들을 내게 소개해 주더라도 크게 손해나는 일은 아니었을 테지, 라고 생각했지만.

숙녀는 뚫어져라 신사를 바라보았고 신사는 방을 둘러보았다. 그러고 나서 잠시 마룻바닥을 내려다보다가, 수염을 만지작거리더니, 나를 바라보며 경쾌하게 말했다.

"그분은 선생님께서 적임자라고 하시더군요."

"초상화를 원하는 분들께 최선을 다하고 있습니다."

"네, 저희 초상화를 그려 주셨으면 해요." 숙녀가 열심히 말했다.

"두 분을 같이, 말씀이십니까?"

그들은 눈길을 교환했다. "음, 저까지 그리시면 가격이 두 배가 될 것 같습니다만." 신사가 더듬거렸다.

"아, 물론 두 분을 그리면 더 비쌉니다."

"그렇게 해 주셨으면 합니다." 남편이 고백했다.

"정말 고맙습니다." 참 보기 드물게 너그러운 사람이라고 생각하며 대답했다. 나는 그 말을, 그가 화가인 내게 돈을 준다는 뜻으로 이해했다.

숙녀는 뭔가 좀 이상하다고 생각하는 것 같았다.

"저희가 삽화 모델이 되었으면 한다는 뜻이에요. 리베 씨가 선생님께서 삽화를 그리실 거라고 하셨어요."

"삽화를…… 그릴 거라고요?" 나 또한 어리둥절했다.

"이 사람을 모델로 쓰시라는 말씀입니다." 신사가 얼굴을 붉히며 말했다.

그제야 나는 리베 씨가 무슨 짓을 했는지 이해했다. 리베 씨는, 흑백 펜화로 잡지, 소설, 생활 스케치의 삽화를 그리는 내게 모델이 많이 필요하리라고 말해 준 모양이었다. 내가 삽화를 그리는 건 사실이었다. 하지만 나는 수입도 수입이지만, 위대한 초상화가가 되는 명예를 반드시 누리고 싶었다. 이제야 고백하는데, 뭔가를 갈망하면 끝내 그 바람이 이루어지는지, 아니면 욕심 때문에 외려 일을 그르치는지는 독자의 추측에 맡기겠다. '삽화'는 내게 돈벌이일 뿐이었다. 나는 명성을 유지하기 위해 다른 분야를 넘보았고, 왠지 나와 좀 거리가 있는 일에 가장 큰 흥미를 느꼈다. 그리고 사실 돈을 벌기 위해 그쪽을 좀 넘보더라도 전혀 부끄럽지 않다고 생각했다. 하지만 이 방문객들이 돈은 내지 않고 단지 '그려 주길' 바란다고 말한 순간, 내 돈벌이는 영원히 사라져 버렸다. 처음 그들을 마주했을 때부터 이미 나는 초상화적 관점에서 그들을 보았기 때문이다. 나는 그들이 어떤 유형인지 파악했다. 심지어 나는 벌써 그런 유형을 바탕으로 어떤 그림을 그릴지까지 정해 놓은 상태였다. 그러나 나중에 생각해 보니, 그건 그들이 전혀 좋아하지 않을 법한 초상화였다.

"아, 두 분은…… 두 분은…… 음?" 놀라움이 가시자마자 나는 이렇게 입을 뗐다. 차마 그들에게 변변찮은 '모델'이라고 얘기할 수는 없었다.

"경험은 많지 않아요." 숙녀가 말했다.

"우리는 무슨 일이든 해야만 합니다. 그래서 선생님 같은 예술가라면 우리에게 뭔가 일거리를 주실 수 있으리라고 생각했습니다." 남편이 불쑥 말을 꺼냈다. 이어서 자기들은 아는 화가가 많지 않은 데다, 우연히 리베 씨를 ─ 그는 물론 풍경화가이지만 가끔 인물화를 그리기도 했다. 그런 기억이 언뜻 스쳤다. ─ 찾아갔으며, 노퍽 어디에선가 스케치를 하고 있던 그와 만난 적이 있다고 했다.

"우리도 전에는 스케치를 했어요." 숙녀가 설명했다.

"꼴이 우습긴 하지만 우리는 반드시 무슨 일이든 해야만 하는 처지입니다." 남편이 계속 말했다.

"물론 저희가 아주 젊지는 않지만요." 아내가 슬쩍 미소를 지으며 말했다.

좀 더 듣다 보니 차차 그들의 상황을 납득하게 되었다. 남편이 깔끔한 새 지갑 ─ 그들의 물건은 모두 아주 새것이었다. ─ 에서 명함을 꺼내더니 내게 건넸다. 그 명함에는 '모나크 소령'이라고 쓰여 있었다. 모나크 소령이라는 단어가 인상적이기는 했지만, 그렇다고 그들에 대해 뭔가를 더 알게 된 건 아니었다. 그런데 곧 그 방문객은 덧붙였다. "전역을 했는데 운 나쁘게도 파산을 했답니다. 사실 지금 무척 쪼들리는 형편입니다."

"끔찍하고 힘들어요. 늘 최대한 아끼면서 살아야 해요." 모나크 부인이 말했다.

그들의 태도는 분명히 아주 조심스러웠다. 자신들이 신사 숙녀라서 거만하다는 느낌을 주지 않으려고 각별히 신경을 썼다. 그 사실이 결점이 될 수도 있다고 생각했음이 틀림없었다. 그러면서도 한편으로는 자기들만의 장점이 있다는 자신감 — 이런 역경 속에서 위안이 되는 — 이 엿보였다. 분명히 그들에게는 장점이 있었다. 하지만 그 장점이란 사교 활동을 할 때나 필요한 것이었다. 예컨대, 그들이 거실에 있으면 그 거실이 돋보이는, 그런 식의 장점이었다. 물론 그 거실 역시 그들에게 걸맞게 늘 그림 같아야 했다.

그의 아내가 언급한 나이에 신경을 쓰면서 모나크 소령은 말했다. "우리가 이 일을 하려고 마음먹은 이유는 물론 몸매 때문입니다. 아직 제대로 자세를 잡을 수 있습니다." 그들의 몸매가 큰 장점이라는 점은 나도 곧 알아챘다. 그의 '물론'이라는 말이 허황하게 들리지 않았으므로, 상황은 오히려 분명해졌다. "이 사람 몸매는 최고죠." 그는 마치 즐겁게 저녁 식사를 하며 여담을 나눌 때처럼 아내를 보고 고개를 끄덕이며 말을 이어 갔다. 나 역시 포도주 한 잔을 앞에 놓고 정겨운 이야기를 나누는 사람처럼, 부인의 몸매가 좋을 뿐 아니라 소령의 몸매도 그에 못지않다고 말할 수밖에 없었다. 이 말을 듣자 소령이 대답했다. "우리 같은 인물을 작업하셔야 한다면 아마 모델로서 괜찮겠지만요, 이 사람은 특히…… 음, 책에 나오는 귀부인의 모델로 어울릴 겁니다."

나는 그들의 말에 흥미를 느꼈다. 이야기를 더 듣고자, 나는 그들의 말에 최선을 다해 동조했다. 하지만 드러내 놓고 평가할 수 없는 사람들을, 마치 시장에 내놓은 동물이나 유용한 흑인 노예를 볼 때처럼 육체적으로 평가하고 있으려니 적잖이 당혹스러웠다. 나는 객관적으로 평가하기 위해 모나크 부인을 한참 바라보았다. 그리고 잠시 있다가 자신 있게 외칠 수 있었다. "오, 그렇군요. 책에 나오는 귀부인 말씀이시죠!" 그런데 묘하게도 그녀는 형편없는 삽화 같았다.

"원하시면 서 보겠습니다." 소령이 말했다. 그러고는 정말로 위풍당당하게 내 앞에 섰다.

그의 키가 얼마나 큰지 한눈에 알 수 있었다. 190센티미터의 완벽한 신사였다. 이제 막 개업했거나 별다른 특징이 없는 식당이라면 그를 고용해서 잘 보이는 창문 옆에 앉혀 두어도 좋을 것 같았다. 나를 찾아오느라 공연히 그들이 천직을 놓쳤다는 생각마저 들었다. 확실히 그들은 광고 쪽으로 나가는 편이 훨씬 나을 터였다. 구체적으로 말할 수는 없지만 그들이 ― 자신을 위해서가 아니라 ― 누군가를 위해 돈을 벌어들이는 모습이 퍼뜩 떠올랐다. 그들은 재단사나 호텔 주인, 아니면 장사꾼이 돈을 버는 데 도움을 줄 만한 뭔가를 가지고 있었다. "우리는 늘 그곳을 이용하죠."라는 문구를 가슴에 꽂고 다니면 효과 만점일 것 같았다. 그들이 정찬을 마주하고 멋들어지게 식사하는 광경이 떠올랐다.

모나크 부인은 가만히 앉아 있었는데, 거만해서가 아니라 수줍음 때문이었다. 곧 남편이 아내에게 말했다. "일어서서 당신이 얼마나 맵시 있는 여인인지 보여 주구려." 그녀는 순순히 일어났지만, 굳이 일어서지 않더라도 그녀의 멋진 몸매를 쉬이 알아볼 수 있었다. 그녀는 얼굴을 붉히며 어쩔 줄 몰라 했다. 구원을 요청하는 눈길로 남편을 쳐다보며 스튜디오의 끝 쪽까지 걸어갔다가 다시 돌아왔다. 그 모습을 보자 우연히 파리에서 있었던 일이 생각났다. 나는 그때 거기에, 막

상연 중인 연극을 쓴 극작가 친구와 함께 있었는데, 어느 여자 배우가 와서 배역을 하나 달라고 부탁했다. 그녀는 지금의 모나크 부인처럼 그 친구 앞을 왔다 갔다 했다. 모나크 부인은 그 같은 역할을 썩 잘해 냈지만, 나는 칭찬하고 싶은 마음을 애써 참았다. 이 부부가 보수도 얼마 안 되는 이런 일을 굳이 하려는 게 아주 이상했다. 그녀는 해마다 1만 파운드를 버는 사람처럼 보였다. 남편의 말대로 원래 '맵시 있는' 전형적인 미인이었다. 그녀의 자태는, 가령 런던 사람들처럼 말하자면, 흠잡을 데 없이 빼어나게 '훌륭했다.' 그 연배의 여자라기엔 놀라울 정도로 허리가 가늘었으며, 심지어 팔꿈치에서는 고전적인 곡선미까지 드러났다. 그녀는 여자들이 흔히 그러듯이 머리를 쳐들고 있었다. 그런데 왜 나를 찾아왔을까?

큰 상점을 방문해서 옷이나 입어 보는 편이 더 어울릴 것 같은데. 나는 이 방문객들이 가난한 데다 '예술적'이기까지 할까 봐 걱정이 됐다. 그렇다면 문제가 아주 복잡해질 터였다. 그녀가 다시 자리에 앉자 나는 고맙다고 얘기한 뒤, 모델에게 가만히 있는 능력이 얼마나 중요한지 들려주었다.

"아, 이 사람은 가만히 있을 수 있습니다." 모나크 소령이 말했다. 그러고는 우습게도 "제가 늘 가만히 있으라고 하죠."라고 덧붙였다.

"제가 안절부절못하는 편은 아니잖아요?" 그녀는 남편의 넓은 등 뒤로 얼굴을 감추었는데, 그 모습을 보자 콧등이 시큰했다.

그 넓은 등의 소유자가 내게 말했다. "이런 말씀을 드려도 될지 모르겠습니다만 사업상 관계니까 말씀드리죠. 결혼 당시엔 다들 이 사람더러 아름다운 조각 같다고 했습니다."

"오, 제발!" 모나크 부인이 슬프게 외쳤다.

"물론 어느 정도 표현력은 있어야 합니다." 나는 계속 이야기했다.

"물론이죠." 이렇게 완벽한 합의는 난생처음이었다.

"그런데 이런 일을 하자면 두 분 다 아주 피곤하실 텐데요."

"아닙니다. 우리는 절대 피곤하지 않을 겁니다!" 그들은 큰 소리로 강력하게 부인했다.

"이런 일을 해 본 적은 있으세요?"

그들은 망설였다. 그리고 서로 바라보았다.

"사진은 아주 많이 찍었어요." 모나크 부인이 말했다.

"아내의 말은, 사람들에게서 촬영 부탁을 많이 받았다는 얘기입니다." 소령이 덧붙였다.

"그렇죠. 빼어난 미남, 미녀시니까요."

"무슨 생각이었는지 모르겠지만, 사진작가가 늘 우리를 따라다녔습니다."

"촬영을 허락했지만 돈은 받지 않았어요." 모나크 부인이 웃었다.

"사진을 몇 장 가져올 걸 그랬지, 여보." 남편이 말했다.

"아직 남은 게 있는지 모르겠어요. 사람들에게 많이 나눠 줘 버렸거든요." 부인이 설명했다.

"가게에서 살 수 있나요?" 나는 농담으로 물었다.

"아, 네, 예전에는 아내 사진을 살 수 있었습니다."

"지금은 아니에요." 모나크 부인은 눈길을 마룻바닥에 떨군 채 말했다.

2

그들이 사진 위에 써 준 '서명'이 어땠을지 짐작할 수 있었다. 틀림없이 멋진 필체였을 것이다. 이상하게도 그들과 관련한 일에는 바로 확신이 섰다. 지금은 몇 푼이라도 벌어야 할 만큼 가난하지만, 아마 전에도 그리 여유 있지는 않았을 것이다. 훌륭한 외모를 밑천으로 즐겁게 살아왔을 터다. 그들이 유쾌해 보인 까닭은 얼굴에 나타난 멍한 표정, 이십여 년 동안 시골 저택이나 드나들며 도통 머리를 쓰지 않아서 생긴 표정 때문이었다. 읽지도 않는 잡지들이 흩어져 있는 밝은 거실과, 그 거실에 내내 앉아 있는 부인의 모습이 그려졌다. 그녀가 비에 젖은 관목 사이를 거니는 모습도 상상할 수 있었다. 거실에 앉아 있건 산책을 하건 썩 훌륭했을 것이다. 사냥감이 많은 숲속에서 소령이 총을 쏘는 모습과, 밤늦은 시간인데도 멋진 옷을 차려입고 사냥에 대해 이야기하고자 끽연실로 향하는 모습 역시 떠올랐다. 그의 각반과 레인코트, 세련된 트위드 양복과 깔개, 지팡이와 낚시 도구, 말끔한 우산 따위를 상상해 낼 수 있었다. 그리고 시골 기차역의 플랫폼에서 하인들이 정확히 어떤 모습을 하고 그들을 기다렸을지, 그들의 여러 짐들이 얼마나 단단하게 싸여 있었을지도 머릿속에 그려졌다.

그들은 팁을 조금 주고도 호감을 샀을 것이고, 아무 일을 안 해도 환영받았을 터다. 그들은 어디서나 썩 잘 어울렸으리라. 사람들은 대개 그들의 키나 표정이나 '몸매' 때문에 그들을 좋아했을 것이다. 그들 자신은 이런 사실을 알았지만 아둔하거나 속물적이지 않고 자존심을 지켰다. 그들은 경박한 사람들이 아니었다. 매사 완벽했으며 늘 그러려고 애썼다. 이

것이 그들의 방침이었다. 그런 식의 삶을 사는 사람들에게는 방침이 있어야 한다. 지겨운 시골 저택에 단지 그들이 있다는 사실만으로도 생활이 얼마나 즐거웠을지 알 수 있었다. 그런 데 이제 아주 다른 일이 일어난 것이었다. 그것이 무슨 일인 지는 중요하지 않았다. 그들의 적은 수입은 그마저 줄어서 결 국 최소가 되었고, 잔돈푼이라도 벌려면 무슨 일이든 해야 할 처지가 되었다. 친구들은 그들을 좋아했지만 생계를 책임져 줄 생각까지는 없었을 것이다. 옷차림이나 태도나 스타일로 볼 때, 그들은 믿음이 가는 사람들이었다. 그러나 본래 신용 이란 동전이 짤랑거려야 하는 커다란 빈 호주머니이므로, 적 어도 짤랑대는 소리가 나야 했다. 그들이 내게 원하는 것은, 동전 소리라도 나게끔 도와 달라는 것이었다. 다행히 그들에 게는 아이가 없었다. 그들은 아마 우리 관계가 비밀에 부쳐지 길 바랄 터였다. 오로지 '몸매'만 모델로 써 달라고 한 까닭도 그 때문일 것이다. 얼굴을 그리면 사람들이 자기들을 알아볼 테니까.

나는 그들이 좋았다. 그들의 친구들이 느꼈을 법한 종류 의 호감을 느꼈다. 모델로 적합하다면 채용하지 않을 이유가 없었다. 그러나 이렇게 완벽한데도 어쩐지 미심쩍은 구석이 있었다. 그들은 아마추어였고 나는 아마추어를 혐오했다. 또 내게는 다른 괴벽, 진짜보다 재현된 주제를 더 좋아하는 타고 난 괴벽이 있었다. 실제 결점은 너무 쉽게 재현의 걸림돌이 되 었기 때문이다. 나는 진짜보다 차라리 그럴싸해 보이는 걸 좋 아했다. 그런 것에는 믿음이 갔다. 그들이 진짜냐 아니냐는 부 차적인 문제였고, 또 무익한 질문이기도 했다. 오히려 고려해 야 할 문제는 다른 것이었다. 가령 나는 이미 두세 명의 모델을 쓰고 있었다. 한 사람은 킬번 출신으로, 알파카 양복을 입는 발이 큰 젊은이였는데, 내 삽화의 정규 모델이 된 지 이 년쯤 됐다. 좀 부끄럽기는 하지만 그때까지 나는 그에게 만족하고 있었다. 나는 방문객에게 이런 상황을 설명했다. 그러나 그들은 내 예상보다 훨씬 더 주도면밀했다. 우리 시대의 작가 중 한 사람의 호화 장정본이 기획되고 있다는 말을 클로드 리베 씨로부터 듣고, 일자리를 얻을 수 있으리라 생각한 것이었다. 그 작가는 아주 뛰어난 소설가였으나 오랫동안 대중으로부터 외면당해 왔다. 주의 깊은 비평가 한 사람만이(필립 빈센트라고 말할 필요가 있을까?) 그를 높이 평가했다. 그러다가 말년에 이르러서야 문단의 주목과 각광을 한 몸에 받게 되었는데, 바로 그 소설가의 장정본이 기획 단계에 있었다. 나중에나마 이런 평가를 받았음은, 대중이 무언가 새로운 관점을 갖게 되었다는 뜻이었다. 유명 출판사가 그의 소설을 호화 장정본으로 기획하는 데는 사실 그 인고의 세월에 대한 보상의 의미도 있었다. 그것은 영국 예술이 가장 독립적인 정신을 지녔던 작가에게 바치는 경의의 표시였다. 모나크 부부는 그 기획 중 내가 맡은 삽화 부분의 모델로 자신들을 써 줬으면 했다. 그들은 내가 그 시리즈의 첫 권인 『러틀랜드 램지』를 맡고 있다는 사실을 벌써 알고 있었다. 하지만 이 첫 권은 시험대에 오르는 작품이었다. 나머지 책들의 삽화를 그리려면, 정말이지 이 책의 작업물이 아주 호평을 받아야 하는 형편이었다. 제대로 그려 내지 못하면 출판사 측은 가차 없이 삽화를 그만 두라고 할 터였다. 그러므로 이 일은 내게 아주 중요했다. 자연히 나는 특별한 준비를 하고 있었다. 필요하다면 새로운 사람을 찾아보고, 최상의 모델을 확보해야 했다. 하지만 솔직히 모든 역할을 다 맡아 줄 두세 명의 훌륭한 모델을 정해 놓고 쓰고 싶었다.

"저희가 음, 음, 특별한 옷을 자주 입어야 하나요?" 모나크 부인이 쭈뼛대며 물었다.

"여보, 물론 그럴 거야. 그게 우리 일의 절반일걸."

"그러면 우리가 입을 옷을 스스로 마련해야 합니까?"

"오, 그렇지는 않습니다. 옷은 여기에도 많습니다. 모델들은 제가 원하는 옷으로 갈아입어야 하니까요."

"그러면 음…… 옷을 함께 입나요?"

"옷을 함께 입다니요?"

모나크 부인이 다시 남편을 쳐다보았다.

그가 설명했다. "아, 아내는 같은 옷을 여러 사람이 함께 입는지 묻는 겁니다." 나는 그렇다고 털어놓을 수밖에 없었다. 그중 ― 나는 기름때에 찌든 진짜 19세기 옷을 많이 가지고 있었다. ― 몇 벌은 100여 년 전에 살았던 사람들이 진짜 입었던 옷이라고 덧붙였다. 지금은 사라진, 짧은 바지를 입고 가발을 쓴 세계에 살던 그들과 유사한 유형의 사람들이 입었던 옷이라고 설명했다. "우리에게 어울린다면 뭐든지 입겠습니다." 소령이 말했다.

"오, 제가 정해 드리죠. 그림에선 그 옷들이 썩 괜찮아 보입니다."

"전 현대적인 내용에 더 잘 어울릴 거예요. 하지만 원하시는 대로 하세요." 모나크 부인이 말했다.

"이 사람은 옷이 많습니다. 현대물이면 아내가 가진 옷으로도 충분할 겁니다." 남편이 말을 이어 갔다.

"오, 부인에게 아주 잘 어울리는 장면이 떠올랐습니다." 그리고 나는 진부한 소재를 엉성하게 얽어 놓은 이야기, 가령 읽으면 분통이 터져서 더 읽기보다는 삽화를 그려 넣는 편이 나은 이야기를 떠올렸다. 이 훌륭한 숙녀는 아마도 그 조야한 공간을 메울 수 있을 것이다. 하지만 이런 종류의 일 — 매일 거듭되는 기계적인 고역 — 을 할 모델은 이미 있을 뿐 아니라, 그 모델이 그런 일에 완벽히 들어맞는다는 사실도 떠올랐다.

"그저 저희가 어떤 인물과 더 유사할까, 생각해 봤을 뿐이에요." 모나크 부인은 일어서면서 부드럽게 말했다.

남편도 일어섰다. 그는 실낱같은 희망을 품고 나를 바라보며 서 있었다. 이렇듯 훌륭한 신사가 그런 표정을 짓고 있다니, 감동적이었다. "그게 음, 음, 매력적이지 않을까요?" 그는 꾸물댔다. 자기가 하고자 하는 말을 내가 대신 해 주길 바랐지만 그럴 수 없었다. 그가 무슨 말을 하려는지 도무지 짐작되지 않았다. 그러자 하는 수 없이 그가 어색해하며 말을 꺼냈다. "진짜 말입니다. 저, 진짜 신사와 진짜 숙녀를 모델로 삼는 것 말입니다." 나는 진짜를 모델로 삼는 일이 대단하다는 점을 인정했다. 소령은 이 말에 용기를 얻어서 나를 쳐다본 뒤 목멘 소리로 북받친 말을 이었다. "끔찍하게 힘듭니다. 우린 안 해 본 일이 없습니다." 그의 북받친 호소는 부인에게도 여러 가지 상념을 불러일으켰다. 더 이상 견디지 못한 모나크 부인은 어느새 소파 위에 쓰러져서 눈물을 흘리고 있었다. 남편이 그 옆으로 가서 앉더니 아내의 한쪽 손을 잡았다. 이에 그녀는 나머지 한 손으로 눈물을 훔치면서 나를 올려다보았다. 나는 어째야 좋을지 알 수 없었다. "별의별 곳에 다 가 보았습니다. 기다리며 기도를 하곤 했죠. 처음에는, 아시겠죠, 아주 엉망이었습니다. 비서 같은 일도 했을 겁니다. 힘이 세니까 심부름꾼이나 광부 일도 했을 겁니다. 금줄이 달린 모자를 쓰고 양복점

앞에서 문 여는 일이나 역 근처에서 어슬렁대며 짐 나르는 일, 우체부 일도 마다하지 않았을 겁니다. 그러나 사람들은 거들떠보지도 않았습니다. 나 정도 되는 사람은 즉석에서 얼마든지 구할 수 있었으니까요. 포도주를 마시고 사냥을 하던 신사가 불쌍한 거지가 되어 버린 겁니다!"

나는 어떻게 해야 할지 확실히 깨달았다. 그러고는 그들을 안심시켰다. 시험 삼아서 한 시간 동안 작업해 보자는 내 말에 방문객들은 곧 다시 일어났다. 우리가 이런 이야기를 나누는데, 마침 문이 열리더니 젖은 우산을 들고 첨 양이 들어왔다. 첨 양은 마이다 베일까지 버스를 타고 온 뒤에, 거기서부터 800미터나 걸어온 참이었다. 그녀는 약간 지저분한 모습이었고 옷에는 몇 군데 흙탕물도 튀어 있었다. 그녀가 들어오는 모습을 보는데, 저토록 볼품없는 사람이 책 속 인물의 포즈를 취할 때엔 왜 그리도 멋져 보일까 하고, 생각했다. 첨 양은 보잘것없고 조그만 여성에 불과하지만 로맨스의 여자 주인공역할을 썩 잘해 냈다. 런던 빈민가 출신에, 주근깨투성이 얼굴인데도 멋진 귀부인부터 양치기 처녀에 이르기까지 모든 역할을 능숙하게 해냈다. 좋은 목소리나 찰랑대는 머리카락을 타고난 사람들이 있듯이, 그녀는 이 방면에 천부적인 재능을 가지고 있었다. 그녀는 특별히 매력적이지도 않고 맥주를 좋아하는 소탈한 여자였지만, 두세 가지 '장점'과 요령뿐 아니라 경험 또한 풍부했다. 그녀에게는 타고난 지혜와 유연한 감성이 있었다. 그녀는 열심히 극장을 드나들었고, 별의별 재주를 다 가지고 있었으며, 특히 에이치(h)를 제대로 발음하지 못했다. 맨 처음 소령 부부는 그녀의 우산이 젖어 있다는 데에 주목했다. 흠잡을 데 없이 완벽한 그들은 그 모습을 보자 움찔했다. 그들이 도착한 이래, 연신 비가 내리고 있었다.

"온통 다 젖었어요. 버스 안에는 또 얼마나 사람이 많은 지! 화실이 역 근처라면 얼마나 좋을까요."첨 양이 말했다. 나는 그녀에게 가능한 한 빨리 준비하고 나오라고 지시했다. 그러자 그녀는 늘 옷을 갈아입는 방으로 들어갔다. 그런데 그녀는 화실로 나오기 전에 이번에는 무슨 옷을 입어야 하느냐고 물어보았다.

"러시아 공주잖소, 몰랐소?" 나는 대답했다. "《칩사이드》에 연재하는, 검은 벨벳 옷을 입은 '황금빛 눈'의 공주 말이오."

"황금빛 눈이라고요? 참 세상에!"첨 양이 소리를 질렀다. 소령 부부는 환복하고 나오는 그녀를 유심히 지켜보았다. 늦게 도착한 날이면 그녀는 내가 돌아보기도 전에 스스로 옷을 차려입고 나왔다. 나는 일부러 소령 부부를 붙잡아 두었다. 그녀를 보면서 자신들이 무슨 일을 해야 하는지 알았으면 했다. 그녀야말로 나의 이상적인 모델이라고 이야기해 주었다. 정말 영리하다는 말도 덧붙였다.

"저 여자분이 러시아 공주처럼 보이십니까?"모나크 소령은 놀란 기색을 애써 감추며 물었다.

"제가 공주로 그리면 공주처럼 보이죠."

"오, 공주를 그리셔야만 한다면……!"그는 별수 없이 수긍했다.

"최상의 모델이에요. 좀체 잘 그려지지 않는 모델도 있거든요."

"자, 여기, 귀부인이 있습니다."그는 설득력 있게 웃으면서 아내의 팔짱을 꼈다. "이미 완성된 귀부인이죠."

"아, 난 러시아 공주는 아니에요."부인이 약간 쌀쌀맞게 대꾸했다. 그녀가 러시아 공주를 몇 명 알고 있으며 그들을 싫어한다는 점을 짐작할 수 있었다. 첨 양이라면 전혀 걱정하지 않아도 될 복잡한 문제가 벌써 생긴 것이었다.

젊은 아가씨는 검은 벨벳 옷 — 색은 바래고 어깨가 제법 드러난 — 을 입고, 불그스레한 손에 일본 부채를 들고 등장했다. 내가 지금 그리려 하는 장면에선 누군가의 머리 위쪽을 바라보는 자세를 취해야 한다고 일깨워 주었다. "누구 머리인지는 잊었지만, 어쨌든 그건 중요하지 않아요. 머리 위쪽을 보는 자세를 해 봐요."

"난로 위쪽을 보는 게 낫겠어요." 첨 양이 말했다. 그녀는 자세를 취했다. 꼿꼿하게 서서 머리는 살짝 뒤로 젖히고, 부채는 약간 앞으로 내렸다. 적어도 편견에 찬 내 눈에는 멋지고 매력적이었으며, 이국적이면서도 위험해 보였다. 이런 상태의 그녀를 뒤에 남겨 두고, 나는 모나크 부부와 함께 계단을 내려갔다.

"저 정도 포즈라면 저도 할 수 있겠어요." 모나크 부인이 말했다.

"오, 그녀가 초라하다고 생각하시는군요. 하지만 예술의 연금술을 참작하셔야 합니다."

하지만 그들은 진짜를 보여 줄 수 있다는 자신감에 차서 확실히 더욱 안심하고 떠났다. 그들이 첨 양에 대해 진저리를 쳤으리라고 짐작했다. 자리로 돌아와서 첨 양에게 그 부부가 방문한 이유를 들려주자 그녀는 몹시 재미있어했다.

"그 부인이 모델로 앉아 있을 수 있다면, 전 경리를 보겠어요."

"부인이 정말 숙녀답지 않소?" 나는 드러내 놓고 짜증을 내며 말했다.

"그래서 선생님 모델로 더 나쁘다는 거예요. 변신할 수 없으니까요."

"대중 소설에는 어울릴 것 같소."

"아, 예. 거기에는 어울릴 거예요!" 내 모델은 큰 소리로 비웃으며 말했다. "그딴 소설이야 굳이 그 부인을 쓰지 않아도 이미 충분히 형편없지 않나요?" 나는 종종 첨 양을 붙들고 그런 종류의 소설을 비난하며 속내를 터놓곤 했다.

3

일단 모나크 부인을 그런 종류의 소설 중 미스터리물의 모델로 써 보았다. 도와줄 일이 있을까 해서 그녀의 남편도 함께 찾아왔다. 대체로 그는 그녀와 함께 방문하기를 좋아함이 분명했다. 처음에 나는 이것이 '예의'를 차리기 위해서인지, 단지 질투심에서인지, 아니면 간섭하기 위해서인지 의문스러웠다. 그런 까닭이라면 정말 피곤한 일이었고, 아마 우리의 관계는 빨리 끝났을 터다. 그런데 알고 보니 그런 이유가 전혀 아니었다. 그저 자신이 필요할지도 모르는 데다, 솔직히 딱히 할 일도 없었으므로 두 사람은 한 번도 떨어진 적이 없었던 것이다. 이 어려운 상황에서 애정을 지킬 수 있다는 것이 그들에게는 큰 위안이었다. 내가 판단한 대로 그들의 관계는 돈독했다. 그들은 결혼의 진정한 의미를 보여 주었다. 결혼을 망설이는 사람들조차 그들을 보면 결혼하고 싶어질 정도였고, 염세주의자의 눈엔 도저히 이해가 가지 않는 그런 사람들이었다.

그들의 집은 가난한 동네에 있었다. 이들에겐 그 집만이 모델 직업에 어울리는 것이라고 생각했던 기억이 난다. 그리고 나는 모나크 소령이 그 비참한 집에 혼자 있는 모습을 상상할 수 있었다. 아내와 함께라면 그럭저럭 앉아 있을 만하겠지만 아내 없이 혼자서는 견딜 수 없을 터였다.

그는 도움이 되지 않을 때 말을 걸지 않는 정도의 눈치는 있었다. 그래서 내가 그림에 몰두해 말을 할 수 없을 때에는 가만히 앉아서 기다리기만 했다. 하지만 그의 이야기는 재미있었다. 일을 방해하지 않는 한도에서 그의 이야기를 듣고 있으면 기계적으로 그리지 않아도 되었으므로 훨씬 수월했다. 그의 이야기는 외출할 때 느낄 수 있는 흥분과, 아무런 지출 없이 집 안에 있는 경제성을 모두 만족시켜 주었다. 그런데 여기엔 한 가지 장애물이 있었다. 이 멋진 부부가 아는 사람을 내가 다 알지 못한다는 사실이었다. 우리가 대화를 나눌 때 그는 도대체 내가 누굴 아는지 궁금해했을 것이다. 그는 물론 내가 아는 사람을 알 길이 없었으므로 우리의 대화는 계속 이어질 수 없었다. 우리는 가죽이나 술(마구 제조업자나 바지 재단사나 훌륭한 적포도주를 사는 법), 좋은 기차, 사냥감의 습성 정도에 대해서만 이야기를 나누었다. 특히 마지막 주제에 대한 그의 지식은 놀라울 정도였다. 마치 역장과 조류학자를 섞어 놓은 사람 같았다. 거창한 사건에 대해 이야기할 수 없을 때는 그보다 사소한 일에 대해 유쾌하게 얘기할 줄 알았고, 상류 사회를 회상할 때 내가 동참하지 못하자 크게 애쓰지 않고도 내게 맞게 대화의 수준을 낮추었다.

나 같은 사람쯤은 아주 간단히 무시해도 될 소령이 이토록 열심히 상대해 주니 가슴이 뭉클했다. 소령은 부탁하지 않아도 난로를 손봐 주었고, 난로의 송풍 장치에 대해 의견을 냈다. 그가 내 살림살이 중 많은 물건을 촌스럽게 여기고 있음을 눈치챘다. 내가 부자라면 그에게 돈을 주고서라도 그 생활 방식을 배우겠다고 말했던 기억마저 난다. 가끔 그는 한숨을 쉬곤 했는데, 그 한숨은 아마 이런 의미였을 것이다. '이런 썰렁한 건물이라도 있으면 정말 그럴싸하게 꾸며 놓을 텐데!'

소령은 자신이 모델을 설 때는 혼자 왔다. 이것은 여자들이 더 용기가 있음을 보여 주는 예였다. 그의 아내는 형편없는 2층 방에서도 홀로 견딜 수 있다는 증거였으니까. 또한 그녀는 대체로 남편보다 신중했다. 여러 가지 사소한 일에도 내게 거리를 둠으로써 직업적 관계를 유지했고, 빈틈없이 예의를 지켰다. 절대 사교적 관계로 슬쩍 넘어가지 않았다. 그녀는 자신들이 고용되었을 뿐, 사교적 관계가 아님을 분명히 하고 싶어 했다. 그녀는 내가 고용인이므로 그에 합당한 대우를 해 줄수는 있지만, 자신과 대등한 관계를 맺을 만큼 훌륭하진 않다고 생각했다.

그녀는 아주 열심히 그림에 정신을 집중했으며, 사진사의 카메라 앞에 앉은 듯 꼼짝도 않고 한 시간이나 앉아 있을 수 있었다. 그녀가 사진을 자주 찍었다는 말은 허풍이 아니었다. 하지만 사진에는 어울릴 법한 그녀의 습성이 내 일에는 어쨌든 맞지 않았다. 처음에는 그녀의 귀부인다운 분위기가 무척 마음에 들었다. 그녀 몸의 윤곽을 따라가며 그 선이 얼마나 아름다운지, 그 선을 어디까지 연필로 표현할 수 있는지를 보면서 흐뭇했다. 그러나 몇 차례의 갈등 끝에 그녀가 너무나 굳어 있음을 깨달았다. 어떻게 그리든 그녀를 모델로 하면 항상 사진이나 사진의 복사판 같아졌으므로 다양하게 표현할 수 없었다. 그녀에게는 다채로운 포즈에 대한 감각이 없었다. 표현의 영역은 바로 화가인 내가 할 일이고, 그녀는 적절하게 포즈만 취하면 된다고 할지도 모르겠다. 하지만 내가 생각해 낼 수 있는 모든 포즈를 취하게 해도 그녀는 어느새 각각의 차이를 없애 버렸다. 그녀는 늘 확실한 숙녀였고, 게다가 늘 똑같은 숙녀였다. 오히려 자신이 진짜라며 내보이는 침착한 자신감 때문에 괴로운 순간마저 있었다. 그녀나 그녀의 남편은 항상 진짜를 모델로 쓰게 된 나야말로 진정한 행운아라는 생각을 은연중에 내비쳤다. 나는 그녀를 변화시키는 대신 — 불쌍한 첨 양이라면 어렵지 않은 일이었다. — 내 편에서 그녀와 흡사한 유형을 만들어 내고자 애썼다. 아무리 다른 각도에서 정성을 다해 그려 봐도 그녀는 항상 너무 키가 큰 여자일 뿐이었다. 나는 매력적인 여인을 이 미터가 넘는 거인으로 표현할 수밖에 없는 궁지에 몰렸다. 그런 여인이(어쩌면 내 키가 이 미터에 훨씬 못 미쳐서인지는 모르겠지만) 매력적이라는 생각은 좀체 들지 않았다.

소령의 경우에는 문제가 더 심각했다. 아무리 애써도 그를 작게 그려 내기란 불가능했다. 건장한 장신의 모델일 따름이었다. 나는 늘 다양하고 폭넓은 표현력에 높은 점수를 주었으며, 우연히 나타나는 특징을 잡아 내는 순간을 소중하게 여겼다. 나는 인물을 상세하게 묘사하고 싶었으므로, 어떤 유형에 매이기를 가장 싫어했다. 그 문제로 이미 친구들과 논쟁을 벌인 적도 있었다. 유형에 사로잡힐 수밖에 없고, 심지어 아름답다면 — 라파엘로나 레오나르도 다빈치의 경우처럼 — 유형에 얽매여도 손해 볼 것 없다고 얘기한 친구들과 절교까지 했다. 어쩌면 내가 주제넘을 정도로 탐구심 넘치는 현대의 젊은이인지도 모르겠다. 하지만 다른 모든 것을 희생하더라도 인물의 개성은 버릴 수 없다는 게, 내 입장이었다. 예술가 친구들이 빼어난 유형이라면 얼마든지 개성 있는 인물이 될 수 있다고 주장했을 때, 나는 경박하게 "어떤 개성 있는 인물이 되는데?"라고 반박했다. 빼어난 유형이 개성 있는 인물마저 모두 표현할 순 없는 일이었다. 아마 어떠한 개성 있는 인물도 안 될 터였다.

모나크 부인을 수없이 그리고 난 뒤에, 나는 첨 양 같은 모델의 가치를 확인하게 되었다. 첨 양은 긍정적인 특징이라곤 전혀 없었지만, 불가사의하게도 그녀는 신기한 모방 능력을 가지고 있었다. 일류 연기를 보여 달라고 주문하면 그녀의 평소 모습은 커튼을 걷듯 사라졌다. 단지 암시했을 뿐이지만 현명한 사람들이라면 그녀가 어떤 연기를 하는지 알아챌 수 있게끔 모방해 냈다. 그녀 자신은 못생겼지만 연출해 낸 모습은 예상하지 못할 정도로 예쁘고 생생했다. 첨 양이 모델로 선 인물더러 획일적으로(늘 하던 식으로 말하자면, 멍청하게) 우아하다고 비난했더니, 그녀가 벌컥 화를 낸 적도 있었다. 그녀는 자신과 전혀 공통점이 없는 다양한 인물의 모델이 되는 데에 몹시 자부심을 느꼈다. 그런 말을 하면 첨 양은 내가 자신의 '평판'을 떨어뜨린다고 항의했다.

이 새로운 친구들의 방문이 거듭되자 이 평판이라는 이상한 존재가 줄어들었음은 분명했다. 첨 양은 늘 인기가 좋았고, 한 번도 일거리가 떨어진 적 없었다. 그래서 이 새 모델들을 써 보느라고 가끔 그녀에게 쉬라고 해도 크게 거리끼지 않았다. 처음에 진짜를 그리는 일은 틀림없이 재미있었다. 모나크 소령의 바지를 그리는 일도 재미있었다. 비록 너무 장신으로 그려졌음에도 그들은 진짜였다. 머리카락 한 올 흐트러지지 않은 말끔한 부인의 검은 머리를 그리는 것도 재미있었다. 그리고 꼭 끼는 코르셋으로 '멋지게' 긴장된 부인의 몸매를 그리는 일은 특히나 즐거웠다. 약간 기울거나 흐릿한 얼굴이 그녀에게 썩 잘 어울렸다. 그녀는 똑바로 서 있을 때 궁정 화가 앞에 선 왕비나 공주 같은 태도를 취했고, 귀부인의 뒷모습이나 옆모습도 잘 연출해 냈다.

이 멋진 모습을 그리기 위해 《칩사이드》의 편집장에게 「버킹검 궁전의 이야기」 같은 진짜 궁정 로맨스를 출판하도록 부탁해 볼까, 하는 생각마저 했을 정도다. 종종 진짜와 가짜가 마주치기도 했다. 가짜란 첨 양을 말한다. 그녀는 약속한 날, 혹은 너무 바빠서 약속 시간만을 정하러 온 날에 질투의 대상인 이 경쟁자들을 만났다. 그러나 그들 쪽에선 그녀를 만났다고 생각하지 않았다. 그들은 마치 그녀가 하녀라도 되는 양 거들떠보지도 않았다. 일부러 거만하게 군다기보다, 아직 모델끼리 사귀는 법을 모르는 것 같았다. 아마 사귀는 방법을 알았더라면 그녀에게 알은체를 했을 터다. 적어도 모나크 소령은 그랬을 것이다. 그들은 버스를 화제로 그녀에게 말을 걸 수는 없었다. 늘 걸어 다녔으니까. 그들은 달리 무슨 이야기를 해야 할지 몰랐다. 첨 양은 근사한 기차나 싸구려 적포도주에는 관심이 없었다. 게다가 그런 이야기를 했다면 틀림없이 그들을 우습게 여기며, 어떻게 아느냐고 은근히 비웃는 분위기를 풍겼으리라. 첨 양은 믿지 못할 속마음을 감출 만한 위인이 아니었다. 반면에 모나크 부인은 그녀가 칠칠맞지 못하다고 생각했다. 그게 아니라면 왜 내게 굳이 지저분한 여자는 싫다고 얘기했겠는가? 이런 말 자체가 평상시의 모나크 부인과는 어울리지 않았다.

첨 양이 우연히 부부 모델과 함께 있게 되었을 때 — 그녀는 자기가 편한 시간에 그냥 잡담을 하러 화실에 들르기도 했다. — 나는 그녀에게 차를 좀 내오라고 부탁했다. 그 정도는 그녀가 보통 때 해 주던 일이었다. 비록 이렇다 할 살림살이도 제대로 갖추지 못한 채 조촐하게 살았지만, 나는 이런 일을 늘 모델들에게 부탁하곤 했다. 모델들은 잠시 쉬는 틈에 내 살림살이에 손대기를 좋아했다. 그런 일을 하면서 살짝 자유를 누리는 듯했다. 물론 가끔 내 찻잔을 깨뜨리기는 했지만 말이다. 그러고는 다음에 방문했을 때, 그녀는 차 내오라고 심부름시킨 데에 전에 없이 벌컥 화를 냈다. 그래서 나는 깜짝 놀랐다. 내가 자기에게 굴욕감을 주었다며 난리였다. 정작 차 심부름을 할 당시에는 성내지 않고, 오히려 재미있어하면서 공손하게 굴었다. 그녀는 모호한 표정으로 조용히 앉아 있는 모나크 부인에게 크림과 설탕을 넣겠느냐고 물으면서 실없이 웃기까지 했다. 희극을 연출하듯 그녀가 종업원의 말투를 흉내 내는 바람에 — 마치 진짜 종업원으로 보이고 싶어 하는 듯 — 모나크 부부가 화를 낼까 봐 걱정이 될 정도였다.

아, 그 부부는 절대로 화를 내지 않기로 결심한 사람들 같았다. 이 감동적인 인내심이야말로 그들이 지금 얼마나 궁핍한지를 잘 보여 주었다. 그들은 아무 불평 없이 모델로 써 줄 때까지 기다렸다. 그들은 내가 필요하다면 다시 왔고, 필요 없다고 하면 흔쾌히 돌아갔다. 나는 문 앞까지 배웅하며 그들이 얼마나 위엄 있게 물러서는지 지켜보았다. 나는 그들에게 다른 일자리를 찾아 주려고 애썼다. 다른 화가들에게 소개해 주기도 했다. 그러나 그 화가들은 내가 충분히 납득할 수 있는 이유를 대며 '채용하지' 않았다. 이렇게 거절을 당하면 그들이 더 내게 의존할 테니 사실 좀 부담스러웠다. 영광스럽게도 그들은 내가 그들의 모습을 가장 잘 그린다고 생각했다. 그들은 분명 화가가 그리기에 그리 낭만적인 대상은 아니었다. 그 무렵 흑백화를 열심히 그리는 화가는 없었다. 그들은 은근히 그 훌륭한 소설가의 작품 중 중요한 대목에서 자신들을 삽화 모델로 써 주기를 기대했다. 그러면 값싸고 조야한 19세기 의상 따위는 안 입어도 됨을 알았던 것이다. 즉 그 소설가의 작품이 현대적이고 풍자적이며, 추측하건대 점잖은 이야기임을 알고 있었다. 그 책의 삽화 모델로 채용된다면 그들로서는 미래가 보장되는 셈이었다. 그 일은 오랫동안 계속될 것이고, 따라서 일거리가 끊이지 않을 테니까.

어느 날, 모나크 부인이 남편 없이 혼자 찾아왔다. 남편은 시내에 갈 일이 있어서 홀로 왔다고 설명했다. 늘 그렇듯이 그녀가 여유 있고 위엄 있는 태도로 모델을 서는데, 마침 문에서 노크 소리가 들렸다. 나는 곧 일자리를 찾는 모델이 가만가만 두드리는 소리임을 알았다. 그러고는 한 젊은이가 들어왔다. 그가 외국인이라는 사실을 금방 눈치챘다. 그 사람은 내 이름 말곤 영어를 한 마디도 모르는 이탈리아 사람이었다. 그의 발음으로는 내 이름조차 내 이름같이 들리지 않았다. 그 당시 나는 이탈리아에 가 본 적도 없었고, 이탈리아어를 하지도 못했다. 하지만 그는 단지 말로만 표현할 정도로 주변머리가 없는 사람은 아니었다. 이탈리아인치고 주변머리 없는 사람이 있을까? 그는 능숙한 손짓과 발짓으로 내 앞에 앉아 있는 숙녀가 하는 일을 자기 역시 하고 싶다는 뜻을 정확하고 우아하게 표현했다. 처음에 그는 전혀 인상적이지 않았다. 그림을 계속 그리면서 나는 그에게 관심을 보이거나 모델로 쓰겠다는 눈치를 주지 않았다. 하지만 그는 꿋꿋했다. 귀찮게 조르지 않고 말로 표현하지도 못했지만 그 눈엔 개에게서나 볼 수 있는 충성심이 가득 담겨 있었다. 어쩌면 무지해서 뻔뻔스럽게 보이는 것 같기도 했다. 어쩌면 수년 동안 하인 노릇을 했을지도 모를 일이었다. 갑자기 바로 이런 태도나 표정이야말로 그림의 소재가 되겠다는 생각이 들었다. 그래서 일을 마칠 때까지 앉아서 기다리라고 말했다. 그가 내 말을 따르는 방식은 그 자체로 또 하나의 그림 소재였다. 작업을 이어 가는 내내, 호기심에 가득 찬 머리를 뒤로 젖히고 화실을 둘러보는 그의 태도역시 마찬가지였다. 그는 마치 성 베드로 대성당에서 성호를 긋는 사람처럼 경건했다. 그림이 채 끝나기도 전에 나는 속으로 중얼거렸다. '파산한 노점상에 지나지 않지만 저 친구는 대단한 보배로군.'

모나크 부인이 일어나자 그는 쏜살같이 방을 가로질러 가서 그녀를 위해 문을 열어 주었다. 그러고는 청춘의 베아트리체를 보고 넋이 나간 젊은 단테같이 순수하고 황홀한 눈빛으로 그 자리에 서 있었다. 하인이 꼭 영국인이어야 한다고 우길 상황은 아니었으므로 ── 하인은 필요하지만 돈이 없어서 못쓰는 형편이었으므로 ── 그가 지닌 하인의 재능과 모델의 소질에 주목했다. 요컨대 나는 이 쾌활하고 모험적인 이탈리아인을, 그쪽에서 좋다고만 하면 하인 겸 모델로 쓰겠노라 결심했다. 내가 그런 제안을 하자, 그는 뛸 듯이 기뻐했다. 내가 경솔하게 ── 실제로 그에 대해 아는 바가 전혀 없었다. ── 결정했다는 생각은 들지 않았다. 그는 수선스럽긴 해도 훌륭한 하인이었다. 그리고 썩 훌륭하게 포즈를 취했다. 훈련을 받았다기보다 타고난 재능이 있었다. 그 훌륭한 감각 덕분에 내 집을 찾아왔고, 문에 달린 문패를 보고 내 이름을 발음했던 것이다. 그는 누군가에게 소개받은 것이 아니라 북쪽 창문이 높이 나 있음을 보고, 아마 이 집은 화실일 테고 화실이면 화가가 있으려니 추측했다. 그는 여느 이민자와 마찬가지로 떼돈을 벌려고 영국에 왔고, 동업자와 함께 작은 초록색 수레를 놓고 싸구려 아이스크림을 팔았다. 아이스크림은 다 녹아 버렸고, 아이스크림과 함께 동업자도 사라졌다. 붉은 줄무늬 옷에 노란색 바지를 입은 이 젊은이의 이름은 오론테였다. 얼굴은 약간 누렜지만 미남이었고, 내가 가진 옛날 옷을 입히자 영국인처럼 보였다. 주문만 하면 이탈리아인처럼 변모하는 첨 양 못지않게 그는 훌륭한 모델이었다.

4

남편과 함께 다시 화실에 온 모나크 부인은, 오론테가 고용되었음을 보고 얼굴에 약간 경련을 일으켰던 것 같다. 이런 거지 같은 사람이, 늠름한 소령인 자기 남편의 경쟁자라는 사실을 납득하지 못했다. 먼저 냄새를 맡은 사람은 그녀였다. 소령은 정말 눈치가 없었다. 오론테는 열심히 하기는 했지만 차를 엉망진창으로 차려 냈다. 오론테로서는 처음 해 보는 이상한 일이었다. 그러자 부인은 마침내 '하인'을 두길 잘했다고 생각하는 듯했다. 그들은 그 하인이 모델로 선 그림을 두어 점보았다. 모나크 부인은 내가 말해 주지 않았더라면 그림 속 모델이 하인이라고는 생각조차 못 했으리라고 넌지시 암시했다. "우리를 모델로 그린 저 그림은 우리와 똑같은데요." 그녀는 의기양양하게 웃으며 그 점을 일깨워 주었다. 실제로 이것이 그들의 결점이었다. 모나크 부부를 그릴 때는 도저히 그들에게서 거리를 둘 수 없었다. 내가 표현하고자 하는 인물에 당최 몰두할 수 없었다. 내 그림의 모델이 누구인지 남들이 알아보는 일은 내가 바라는 바가 전혀 아니었다. 첨 양을 모델로 쓰면 어디서도 그녀의 흔적을 찾아볼 수 없었다. 모나크 부인은 첨 양이 천박하기 때문에 내가 흔적을 지운다고 생각했다. 반면 모나크 부인의 흔적을 지우려면 죽은 자가 사라지듯이, 그리고 하늘에 천사가 하나 늘어나듯이 완전히 부인 자신을 없애야 했다.

그즈음 나는 장기 연재 기획물의 첫 권 『러틀랜드 램지』에 착수했다. 열두어 개의 삽화를 그렸는데, 그중 몇 장은 소령 부부를 모델로 삼았다. 그러고는 반응이 어떤지 알아보려고 그것들을 출판사에 보냈다. 이미 밝힌 대로 출판사 쪽에서 맡긴 책은 내 방식대로 작업할 수 있지만, 연재의 나머지 부분까지 청탁할지는 아직 미지수였다. 솔직히 말해서, 진짜를 수하에 두고 있음이 위안이 되는 순간이 있었다. 『러틀랜드 램지』에는 그들과 흡사한 인물들이 많았기 때문이다. 소령처럼 자세가 꼿꼿한 사람도 있었고, 모나크 부인처럼 세련된 부인도 있었다. 시골 저택 생활도 자주 등장했다. 그 같은 생활은 멋지고 환상적이며, 아이러니하고 막연하게 다루어졌다. 반바지와 퀼트 치마를 입은 사람들에 대한 암시도 제법 있었다. 그런데 처음부터 결정해야 할 것이 몇 가지 있었다. 예를 들면 주인공은 정확하게 이렇게 생겼고, 특히 여자 주인공의 안색과 몸매는 어때야 하는가, 따위였다. 물론 이야기는 작가가 끌어갔지만 화가도 나름대로 해석할 수 있었다. 나는 모나크 부부에게 내가 무슨 작업을 해야 하는지 솔직히 털어놓았다. 나는 무엇 때문에 곤란하고 어떤 대안을 생각하고 있는지. "오, 이이를 모델로 쓰세요!" 모나크 부인이 남편을 바라보며 다정하게 말했다. 그러자 "제 아내보다 나은 모델이 있겠어요?" 소령은, 벌써 오래전부터 늘 그랬듯이 편안하고 진솔하게 말했다.

이 말에 반드시 대답을 할 필요는 없었다. 나야 내 모델들을 적절히 배치하기만 하면 되었으니까. 그런데도 마음이 편치 않아서 차일피일 답을 미루었다. 그 책의 삽화는 큰 화폭에 담길 테고, 등장인물은 수없이 많았다. 나는 먼저 남녀 주인공이 등장하지 않는 장면부터 그렸다. 일단 주인공을 정하면 계속 그 인물로 그려야 했기 때문이다. 한 장면에서는 주인공을 2미터로 그렸다가, 다른 곳에서는 1미터 80센티미터로 그릴 순 없었다. 소령은 두어 번 자기가 젊은이 못지않게 젊어 보인다는 사실을 상기시켜 주었지만, 나는 1미터 80센티미터의 주인공 쪽으로 마음이 기울었다. 사실 소령을 주인공 모델로 쓸 수 있겠지만, 그러면 그의 나이를 짐작할 수 없게 그려야 할 터였다. 생기발랄한 오론테가 내게 온 지 한 달쯤 되었고, 나는 그에게 몇 번인가 연거푸 타고난 성격대로 지나치게 행동한다면 앞으로 더는 여기에 있을 수 없다고 일러 준 적이 있었다. 그때 그의 탁월한 능력을 깨달았다. 그는 1미터 70센티미터밖에 안 되었지만 더 크게 그려질 수 있는 잠재력을 지니고 있었다. 처음엔 그를 몰래 모델로 써 보았다. 그런 나의 선택에 대해 소령 부부가 이렇게 판단할지 두려웠기 때문이다. 그들은 첨 양을 모델로 그리는 것마저 속임수라고 생각했으니, 진짜 신사와는 완전히 동떨어진 이탈리아 행상을 명문 사립 학교를 졸업한 주인공의 모델로 삼는다면 어떻게 생각하겠는가?

내가 그들을 두려워했음은 사실이다. 하지만 그것은 그들이 협박하거나 압박해서가 아니었다. 정말 애처로울 정도로 예절을 지키고, 수수께끼처럼 끊임없이 새로운 분위기를 풍기며 내게 매달렸기 때문이다. 그러므로 잭 홀리가 귀국하자 더없이 반가웠다. 그는 늘 훌륭한 조언자였다. 화가로서는 형편없는 친구였지만 그의 비평만큼은 정확했다. 그는 일 년간 영국을 떠나 있었다. 새로운 안목을 얻기 위해 어디론가 ─ 어디인지는 잊었다. ─ 갔었다. 그의 예리한 안목이 아주 두려웠지만 우리는 오랜 친구였다. 그가 여러 달씩 멀리 떨어져 있으면 그동안 인생은 공허하게 느껴졌다. 자그마치 일 년간 그의 혹평을 듣지 않고 지낸 셈이었다.

그는 여전히 예전의 검은 벨벳 옷을 입고 있었지만 한층 높아진 안목을 가지고 돌아왔다. 내 화실에 들른 첫날 저녁, 그는 자정이 지나도록 담배를 피우며 꾸물거렸다. 그는 그림을 그리지 않았고, 오직 안목만 높아져서 돌아왔다. 그래서 온통 내가 그리는 삽화에 관해 얘기할 뿐이었다. 그는 《칩사이드》의 삽화를 보고 싶어 했지만 분명 실망할 터였다. 발을 꼬고 소파에 앉아서 담배를 피우며 두어 번 신음 소리를 냈는데, 적어도 실망의 표현이었다.

"도대체 뭐야?" 내가 물었다.

"너야말로 뭐가 문제야?"

"내가 제정신이 아니기는 해."

"정말 그렇군. 완전히 미쳤어. 이건 또 웬 변덕이야?" 그러고는 내게 그림 하나를 아주 불손하게 던지다시피 건넸다. 나는 그 그림이 좋지 않느냐고 물었고, 그는 내가 늘 추구해 온 예술 작품에 비해 형편없다고 대답했다. 그게 무슨 뜻인지 몹시 알고 싶었으므로 그가 계속 얘기하도록 놔두었다. 그림 속 두 인물이 거인처럼 보이긴 했지만 그게 문제는 아니리라고 짐작했다. 내가 의도적으로 그렇게 그렸으리라는 점을 그도 알아챘을 테니까. 여행을 떠나기 얼마 전에 만났을 때, 그는 나더러 언젠가 위대한 화가가 되라고 했는데, 내 작업 방식은 그때와 하나도 변하지 않았노라고 스스로 단언했다. "뭔가 잘못됐어." 그가 말했다. "잠깐만. 어디가 잘못됐는지 찾아볼게." 나는 그에게 찾아보라고 했다. 새로운 안목을 여기가 아니면 어디서 발휘하겠는가? 그러나 그는 결국 "모르겠어. 이런 유형은 싫어."라고 말했다. 이 대답은 실제 작업을 보면서 붓놀림의 방향이라든가 명암의 신비 같은 문제를 끄집어내던 비평가의 말치고는 시원찮은 평이었다.

"이 그림에 나타난 유형들이 아주 멋지다고 생각하는데."

"아, 이 사람들은 안 되겠어!"

"새 모델을 쓰고 있어."

"그건 알겠는데. 이 사람들은 안 되겠어."

"확실해?"

"분명해, 멍청이들이야."

"내가 멍청하다는 뜻이군. 이 일은 꼭 해야 한다고."

"이 사람들로는 안 돼. 도대체 누구야?"

내가 간단히 설명하자, 그는 매정하게 결론을 내렸다. "문지기나 해야 할 사람들이야."

"그들을 본 적도 없잖아. 아주 좋은 사람들이야."

나는 황급히 그들을 옹호하고 나섰다.

"본 적이 없다고? 이 사람들 때문에 최근 자네 작품들이 엉망진창인데! 더 이상은 알고 싶지도 않네."

"아무도 이 사람들을 비판한 적이 없어. 《칩사이드》쪽 사람들도 괜찮다고 하던데."

"모두 멍청이인 데다 《칩사이드》쪽 사람들은 더더욱 멍청이라서 그래. 자, 요즘 같은 세상에 대중이나, 특히 출판사 편집장에 대해 환상을 가지고 있는 척하지 말게. 그런 멍청이들을 위해 일하는 건 아니잖아. 자네를 알아보는 사람들을 위해서 그리는 거잖아. 거장을 알아보는 사람들 말이야. 자네 자신을 위해 일할 수 없다면 계속 날 위해서 그려 주게나. 과거에 자네가 시도하던 것들 말일세. 정말 아주 멋졌잖아. 하지만 이 쓰레기는 그런 종류가 아니야." 잠시 후 나는 『러틀랜드 램지』와 그 후편에 대해 얘기했는데, 그는 이전의 방식으로 돌아가야 하며 그러지 않으면 망가지리라고 했다. 간단히 말해서 그는 경고했다.

나는 그 경고를 주의 깊게 들었지만 새 친구들을 쫓아내지 못했다. 그들이 지긋지긋해졌다. 그러나 지겹다는 이유만으로 — 모델로 쓸 수 있는데 — 짜증을 낼 순 없었다. 그 당시를 회상해 보니, 내 인생에서 그들의 비중이 컸던 것 같다. 그들을 생각할 때면, 나를 최대한 방해하지 않으려고 보통 화실의 낡은 벨벳 의자에 앉아서 벽에 기대어 있던 모습이 떠오른다. 그들은 마치 궁전의 대기실에서 왕을 알현하려고 기다리는 신하들 같았다. 한겨울, 가장 추울 때는 자기 집의 난방비를 아끼려고 꿋꿋이 그 자리를 지켰음이 분명했다. 그들의 새로움은 빛을 잃어 가고 있었다. 이제 그들을 자선의 대상으로 여길 수밖에 없었다. 그들은 첨 양이 도착하면 늘 자리를 떴다. 내가 본격적으로 『러틀랜드 램지』 작업에 들어가자, 첨 양은 더욱 자주 화실에 들락거렸다. 그들은 굳이 말하지 않았지만 첨 양을 하층 인물의 모델이라 생각했고, 나는 그렇게 생각하도록 내버려 두었다. 내가 삽화를 그려야 하는 책은 화실에 방치되어 있었다. 그들은 스스로 책을 뒤적거리기까지 했음에도 그 책에 상류층 인물만이 등장한다는 사실을 알아내지 못했다. 그 뛰어난 소설가의 책을 읽고도 내용을 제대로 이해하지 못한 것 같았다. 추운 겨울이 끝날 무렵에, 홀리는 그들을 해고하라고 경고했다. 그럼에도 나는 이따금 이 부부를 모델로 썼다. 홀리는 그들을 보고 — 우리 집에서 만났다. — 우스꽝스러운 한 쌍이라고 생각했다. 그가 화가라는 사실을 깨닫자마자 그들은 홀리에게 접근했다. 그들은 그에게도 자신들이 진짜임을 보여 주었다. 그는 방 건너편에 있는 그들을 마치 몇 킬로미터나 떨어진 곳에 있는 사람인 양 바라보았다. 그들은 홀리가 비판하는 이 나라의 사회 제도를 집약해 놓은 모습이었다. 홀리의 생각엔 그런 사람들, 너무 관습적이고 너무 호사스럽게 차려입고서 불쑥 감탄사를 질러 대며 대화를 중단시키는 그런 유의 사람들이 왜 화실에 필요하느냐는 것이었다. 화실은 사물을 보는 법을 배우는 곳인데, 그런 쓸데없는 사람들까지 고용해서야 어떻게 사물을 제대로 보겠느냐는 말이었다.

모나크 부부에게 키 작은 재주꾼 하인이 『러틀랜드 램지』의 모델이 되었음을 알리기란 정말로 난감한 일이었다. 내가 구레나룻을 기른 믿을 만한 사람을 얼마든지 구할 수 있음에도 거리에 떠도는 외국인 부랑자를 하인으로 쓸 만큼 이상한 사람임을 그들은 이미 알았던 것 같다. 이때쯤 그들은 화가란 좀 이상한 사람이라는 사실을 받아들이고 있었다. 하지만 내가 이 외국인 부랑자의 자질을 얼마나 높이 평가하는지 알아차리기까지는 시간이 좀 더 걸렸다. 그들은 그 외국인이 모델 서는 모습을 몇 차례 봤지만 손풍금 악사의 모델이리라고 확신했다. 그들이 눈치채지 못한 일은 몇 가지 더 있다. 그중하나는, 마부가 잠시 등장하는 인상적인 장면이 있었는데 내가 모나크 소령을 마부의 모델로 쓸까 고민하다가 뒤로 미뤘다는 것이었다. 그에게 마부 제복을 입히기 싫어서였다. 그에게 맞는 마부복을 찾기가 힘들기도 했다. 마침내 어느 겨울날 오후 늦게, 그들이 경멸하는 오론테를 모델로 삼아 작업하는데 모나크 소령과 그의 아내가 — 웃을 일이 점점 줄어들고 있었는데 — 사교적인 미소를 띠고 들어왔다. 오론테는 한껏 상상의 나래를 폈고, 나는 그림을 그리는 데 불이 붙은 참이었다.

그들은 시골 저택을 방문한 사람처럼 — 늘 그런 방문을 연상시켰다. — 들어왔다. 마치 예배를 마치고 공원을 지나가다가 점심을 먹고 가라는 지인의 권유에 붙잡힌 사람들 같았다. 점심 식사는 이미 끝났지만 차는 마시고 갈 수 있었다. 그들이 차를 마시고 싶어 함을 눈치챘지만 나는 한창 열이 오른 데다 내 모델이 차를 준비하느라 그 열기를 잃고, 일이 지체되는 상황을 용납할 수 없었다. 그래서 모나크 부인에게 차를 내올 수 있는지 물었다. 부인의 얼굴이 새빨개졌다. 그녀는 잠시 남편을 쳐다보았고 둘 사이에 말 없는 교감이 이루어졌다. 그 다음 순간, 그들은 재빨리 이 상황을 받아들였다. 신중한 소령은 정녕 어리석게 굴지 않았다. 나는 그들의 자존심을 동정하기는커녕 최대한의 교훈을 주기로 결심했다. 그들은 함께 부산을 떨며 컵과 접시를 내놓고 물을 부었다. 그들로서는 하인의 시중을 드는 기분이었으리라. 차가 준비되었을 때 내가 "오론테에게도 한 잔 주세요. 피곤할 거예요."라고 하자, 모나크 부인은 그가 서 있는 곳으로 차를 한 잔 가져다주었다. 내 모델은 모자를 팔꿈치에 끼더니, 자신이 신사라도 되는 양 찻잔을 받았다.

그러자 그녀가 나를 위해 이토록 애를 썼으니 — 고결하게 그 일을 해냈으니 — 그에 상응하는 보답을 해야 한다는 생각이 들었다. 이 일이 있은 뒤, 그녀를 볼 때마다 어떻게 보답을 해야 할지 궁리했다. 그저 고맙다는 이유만으로 걸맞지 않은 일을 계속 시킬 수는 없었다. 그들이 지금 하는 모델 일이야말로 정말 잘못된 것이었다. 이젠 홀리만이 잘못됐다고 지적하지 않았다. 나는 『러틀랜드 램지』 삽화를 출판사에 여러 장 보냈는데 홀리의 지적보다 더 신랄한 비판이 돌아왔다. 그 출판사의 미술 담당자는 그림 중 상당수가 기대에 못 미친다고 했는데, 대부분 모나크 부부가 주인공으로 등장하는 그림이었다. 무엇을 기대했는지 묻진 않았지만 계속 이런 식으로 나갔다가는 후편을 맡을 수 없을지도 모른다는 현실을 직시해야 했다. 나는 절망에 빠져서 집중적으로 첨 양을 모델로 썼다. 그녀가 할 수 있는 모든 역할을 그녀에게 배정했다. 공공연하게 오론테를 주인공으로 그렸을 뿐 아니라, 어느 날 아침 모나크 소령이 들러서 지난주에 모델을 섰던 《칩사이드》의 인물 모델이 필요하지 않은지 물었을 때도 마음이 바뀌어 오론테를 쓰기로 했다고 털어놓았다. 이 말을 듣자 소령은 얼굴이 창백해지더니 멍하니 나를 쳐다보며 그대로 서 있었다.

"그가 당신이 생각하는 신사라는 말인가요?" 소령이 물었다.

나는 낙담했고, 과민해졌으며, 내 일을 계속하고 싶었다. 그래서 짜증을 내며 말했다. "오, 소령님…… 당신 때문에 제가 망할 순 없잖습니까!"

나는 그토록 심한 말을 내뱉고 말았다. 하지만 그는 잠시 가만히 서 있었다. 그러고는 말없이 화실을 떠났다. 나는 한숨을 쉬었다. 다시는 그를 못 보겠지, 하고 혼잣말을 했다. 나는 확실히 삽화를 거절당할 지경에 이르렀다는 말은 하지 않았다. 하지만 그가 그런 분위기를 보고도 이제 우리 사이가 끝났음을 깨닫지 못하자 당혹스러웠다. 그는 우리가 같이 일할 수 없다는 사실을 이해하지 못했다. 끝끝내 예술이라는 속임수 속에선 아무리 점잖은 최고의 신사도 진가를 발휘하지 못할 수 있다는 교훈을 전혀 깨우치지 못했다.

이 사람들에게 내가 빚을 진 것도 아닌데, 그들을 다시 보게 되었다. 그들은 사흘 뒤에 다시 나타났다. 여러 가지 상황을 고려해 보면, 이렇게 등장한 그들에게는 뭔가 비극적인 면이 있었다. 그들이 다른 일거리를 찾지 못했다는 명확한 증거였다. 그들은 우울하게 머리를 맞대고 이 문제를 면밀히 검토했을 것이다. 다음 연재물의 모델이 될 수 없다는 나쁜 소식을 소화해 냈다. 《칩사이드》의 모델이 아니면, 그들을 모델로 쓸 일은 없었다. 나는 처음에 그들이 관대하게도 정중한 작별 인사를 하러 방문했다고 판단했다. 서운하다며 법석을 떨 시간이 없을 때 찾아와 줘서 내심 기뻤다. 두 모델에게 포즈를 취하게 하고, 왠지 잘될 것 같은 기대감에 차서 열심히 그림을 그리던 참이었다. 러틀랜드 램지가 자기 의자를 당겨 아르테

미시아가 앉은 의자 쪽으로 가서 놀라운 말을 하는데도 아르테미시아는 어려운 피아노곡을 치는 데에만 열중하는 척하는 장면의 삽화였다. 이전에도 첨 양에게 피아노를 치게 한 적이 있는데, 그녀는 어떻게 해야 우아한 시적 분위기가 저절로 만들어지는지 알고 있었다. 나는 두 인물이 함께 그 장면을 인상적으로 '연출해 내기'를 바랐고 그 작은 이탈리아인은 완벽히 내 마음에 드는 자세를 취했다. 피아노에서 손을 뗀 두 사람은 그야말로 생생하게 내 눈앞에 있었다. 두 젊은이가 함께 사랑을 속삭이는 매력적인 장면이었다. 나는 그 장면을 보고 계속 그리기만 하면 되었다. 소령 부부는 서서 그 장면을 바라보았다. 나는 어깨 너머로 그들에게 왔느냐고 아는 척만 했다.

그들은 대답하지 않았다. 하지만 나는 그들이 아무 말도 하지 않는 데에 어느덧 익숙해져 있었다. 그들을 완전히 제거하지 못해서 약간 불편하기는 했지만, 그나마 이런 상황이 바람직하다고 여겨져서 기쁜 마음으로 작업을 이어 갔다. 곧 나는 모나크 부인의 달콤한 목소리를 옆에서, 아니 오히려 위쪽에서 들었다. "저분 머리를 좀 만져 주고 싶은데요." 나는 부인을 쳐다보았다. 부인은 자기 쪽으로 등을 돌린 첨 양을 이상하게 쏘아보고 있었다. "제가 좀 만져도 될까요?" 그녀는 연신 말했다. 그 질문에 혹시 그녀가 이 아가씨를 해칠지도 모른다는 두려움이 일었다. 나는 순간적으로 펄쩍 뛰며 거절했다. 그러나 그녀는 결코 잊지 못할 눈길로 나를 진정시킨 뒤 ─ 그 눈길을 그릴 수만 있다면 ─ 잠시 내 모델 곁으로 다가갔다. 부인은 첨 양의 어깨에 손을 얹고 그녀의 머리 위로 몸을 구부리며 부드럽게 말을 걸었다. 그리고 첨 양이 말귀를 알아듣고 고맙다며 그렇게 해 달라고 하자, 재빨리 손을 놀려 흩어진 머리카락을 매만져 주었다. 그러자 그녀의 머리 모양이 두 배는 더 매력적으로 보였다. 그건 정말 영웅적인 행동이었다. 그런 뒤 모나크 부인은 작게 한숨을 쉬더니, 다른 일거리가 없는지 주위를 둘러보았다. 그녀는 마루 쪽으로 몸을 구부려서 내 화구 상자 속에 떨어진 걸레를 주워 들었다. 그녀는 이 굴욕적인 일을 품위 있게 해냈다.

　그동안 소령도 일거리를 찾았고, 멋쩍게 화실 끝까지 걸어가더니 내 아침 식사 그릇이 그대로 널려 있는 광경을 보았다. "저, 여기 이 그릇을 치울까요?" 그는 상당히 떨리는 목소리로 크게 말했다. 나는 약간 어색하게 웃으며 그러라고 했다. 그리고 십 분 동안 그림을 그리면서 도자기가 가볍게 부딪치는 소리와, 숟가락과 유리컵이 달그락대는 소리를 들었다. 모나크 부인은 남편을 도왔다. 그들은 내 그릇을 설거지한 다음 정돈했다. 그리고 이것저것 다른 그릇들도 치웠다. 나중에 보니 칼들까지 말끔히 닦여 있었고 얼마 안 되는 그릇들은 전례 없이 반짝거렸다. 지금 그들이 내게 무슨 일을 하겠다고 하는지를 깨닫자, 순간적으로 내가 그리던 그림이 흐려졌다. 아예 뿌옇게 보였다. 그들은 실패를 받아들였지만 운명은 받아들일 수 없었던 것이다. 그들은 당황했지만 잔인한 법칙, 진짜보다 가짜가 더 가치 있을 수 있다는 말도 안 되는 법칙 앞에 고개를 숙였다. 그들은 굶어 죽고 싶지 않았다. 하인이 모델이 된다면, 모델이 하인이 될 수도 있다. 그들은 역할을 바꾸었다. 하인과 하녀가 신사와 숙녀의 모델이 되고, 그들은 하인의 일을 하려는 것이었다. 그들은 계속 화실에 남아 있을 작정이었다. 그것은 자신들을 쫓아내지 말아 달라는 말 없는 호소였다. "우리를 쓰세요." 이것이 바로 그들이 하고 싶은 말이었다.

"어떤 일이라도 할게요."

나는 연필을 떨어뜨렸다. 더는 그릴 수가 없었다. 나는 모델들을 내보냈다. 모델들 또한 어리둥절해하면서도 무언가에 압도당한 채 자리를 떠났다. 그러고 나서 소령 부부만이 남게 되자 나는 이루 말할 수 없이 불편해졌다. 소령은 자기네들이 바라는 바를 한 문장으로 표현했다. "저, 음…… 우리가 일할 수 있게 해 주세요." 나는 그럴 수가 없었다. 그들이 내 쓰레기를 비우는 상황을 참을 수 없었다. 그런데도 나는 일주일 정도 그럴 수 있는 척하며 호의를 베풀었다. 그러고는 그들에게 멀리 떠날 수 있도록 약간의 돈을 주었다. 그 후로 단 한 번도 그들을 마주친 적이 없다. 나는 그 연재물의 후편도 맡게 되었다. 하지만 내 친구 홀리는 모나크 소령 부부가 내게 영원히 해악을 끼쳤으며, 나를 잘못된 길로 인도했다고 말했다. 만일 그 말이 사실이더라도 나는 그런 대가를 치렀음에 만족한다. ─추억을 위해서.

밀림의 야수

1

그를 깜짝 놀라게 한 그 이야기가 왜 나왔는지는 별로 중요하지 않다. 아마 그녀와 재회한 뒤, 그 저택을 천천히 거닐다가 무심코 내뱉은 말 때문이었으리라. 그는 한두 시간 전에 다른 집을 방문했다가, 친구들과 함께 그 당시 그녀가 머물던 저택으로 온 참이었다. 그는 언제나처럼 사람들 속에 묻혀 있었다. 그런데 먼저 방문했던 집의 손님이 모두 초대받은 바람에 그는 덩달아 따라왔고, 이 저택에서 점심 식사를 하게 되었다. 식사가 끝나자 손님들은 원래 목적대로 웨더엔드 저택의 세공품이나 실내 장식 그리고 그림과 가보 등 진귀한 미술품들을 둘러보기 위해 이리저리 흩어졌다. 그 저택은 미술품을 많이 소장한 것으로 유명했다. 저택 안에는 넓은 방이 수없이 많았다. 손님들은 원하는 대로 돌아다니며 미술품을 둘러볼 수도, 번잡한 곳을 싫어하는 사람이라면 슬쩍 뒤로 빠질 수도 있었다. 아주 진지하게 미술품을 관찰하고 싶은 사람은 마음껏 감상하고 또 평가하면서 시간을 보낼 수도 있었다. 가끔 두 사람이 무릎에 손을 얹은 채 외딴 구석에 진열된 미술품 위로 몸을 구부리는 모습도 눈에 띄었다. 냄새를 맡아 보고는 잘 알겠다는 듯 고개를 끄덕이는 사람도 있었다. 때로는 서로 마주 보고 황홀한 탄성을 지르기도 했고, 두 사람이 함께 깊은 침묵에 빠지기도 했다. 이런 상황은 너무 심한 과장 광고가 '구경이나' 해 보려는 사람들의 구매욕을 촉발시키거나, 오히려 그 때문에 구매욕을 잃게 하는 사태와 비슷한 분위기를 자아냈다.

물론 웨더엔드 저택에서 무언가를 산다는 것은 상상할 수 없는 일이었다. 그런데도 존 마처가 이런 상상을 하게 된 까닭은 너무 유식하거나 너무 무식한 두 부류의 사람들 모두가 못마땅했기 때문이다. 커다란 방에서 풍기는 시적, 역사적 의미는 정말 압도적이었다. 그가 그 의미를 제대로 감상하려면 혼자 뒤처져서 천천히 음미해 볼 필요가 있었다. 그는 굶주린 개가 먹을 것을 찾듯이 천박하게 저택 이곳저곳을 둘러보는 동행들과는 사뭇 달랐다. 그리고 이렇게 무리에서 떨어져 있다 보니 전혀 상상하지 못한 일이 일어났다.

말하자면 10월의 어느 날 오후, 메이 바트럼과 만나서 친해진 것이었다. 그가 긴 식탁에서 처음 그녀의 얼굴을 보았을 때, 누구인지 생각이 날 듯 말 듯했다. 그런데 이상하게도 이렇게 궁금한 상태가 오히려 기분 좋았다. 처음이 어땠는지는 전혀 기억나지 않지만 뭔가가 지속되는 느낌이었다. 그 느낌이 싫지 않았다. 하지만 지속되는 것이 무엇인지 도무지 감을 잡을 수 없었다. 어쨌든 그 젊은 여자는 두 사람이 전에 어떻게 만났는지 아는 눈치였고, 그래서 그는 더욱 재미 또는 흥미를 느꼈다. 물론 그녀 쪽에서 그런 내색을 한 건 아니었다. 그가 먼저 말을 걸기 전까지 그녀는 전혀 알은체하지 않았다. 그럼에도 그는 그들이 만난 적이 있음을 알았고, 신기하게도 몇 가지 사실을 더 알아내기까지 했다. 사람들 틈에 껴서 우연히 그녀를 보았을 때, 막연히 만난 적 있지만 별로 중요한 만남은 아니었다는 생각이 들었다. 그렇다면 왜 그토록 깊은 인상을 받았는지 모를 일이었다. 하지만 그는 복잡하게 생각하기를 싫어했고, 문제를 깊이 생각하기보다 빨리 결론에 이르고 싶어 하는 성격이었다. 그리고 그 젊은 여성이 이 저택 주인의 가난한 친척이라는 사실이 왠지 모르게 마음에 들었다. 또한 그녀가 이 저택을 방문한 게 아니라 이 집에 살고 있으며, 어쩌면 보수를 받고 일할지 모른다는 사실 역시 마음에 들었다. 이 저택에 사는 대가로 그녀는 사람들을 안내하는 일을 하고 있을까? 또 귀찮게 하는 사람들을 상대하거나 이 저택의 설립 일자라든지 가구 양식 그리고 화가의 이름, 심지어 귀신이 자주 나오는 곳 따위를 알려 주는 일을 하고 있을까? 갖가지 억측이 떠올랐다. 그러나 그녀는 팁이나 몇 푼 받을 사람으로 보이지 않았다. 그렇게 볼 수는 없었다.

마침내 그녀가 그에게 다가왔다. 전보다 나이가 들긴 했지만 — 전에 보았을 때보다 약간 더 나이 들어 보였지만 — 여전히 미인이었다. 그는 터무니없는 생각에 빠졌다. 가령 자신이 두어 시간 그곳에 머무는 동안 다른 사람들보다 그녀에게 관심을 가졌음을 그녀 쪽에서 알아채고 다가온다고 생각했다. 게다가 다른 멍청한 인간들과 달리 자신은 진실을 꿰뚫어 보는 직관을 가졌음을 확신하며, 그녀가 이런 이유로 다가온다고 판단했던 것이다. 그녀는 모인 사람들 중에 가장 초라한 모습으로 그곳에 있었다. 전에 만난 이후로, 많은 일을 겪은 듯했다. 그가 그녀를 기억하듯이 그녀도 그를 기억하고 — 훨씬 더 잘 기억하고 — 있었다.

마침내 그들은 함께 이야기를 나누었다. 벽난로 위의 초상화가 유난히 눈에 띄는 방이었는데, 다른 사람들은 다 나가고 둘만 남았다. 약속한 것도 아닌데 이렇게 둘만 남아서 이야기를 나누게 되었음이 멋졌다. 그를 행복하게 하는 멋진 일은 또 있었다. 웨더엔드 저택은 어디를 가든 구석이라서 구경거리가 늘 있다는 점도 그중 하나였다. 또한 그들을 위해 존재하는 듯 보이는, 높은 창문 너머로 보이는, 저물어 가는 가을날의 풍경 역시 정말 멋졌다. 나지막한 하늘 끝에서 터져 나온 붉은 햇살은 깊게 그리고 비스듬히 파고들며 낡은 벽과 낡은 벽걸이를 비추었고, 바랜 황금빛 위에 여러 가지 모양을 만들어 냈다.

무엇보다 그를 설레게 한 것은 그녀가 다가오는 방식이었다. 다른 유치한 사람들은 이제 지긋지긋하다는, 그가 원한다면 그만을 위해 안내해 줄 수 있다는 표정이었다. 그는 그녀의 태도에서 이 같은 낌새를 읽어 냈다. 그런데 이런 느낌도 잠시, 그녀의 목소리를 듣자 궁금증이 풀리며 잃어버린 뭔가를 찾은 느낌이었다. 그녀는 자신이 약간 더 잘 안다는 듯한 태도였지만 그 점은 중요하지 않았다. 그는 선수를 치려고 꽤 성급해 보일 정도로 알은체를 했다.

"몇 년 전 로마에서 뵌 것 같은데요? 또렷이 기억이 납니다." 그러나 실망스럽게도 그녀는 딱 잘라서 아니라고 대답했다. 그는 자신의 기억력을 증명해 보이려고 머릿속에 띠오르는 대로 이것저것 구체적인 예전 이야기를 주워섬겼다. 돌연 그녀의 표정과 목소리에 기적 같은 일이 일어났다. 마치 길가에 주욱 늘어선 가스등에 하나하나 불이 들어오는 것 같았다. 마처는 환한 불빛을 보는 듯한 착각 탓에 우쭐해졌다. 그녀는 그가 너무 성급하게 기억해 내느라 대부분 잘못된 것 같다고 했다. 그러나 그에게 기억이 맞고 안 맞고, 하는 문제는 중요하지 않았다. 자신을 기억한다는 그녀의 말에 정말 기분이 좋아졌으니까. 로마가 아니라 나폴리였어요. 팔 년 전이 아니라 십 년도 더 된걸요. 전 삼촌과 숙모가 아니라 부모님과 함께 있었어요. 또 선생님과 함께 로마에 오신 분들은 보이어 집안사람들이었어요. 펨블 집안사람들이 아니고요. 잠시 그녀의 주장이 미심쩍었다. 그러나 곧 그녀가 증거를 제시했다. 그녀는 보이어 집안이라면 잘 알지만 펨블 집안은 이야기만 들었을 뿐 서로 모르는 사이라고 했다. 저희를 소개해 주신 분은 바로 보이어 집안사람들이었어요. 천둥이 심하게 치는 바람에 모두 황급히 동굴로 피신했던 건 맞아요. 하지만 그곳은 카이사르 궁전이 아니라 폼페이였어요. 폼페이에서 중요한 유적이 발견되었다고 해서 구경 간 거였어요.

그는 그녀의 말이 맞다고 인정했다. 이로써 그가 그녀에 대해 아무것도 제대로 기억하고 있지 않음을 입증한 셈이었다. 그는 이렇게 그녀가 자신의 잘못된 기억을 고쳐 주는 상황이 즐거웠다. 그들은 시간을 거슬러 올라가서 모든 것을 확인했고 이제 더는 바로잡을 것이 없었다. 그리고 나니 괜스레 불편하고 이야깃거리가 사라져서 어색했다. 그녀는 본연의 임무를 잊고 있었다. 물론 그가 알아본 순간부터 본연의 임무를 수행할 필요는 없었다. 두 사람 다 이 저택에 있는 다른 사람들은 까맣게 잊고 있었다. 그들은 행여 머릿속에 한두 가지 더 떠올릴 것이 있는지 열심히 찾는 것 같았다. 결국 두 사람은 얼마 지나지 않아서 손에 들고 있던 카드를 내보였다. 패를 다 늘어놓아도 한 벌이 되지 않았다. 아무리 과거를 불러내서 꼬드기고 부추긴들 없던 일이 생길 수는 없는 법이었다. 그러나 이런 회상 속에서 예전의 만남이 되살아났다. 그녀가 스무 살, 그가 스물다섯 살 때였던 것 같다. 이렇게 생각을 집중하는데 아무것도 떠오르지 않다니, 정말 이상하다고 두 사람은 입을 모았다.

둘은 기회를 놓쳤다는 느낌에 사로잡혀서 서로를 바라보았다. 차라리 그때 그 먼 외국에서 그렇게 시시하게 만나지 않았더라면 지금 더 멋진 만남이 가능했으리라는 생각마저 들었다. 아무리 헤아려도 두 사람이 기억하는 일은 열두어 가지도 안 되었다. 그들은 젊은 시절의 아주 사소한 사건이나, 아니면 유치하고 단순한 일, 또는 서툴러서 저지른 실수 따위마저 떠올리려고 애썼지만 그런 일들은 몹시 깊은 곳에 파묻혀 있었다. 수년 동안 너무나 깊이(그렇게 보이지 않는가?) 묻혀 있어서 이제는 싹도 돋아나지 않을 터였다. 마처는 예전에 그녀를 위해 한 일이 없어서 못내 안타까웠다. 나폴리만의 전복된 배에서 그녀를 구출했다든가, 아니면 적어도 나폴리 거리에서 단검을 들고 마차를 덮친 거지한테 도난당한 여행용 화장품 가방을 빼앗아서 그녀에게 돌려주었다든가, 아니면 열병에 걸린 그가 혼자 호텔에 누워 있는데 그녀가 와서 돌봐 주고 가족에게 대신 편지를 써 줬다든가, 또는 그가 다시 회복해서 함께 마차를 타고 외출이라도 했더라면 좋았을 텐데, 하는 아쉬움이 남았다.

돌이켜 생각하면 석연치 않은 점도 있었다. 그렇지만 지금의 만남 자체가 너무 멋졌다. 이 만남을 망칠 수는 없었다. 그래서 한동안 하릴없이 왜 이렇게 오랫동안 재회하지 못했을까 — 그들은 함께 아는 사람이 많은데도 — 에 대해서만 이야기를 나눴다. 두 사람의 만남을 재회라고 표현하지는 않았다. 하지만 다른 사람들과 합류하기를 조금씩 미룬 이유는, 이 재회를 무산시키고 싶지 않았기 때문이다. 그들이 서로 만나지 못한 까닭을 말하다 보니, 상대에 대해 아는 게 너무 없다는 사실만 드러났다. 잠시였지만 마처는 그 사실 탓에 무척 가슴 아팠다. 그녀는 그의 옛 친구여야 했다. 그러나 두 사람은 공유한 게 너무 없었으므로 옛 친구인 척을 해 봐도 소용없었다. 새 친구는 얼마든지 있었다. 이 저택에 오기 전에 방문했던 집에서도 그는 새 친구들에게 둘러싸여 있었다. 그녀가 새 친구였다면 이렇게까지 관심을 쏟지 않았을 것이다. 그는 무슨 이야기라도 꾸며 내고 싶었다. 두 사람 사이에 낭만적인 일이나 아주 결정적인 사건이 있었다고 믿는 시늉이라도 하고 싶었다. 그는 상상 속에서 — 시간을 거슬러 올라가서 — 정말 낭만적일 수 있는 어떤 것을 향해 손을 뻗었다. 만일 그런 뭔가가 떠오르지 않으면 이 새로운 출발이 망가질 것 같았다. 이제 곧 그들은 헤어질 것이고 기회는 두 번 다시 오지 않을 수도 있다. 시도야 하겠지만 이런 기회는 결코 오지 않으리라. 물론 나중에 깨달았지만, 이 순간에 모든 게 실패하고 말았다.

그런데 바로 그 순간에 그녀가 위기를 모면하기로 결심하고 말을 꺼냈다. 그녀의 말을 듣자 그는 자신이 의식적으로 그 일을 입에 올리지 않고 미루어 왔음을 떠올렸다. 군이 그 일을 언급하지 않고 대화를 이어 가길 바랐던 것이다. 3, 4분 뒤에 그는 그 일이 무엇인지 깨달았다. 그러자 그녀의 망설임 자체에 가슴이 뭉클해졌다. 어쨌든 그녀가 꺼낸 그 말로 인해 모든 사실이 분명해졌다. 잃어버린 고리를 되찾은 것이다. 그 고리를 잃어버렸다는 사실 자체가 오히려 너무나 어이없고 이상하게 느껴질 정도였다.

"당신이 제게 뭔가를 말했어요. 그래서 당신을 잊지 못하고 그 뒤에도 계속 생각했어요. 너무 더워서 바람을 쐬러 나폴리만을 건너 소렌토에 갔을 때였어요. 돌아오는 길에 갑판의 차양 아래 앉아서 시원하게 바람을 쐬고 있었는데, 그때 제게 말했지요. 잊으셨어요?"

자기가 한 말을 잊다니, 그는 부끄럽다기보다 놀라웠다. 그러나 '애정'을 연상시키는 어조가 아님에 안심했다. 여자들은 허영심 때문에 그런 일을 오래 기억하곤 했다. 그러나 그녀는 찬사나 실언 같은 것은 아니라고 했다. 그녀가 아닌 다른 여자, 정말 전혀 다른 여자와 마주 보고 있었다면 젊은 시절의 어리석은 '청혼'에 관한 기억은 아닐까, 걱정했을 수도 있다. 그런데 이 경우에는 기억이 안 나는 게 득이 아니라 손해임이 분명했다. 그는 이미 그녀의 말에 바짝 흥미를 느꼈다. "아무리 생각해도 도무지 기억이 안 나는군요. 소렌토에 간 날은 기억이 납니다만."

"기억하지 못하시는 것 같네요." 이윽고 메이 바트럼이 말했다. "반드시 기억해 내라는 건 아니에요. 언제든, 어떤 사람에게든 십 년 전의 자기 모습을 돌아보는 건 두려운 일이죠. 만약 과거와 달라진 게 있다면 그게 더 나아요." 그녀가 웃었다.

"아, 당신은 그대로인데 왜 제가 달라져야 하죠?" 그가 물었다.

"제가 변하지 않았다는 뜻인가요?"

"왜 제가 과거와 달라져야 합니까? 물론 제가 멍청하긴 했습니다만." 마처는 계속 말했다. "무슨 일이 있었는지 모르기보다는 차라리 제가 얼마나 멍청했는지 알고 싶습니다. 뭔가를 기억하신다면 말입니다."

그가 이렇게 말했는데도 그녀는 여전히 망설였다. "하지만 이젠 완전히 달라졌으면 어쩌죠?"

"그렇다면 더욱더 알아도 될 것 같은데요. 더구나 전 달라지지 않았습니다."

"어쩌면 그럴지도 모르겠네요." 그녀가 덧붙였다. "하지만 완전히 달라지지 않았다면 기억이 나실 거예요. 그리고 과거에도 방금 사용한, 그런 불쾌한 표현과 어울릴 법한 일은 아니었어요. 제가 당신을 어리석은 사람이라고 생각했다면 지금까지 기억하고 있지도 않았을 거예요. 당신 자신에 관한 얘기였어요." 그녀가 설명했다. 그녀는 그가 기억을 떠올릴 수 있으리라 확신하는 듯, 잠자코 기다렸다. 그러나 그는 의아해하며 그녀를 바라볼 뿐이었다. 전혀 기억해 낼 기미가 보이지 않자 그녀 쪽에서 배수진을 쳤다. "그 일은 일어났나요?" 그녀를 쭉 바라보던 그에게 갑자기 한 가지 생각이 떠올랐다. 그의 얼굴이 서서히 달아올랐다. 그 말의 의미를 알아차리자 얼굴이 화끈거렸다. "제가 그 말을 했단 말입니까?" 그러나 그는 자신의 기억이 틀렸을까 봐, 또 괜한 비밀을 폭로할까 봐 더듬거렸다.

"당신 자신에 관한 거니까 당연히 기억하실 거예요, 저도 기억하는걸요. 그래서 물어본 거예요." 그녀는 미소를 지었다. "그때 말한 일은 아직 안 일어났나요?'

오, 그 순간 그는 그녀가 무엇을 말하는지 알아차렸다. 하지만 너무 놀라서 망연자실했다. 몹시 당황스럽기도 했다. 이런 그의 모습을 보고 그녀는 마치 실언이라도 한 듯 미안해했다. 그러나 곧 깨달았듯이 그녀가 놀라운 말을 했음은 사실이지만 결코 실언은 아니었다. 처음 그 말을 들었을 때의 놀라움이 가시자 정말 이상하게도 그녀가 그 일을 기억하고 있음에 고마움을 느꼈다. 그녀는 이 세상에서 그 사실을 아는 유일한 사람이었다. 그가 비밀을 털어놓은 기억조차 잊어 가는 동안 그녀는 내내 그 비밀을 간직했던 것이다. 그러니 그들이 서로를 아무 일도 없었던 사이처럼 대할 수 없음은 당연했다.

마침내 그가 말했다. "무슨 말인지 알 것 같습니다. 당신에게 비밀을 털어놓고 그 사실을 까맣게 잊은 게 이상할 따름입니다."

"다른 사람에게도 말한 적이 있다는 뜻인가요?"

"아무에게도 말하지 않았죠. 그 뒤로 아무에게도 말한 적이 없습니다."

"그러면 그 사실을 아는 사람이 저뿐인가요?"

"당신에게만 말했으니까요."

"저," 그녀가 재빨리 대답했다. "저 역시 아무에게도 말하지 않았어요. 절대로 아무에게도요." 그녀는 그를 바라보았다. 두 사람의 눈이 마주쳤다. 그녀의 말은 틀림없었다.

그녀는 몹시 진지하게, 아니 지나칠 정도로 진지하게 말했다. 그는 그녀가 자신을 비웃는 게 아님을 깨닫자 마음이 편안해졌다. 어쨌든 이 모든 것이 그에게는 새로운 사치였다. 그녀가 그 사실을 안 순간부터 사치이기는 했다. 그녀가 자신의 비밀을 비웃지 않는다면 그것은 분명히 공감한다는 뜻이었다. 그는 오랫동안 이렇게 공감해 주는 사람을 만난 적이 없었다. 지금이라면 그녀에게 그 비밀을 털어놓지 못했을 것이다. 예전에 우연히 비밀을 털어놓은 덕분에 이루 말할 수 없이 멋진 일이 생겼다고 여겨졌다.

"그렇다면 제발 다른 사람에게 말하지 마십시오. 현재 상태가 좋습니다."

"저도 그래요." 그녀가 웃었다. "원하신다면요!" 그리고 덧붙였다. "그러면 아직도 그런 느낌이 드세요?"

그는 거듭 놀랐지만 그녀의 관심이 진심이라고 생각할 수밖에 없었다. 너무나 오랫동안 그는 끔찍할 정도로 혼자라고 생각해 왔다. 그러나 사실 그렇게 외롭지는 않았다. 오히려 그는 단 한 시간도 혼자인 적이 없었다. 그녀를 바라보자 소렌토의 배 위에서 만난 뒤 지금까지 줄곧 외로웠던 쪽은 오히려 그녀라는 생각이 들었다. 그가 신의를 저버려서 그녀는 그동안 쭉 혼자였던 것이다. 그가 그녀에게 그 말을 한 일, 그 자체가 그녀에게 무언의 뭔가를 요구하는 행위였다. 아니면 달리 무슨 뜻이 있었겠는가? 그녀가 자비심에서 무언가를 주었는데 그는 감사의 표시조차 않은 셈이었다. 다시 만나지 못했더라도 그녀를 기억하거나 감사한 마음을 가지고 있어야 했다. 처음 그가 그 말을 꺼내면서 비웃지 말아 달라고 당부했는데, 그녀는 무려 십 년 동안이나 그 부탁을 들어준 셈이었다. 은혜를 갚으려면 영원히 그녀에게 감사해야 했다. 이제라도 고마움을 전하려면 그녀에게 무슨 말을 했는지 제대로 알아야 했다. "정확하게 제가 어떤 말을 했습니까?"

"당신의 느낌을 말하시는 거예요? 아주 간단한 이야기였어요. 아주 어린 시절부터 마음속 깊이 희귀하고 이상한 일, 아마 끔찍하고 엄청난 일이 일어나리라는 느낌을 가지고 있었다고 하셨어요. 조만간 그 일이 일어나리라는 점을 예감하고 확신한다고도 하셨어요. 그리고 어쩌면 그것에 압도될지도 모른다고."

"그게 아주 간단한 이야기라는 겁니까?" 존 마처가 물었다.

그녀는 잠시 생각에 잠겼다. "얘기를 듣자마자 곧 이해했기 때문일 거예요."

"그 느낌을 이해한다고요?" 그가 열심히 물었다.

그녀는 다시 가만히 그를 바라보았다.

"아직도 그렇게 믿으세요?"

"아!" 그는 무력하게 감탄사를 내뱉었다. 할 말이 너무 많아서 오히려 말문이 막혔다.

"그게 어떤 일이든, 아직 일어나지 않았군요." 그녀는 명확하게 이해했다.

그는 이제 완전히 체념하고 고개를 저었다. "아직 일어나지 않았습니다. 단순히 제가 어떤 일을 해내겠다는 말은 아닙니다. 출세를 해서 유명해지거나 존경을 받겠다는 말도 아니고요. 그 정도로 멍청하지는 않습니다. 차라리 멍청한 편이 훨씬 나을지도 모르겠습니다."

"당신은 그저 당해야만 하는 거예요?"

"음, 기다려야 한다고 말하는 편이 더 맞을 겁니다. 만나고 부딪쳐야 할 겁니다. 갑자기 불쑥 나타나는 모습을 지켜보아야 할 겁니다. 제 의식을 모두 파멸시킬 수도, 절 죽일 수도 있습니다. 어쩌면 반대로 모든 것을 변화시키고 급기야 제 세계를 뿌리째 뒤흔들지도 모릅니다. 결과가 어떻든 제가 감당해야 할 일입니다." 그녀는 그의 말을 이해했다. 그녀의 눈은 연신 빛났고, 비웃는 기색은 전혀 없었다. "지금 하신 말은, 사랑에 빠지리라는 기대처럼 많은 사람들에게 친숙한 위험인가요?"

존 마처는 궁금해졌다. "전에도 그렇게 물으셨던가요?"

"아니에요. 그 당시에는 이렇게 터놓고 말하지 못했어요. 지금 막 생각났을 뿐이에요."

이윽고 그가 말했다. "당연히 그런 생각이 들 겁니다. 사실 저도 그런 생각이 드니까요. 저를 기다리는 것은 단순히 그 정도일 수도 있습니다." 그가 계속 이야기했다. "만일 그게 사랑이었다면 지금쯤 알게 됐을 겁니다."

"사랑에 빠진 적이 있단 말인가요?" 그가 조용히 그녀를 바라보자 그녀 쪽에서 말했다. "사랑에 빠진 적은 있지만 천지개벽할 정도는 아니었다는 뜻인가요? 아니면, 아닌 것으로 입증되었다는 말이세요?"

"보다시피 제가 여기 있잖습니까? 사랑에 그토록 압도되지는 않았습니다."

"그렇다면 사랑이 아니었겠죠." 메이 바트럼이 말했다.

"음, 적어도 사랑이라고 생각했습니다. 사랑으로 알았습니다. 지금도 사랑이었다고 생각합니다. 사랑은 유쾌하고 종종 즐겁고, 또 한편으로는 비참하기까지 했습니다." 그가 설명했다. "하지만 이상하진 않았습니다. 내게 일어날 그 일이란 그런 게 아닙니다."

"혼자서만 간직할 무언가를, 아무도 모르고 여태 알았던 사람도 없는 무언가를 원하는 거군요."

"제가 무엇을 '원하는가'의 문제가 아닙니다. 원하는 건 아무것도 없습니다. 그건 나를 사로잡고 있는, 매일 내 곁을 떠나지 않는 불안입니다."

그는 이 일에 대해 분명하게 이야기를 이어 갔다. 이런 그의 태도에 그녀는 깊은 인상을 받았다. 과거에는 그에게 관심이 없었을지 몰라도 지금은 호의를 느낄 정도였다. "그 일이 급작스럽게 일어날 것 같은가요?" 이제는 그가 그 일에 대해 다시 이야기하기를 즐기고 있음이 분명했다. "그 일이, 만약에 그 일이 일어난다면, 분명 급작스럽진 않을 겁니다. 당연한 일일 겁니다. 그리고 무엇보다 틀림없이 일어날 겁니다. 그 일은 단지 일어나고, 그저 당연해 보일 겁니다."

"그런데 이상하게 보일 거라는 말은 무슨 뜻인가요?"

마처는 생각해 보았다. "제 눈에는 이상하지 않을 겁니다."

"그렇다면 누가 이상하게 본다는 거죠?"

그가 마침내 미소를 지었다. "음, 말하자면 당신이 그렇게 볼 겁니다."

"제가 그 자리에 함께 있을 거라는 말씀인가요?"

"이미 함께 있습니다. 그 일에 대해 이미 아시니까요."

"그건 그렇네요." 그녀는 곰곰이 생각에 잠겼다. "하지만 제가 재난이 닥칠 자리에 함께 있을지를 물어본 거예요."

이 말에 가볍던 분위기가 잠시 무겁게 가라앉았다. 서로를 한참 바라보고 있으니 두 사람은 마치 하나가 되는 듯한 느낌이었다. "그것은 당신이 결정할 일입니다. 당신이 절 지켜본다면 그렇게 될 겁니다."

"두려우세요?" 그녀가 물었다.

"이제 절 떠나지 마십시오." 그가 계속 말했다.

"두려우세요?"

"제가 제정신이 아니라고 생각합니까?" 그는 대답 대신에 말을 이었다. "무해한 정신병자로 보입니까?"

"아니에요, 저는 당신을 이해해요. 그리고 믿어요." 메이 바트럼이 말했다.

"제 강박 관념, 그 가엾은 강박 관념이 현실로 드러날 수 있다는 뜻입니까?"

"현실로 드러날 수 있다고 생각해요."

"그러면 저와 함께 지켜보시겠습니까?"

그녀는 망설였다. 그러고 나서 세 번째로 같은 질문을 되풀이했다. "두려우세요?"

"제가 나폴리에서 두렵다고 했습니까?"

"아니에요. 그런 말은 전혀 안 하셨어요."

"그렇다면 모르겠습니다. 그리고 저도 알고 싶습니다." 존 마처가 말했다. "당신은 제가 두려워하는지 말씀해 주실 겁니다. 저와 함께 지켜보면 알게 될 겁니다."

"그럼 좋아요." 이제 그들은 방을 가로질러 갔다. 그리고 바깥으로 나가기 전, 문 앞에 멈추어 섰다. 서로를 완벽하게 이해했음을 확인하려는 몸짓이었다. "당신과 함께 지켜보겠어요." 메이 바트럼이 말했다.

2

두 사람 사이에는 곧 어떤 유대감이 형성되었다. 그녀가 그에 관한 일을 알면서도 비웃지 않았고, 게다가 그 비밀을 누설하지 않았기 때문이다. 그날 오후 웨더엔드 저택에서 마주친 뒤로 일 년 동안 두 사람은 자주 만나며 더욱 친해졌다. 그녀의 대고모인 노부인의 죽음은 새로운 계기가 되었다. 그녀는 어머니를 여의고 나서 대고모 집에 얹혀살았다. 그 노부인은 이 저택 상속자의 어머니일 뿐이었지만 성질이 대단해서 늘 사람들 위에 군림하려 들었고, 저택의 최고 권력자로 행세했다. 그녀가 세상을 뜨고 나서야 비로소 그 권력은 다른 사람에게 넘어갔다. 그러자 여러 가지가 변했다. 특히 이 젊은 여성의 처지에 많은 변화가 생겼다. 마처는 세심한 편이었고, 처음부터 그녀가 굴욕적인 더부살이를 하고 있음을 알아차렸다. 이제 바트럼 양은 런던에 작은 집을 소유하게 되었다. 그녀가 자존심을 회복하리라는 생각에 마처는 마음이 놓였다. 꽤 복잡한 과정을 거쳐야 했음에도 노부인의 유언 덕분에 그녀는 집 한 채를 마련할 만한 돈을 상속받았다. 시간이 걸리기는 했으나 모든 문제는 잘 정리되었다. 그리고 마침내 그녀는 곧 집을 갖게 되리라고 말해 주었다.

그 전에도 그녀를 다시 만난 적은 있었다. 그녀가 대고모와 함께 런던을 방문했을 때였다. 그의 친구가 두어 번 그를 극진히 접대한다며 웨더엔드 저택으로 초대했고, 거기서 그녀를 만났었다. 그때도 그는 다른 사람들로부터 멀리 떨어져서 조용히 바트럼 양을 만났다. 그리고 또 런던에 있을 때, 그녀는 마처의 설득으로 몇 차례 휴가를 내기도 했다. 이때 그들은 국립 미술관과 사우스 켄싱턴 박물관에 갔다. 거기서 그들은 생생한 추억, 특히 이탈리아에서의 추억을 화제에 올렸다. 하지만 이제는 예전처럼 젊은 시절의 기억을 되살리려고 굳이 애쓰지 않았다. 그 첫날, 웨더엔드 저택에서 회상했던 것으로 충분했다. 마처는 자신들이 한 배를 타고 있으며, 이제 그

배가 한곳만을 맴도는 게 아니라 확실히 파도를 타고 떠내려 가고 있음을 느꼈다.

그들은 말 그대로 함께 헤맸다. 이렇게 함께 헤매기란 우리 신사에겐 특별한 일이었다. 그녀가 아는 숨겨진 보물, 즉 그의 보물을 찾아서 방황했다. 그는 손수 숨겨 둔 보물을 캐낸 뒤 환한 곳에서 — 그들은 흐린 날에 아주 신중하고 은밀하게 그 일을 진행했다. — 꺼내 보았다. 정말 이상하게도 그는 보물을 땅에 묻어 놓고 어디에 숨겼는지 아주 오랫동안 잊고 있었다. 그런데 운 좋게도 그 장소를 다시 발견한 것이다. 그는 그 행운에 취해서 그 밖의 문제에는 관심을 두지 않았다. 이로 인해 그는 앞으로 다가올 일을 즐기게 되었으며 마음도 평온 해졌다. 그러지 않았다면 잊어버린 기억을 되찾으려고 번잡 하게 굴었을지도 모른다. 이렇게 잠시 그 기억을 잊자 미래가 더 참신한 모습으로 다가왔다. 그는 자신의 일을 누군가가 '알 아야 한다'고 생각한 적이 없었다. 누구에게든 그 이야기를 발 설할 계획 따윈 없었다. 얘기하고 싶어도 사람들이 비웃으리 라 짐작했으므로 차마 말을 꺼낼 수 없었다. 그러나 신비한 운 명의 힘으로 적절한 순간에 그녀가 언급한 것이었다. 그는 이 것을 운명의 보상으로 받아들이고 그 보상을 최대한 누릴 작 정이었다.

적절한 사람이 안다는 사실만으로도 그가 짊어진 비밀의 무게는 조금 가벼워졌다. 게다가 메이 바트럼은 적절한 사람 이 분명했다. 왜냐하면…… 음, 그녀가 그곳에 있었기 때문이 다. 그녀는 그 사실을 알았기 때문에 적절한 사람이 되었다. 그녀가 적절한 사람이 아니었다면 지금쯤 그는 그 사실을 깨 달았을 것이다. 하지만 그녀에게는 단지 비밀을 털어놓을 상대 정도로만 여길 수 없는, 특별한 뭔가가 있었다. 그녀는 곤경에 처한 그에게 진지하게 관심을 보여 주고 — 오로지 그의 상황을 개선해 주고자 — 그를 위해 자신의 재능을 유감없이 발휘했다. 더구나 그녀는 그를 따뜻하게 대하고 그의 말에 공감하며 전혀 우습게 여기지 않았다. 그녀가 끊임없이 그를 배려하기 위해 희생하고 있음을 그도 알았다. 그렇기 때문에 그는 일부러 그녀에게도 그녀의 삶이 있음을 생각하려고 애썼다. 그는 그녀에게 일어날 수 있는 일, 진정한 친구라면 더욱더 고려해야 할 일들이 그녀에게도 있다는 사실을 세심하게 기억하려고 했다. 그때 아주 주목할 만한 사건이 일어났다. 그로 인해 그의 인식은 갑작스레 아주 극단적으로 바뀌었다.

그는 자신을 늘 이 세상에서 가장 사심 없는 사람이라고 생각해 왔다. 끊임없이 불안에 시달리면서도 누구에게든 그 불안에 대해 이야기한 적이 없었다. 그리고 불안이나 그로 인한 나쁜 상황들을 아무도 알아채지 못하게끔 행동했으며, 아무에게도 이런 불안을 알아 달라고 조른 적이 없었다. 그는 불안이라는 무거운 짐을 묵묵히 혼자 짊어지고 있었다. 그럼에도 다른 사람이 불안을 털어놓을 때면 그는 잠자코 들어 주기까지 했다. 물론 사람들이 불안하다고 말할 때 그 역시 자기 불안을 털어놓고 싶은 유혹을 느낀 순간이 더러 있었지만 자신의 기묘한 불안을 얘기해서 다른 사람까지 불안하게 만든 적은 없었다. 다른 사람들이 — 일생에 단 한 시간도 안정해 본 적이 없는 자신처럼 — 불안을 느낀다면 그들도 그의 불안을 이해할 터였다. 하지만 그는 단 한 번도 자신의 비밀을 털어놓지 않았다. 아주 정중하게 다른 사람들의 이야기를 들어 줄 뿐이었다. 이런 태도 때문에 그는 독특한 개성이 없음에도 아주 예의 바른 사람으로 여겨졌다. 무엇보다도 그는 이 탐욕스러운 세계에서 이기적이지 않고 점잖게 ― 사실 아마 고상하게 ― 보였다. 그리고 그는 이러한 자신의 특징을 아주 높이 평가했다. 그는 늘 경계를 늦추지 않겠다고 다짐했다. 자신이 정해 놓은 이런 원칙을 어기는 일이 얼마나 위험한지도 잘 알았다. 그렇지만 이제는 조금 이기적인 사람이 되기로 했다. 이보다 더 매력적인 기회는 없을 것 같았다. 그의 '조금'이란 하루하루 바트럼 양이 그에게 허락한 양이었다. 하지만 그는 그녀에게 그것을 결단코 강요한 적이 없었다. 오히려 그녀를 어떤 식으로 ― 최대한 ― 배려해야 할지 원칙을 세울 정도였다. 자신들의 우정을 유지하기 위해 그는 그녀의 일 그리고 그녀에게 필요한 것, 나아가 그녀의 특성 ― 그는 이렇게 이름을 붙여서 분류하기까지 했다. ― 을 완벽하게 항목별로 정리했다. 이러한 배려는 그가 그녀와의 우정 자체를 소중하게 여긴다는 증거였다. 그는 그것을 위해 최선을 다했다. 우정이 존재했을 뿐이다. 그녀가 웨더엔드 저택에서 가을 햇살을 받으며 처음 예리한 질문을 던진 그 순간부터 우정은 존재하기 시작했다. 이렇게 커져 버린 우정이 현실성을 가지려면 결혼이라는 형식을 띠어야 했다. 그러나 곤란하게도 그것의 기반은 결혼과 연관될 수 없었다. 그의 확신이나 불안 그리고 강박 관념 따위는 여자와 공유할 만한 것이 아니었다. 이런 생각에 이르자 앞으로 이 우정이 어떻게 결말이 날지 좀체 짐작할 수 없었다. 세월의 굽이 속에서 보이지 않는 무언가가 그를 덮치기 위해 밀림의 야수처럼 웅크린 채 기다리고 있었다. 그 웅크린 야수가 그를 죽일지, 아니면 *그*가 야수를 죽일지는 중요하지 않았다. 한 가지 분명한 것은 언젠가 그 야수가 덮치리라는 점이었다. 이런 상황에서 여자를 배려할 줄 아는 남자가 취해야 할 확실한 결론은, 호랑이 사냥에 숙녀를 데려가지 않는 것이었다. 그는 미래의 삶에 대해서 이러한 행동 지침을 세웠다.

그렇지만 그녀를 가끔씩 만나던 초기에는 이런 이야기를 꺼내지 않았다. 그런 대화를 하고 싶지도 않았고, 그녀가 먼저 그 이야기를 꺼내길 바라지도 않았다. 그는 항상 곱사등으로 살아야 하는 불행한 사람과 같은 관점을 지니고 있었다. 이야기를 하든 안 하든 매 순간 존재하는 불룩한 곱사등. 물론 그는 그것이 항상 존재함을 인정하고, 무엇보다 늘 그렇게 짊어져야 한다고 생각했다. 그는 이런 상태였고 그녀는 그런 그를 지켜보았다. 그러면서도 그는 엄숙하거나 긴장한 듯 보이고 싶지 않았다. 다른 사람에게는 그렇게 보일지 모르지만 그 사실을 아는 단 한 사람만큼은 편안하고 자연스러운 태도로 대하고 싶었다. 그 화제를 회피하기보다는 언급했고, 그 화제를 넌지시 언급하느니 차라리 회피했다. 그리고 불길하고 엄숙하게 얘기하기보다는 농담처럼 말을 꺼냈다. 그녀에게 편지를 쓸 때도 그런 식이었다. 분명하지는 않지만 그녀가 런던에 집을 마련한 것은, 오랫동안 그가 하느님께 갈구해 온 무언가에 대한 응답일 수도 있다고 했다. 그동안 그는 그 일에 대해 이야기할 필요가 없었다. 그 편지에서 처음으로 그 일을 다시 언급한 셈이었다. 하지만 그녀는 자신의 근황을 알린 뒤 그런 유(類)의 특별한 불안이 이렇게 시시한 일로 마무리되지는 않으리라고 답했다. 그는 이런 태도를 보고 이제 그녀가 오히려 더 대단한, 아주 특별한 어떤 일을 기대하고 있지는 않은지 생각하게 되었다.

어쨌든 시간이 흐르면서 그는 그녀가 그 일을 기준으로

자신의 인생을 바라보고, 때때로 판단하고 평가해 온 사실을 조금씩 알게 되었다. 세월이 흐르자 그 일은 신성한 것이 되었으며, 마침내 그들은 그것을 '진정한 진실'이라고 불렀다. 그 일을 언급하면서 그가 사용한 표현인데, 그녀 역시 그 말을 가만히 받아들였다. 언제부터인지 모르지만 그들은 한 가지 점에 동의하고 있었다. 어느 정도 시간이 흐른 뒤 다시 그 일을 되돌아보자는 것이었다. 정말이지 언제부터 두 사람이 이렇게 똑같은 생각을 하게 되었는지, 그리고 그를 인정해 주기만 하던 그녀가 언제부터 그를 신뢰할 만큼 마음을 열게 되었는지는 알 수 없다.

그는 늘 농담으로 그녀가 자신을 무해한 정신병자 정도로 여긴다고 비난했다. 그리고 그의 이런 표현은 — 광범위한 의미를 포괄할 수 있으므로 — 그들의 우정이 어떤 것인지 한마디로 설명해 주었다. 그녀가 보기에 그는 좀 이상한 사람이 맞았다. 그래도 그녀는 그를 좋아했으며, 실제로 사람들 말에 개의치 않고 지극히 현명하고 친절하게 그를 잘 돌보았다. 보수를 받지 않았음에도 아주 즐겁게 돌보았다. 그녀에게는 특별히 가까운 친척이 없었지만, 설령 있다고 해도 친척들 사이에서 평판이 떨어질 일은 없었다. 세상 사람들은 그가 이상하다고 생각했다. 그러나 그가 어떻게 이상하며, 무엇보다도 왜 이상한지를 아는 사람은 그녀뿐이었다. 그녀가 베일을 매만져 그를 제대로 가려 줄 수 있었던 까닭은 바로 그런 이유 때문이었다. 그녀는 다른 모든 것을 받아들이듯이 그의 명랑함 — 그들 사이에서는 명랑함으로 통했다. — 을 그대로 인정했을 뿐만 아니라, 줄곧 그의 섬세한 느낌을 믿어 주고 합리화해 주었다. 그녀는 적어도 그의 삶의 비밀에 대해 말할 때

항상 "당신에 관한 진정한 진실"이라고 지칭했으며, 근사한 솜씨로 그것을 그녀 자신의 삶의 비밀로 보이게끔 했다. 이런 그녀의 태도에서 그는 끊임없이 그녀가 자신을 배려하고 있음을 느꼈다. 그 스스로도 자신을 배려했지만 그녀는 자기보다 더 깊이 자신을 배려해 주었다. 그럴 수 있었던 이유는, 그보다 그녀의 관점이 더 폭넓었기 때문이다. 그가 거의 따라갈 수 없을 정도로 그녀는 그의 불행한 이탈을 추적했다. 그는 자신이 어떻게 느끼는지 알았지만 그녀는 더 나아가 그가 어떻게 보이는지까지 알았다. 그는 숙고해 봐야만 무엇을 피해야 하는지 겨우 눈치챌 수 있었지만 그녀는 애써 고민하지 않고도 다 알았다. 영혼의 짐이 더 가벼웠더라면 그가 얼마나 많은 일을 해냈을지, 그리고 영리한 그가 얼마나 많은 재능을 낭비하고 있는지 다 알아주었다. 무엇보다도 그녀는 그의 형식적인 모습과 초연함의 차이를 알았다. 겉보기에 그는 얼마 안 되는 유산과 작은 서재 그리고 정원 딸린 시골 별장을 가진 공무원이었다. 그는 런던의 친구들과 초대를 주고받으며 지내는 보통 사람이었다. 그러나 그런 행동 저변에는 초연함이 있었고, 그 초연함으로 인해 그의 모든 행동들은 위선처럼 보였다. 결국 속내를 드러내지 않는 행동 때문에 그의 본심은 지극히 사교적인 웃음으로 포장해 놓은 꼴이 되어 버렸다. 그 포장한 틈새로 그의 눈이 보였지만 그의 다른 특징들과 썩 어울리지는 않았다. 아무리 세월이 흘러도 멍청한 세상 사람들은 그의 실체를 절반도 파악하지 못했다. 그를 제대로 아는 사람은 바트럼 양밖에 없었다. 그녀는 아주 능숙하게 그를 정면에서 바라보는 동시에 — 어쩌면 교대로 — 어깨 너머로 건너다보듯이, 가면 틈새로 보이는 시선과 함께 세상을 내다보았다.

그렇게 그녀는 늙어 가면서 그와 함께 세상을 바라보았다. 이러한 관계가 그녀 삶의 형태와 색깔을 규정했으며, 그녀 역시 겉보기와는 달리 초연해졌다. 물론 그녀는 사교 모임에서 참모습을 드러내지 않았고, 내내 진정으로 자신을 설명할 수 있는 단 하나의 모습에 충실했다. 그러나 누구에게도, 특히 존 마처에게는 더욱더, 그 모습을 솔직하게 드러낼 수 없었다. 사실 그녀는 어떤 태도를 통해서 자신의 진정한 모습을 표현하고 있었다. 하지만 마처는 그것을 보면서도 모른 체하고 지나치며 의식하지 않으려고 했다. 게다가 그녀가 그 못지않게 그들의 진정한 진실을 위해 스스로를 희생했다면, 보상은 더 빨리 찾아와서 자연스럽게 그녀의 삶을 바꾸어 놓아야 했다. 그들은 런던에 함께 살면서 오랜 시간을 보냈다. 서로 이야기를 삼가기는 했지만 언제라도 그 일을 화제에 올릴 수 있었다. 만약 다른 사람이 그 이야기를 들었다면 도대체 무슨 말인가 싶어서 의아했을 것이다. 다행히도 처음 사귀기 시작했을 때부터 그들 이외의 세상 사람들은 모두 어리석었고, 그 세상 사람들이 허용하는 범위 안에서 그들은 별 탈 없이 살아갈 수 있었다. 그러다가 가끔은 그녀의 말 때문에 새로운 국면이 펼쳐지기도 했다. 그녀는 종종 했던 말을 반복하기도 했지만 흔한 일은 아니었다. "우리가 그나마 체면을 유지하는 건 보통 사람들과 똑같아 보이기 때문이에요. 우리의 만남은 이제 거의 일상이 되었어요. 늘 만나다 보니 안 만나면 안 될 정도가 되어 버린 보통 남녀들처럼 말이에요." 그녀는 기회가 닿을 때마다 이런 말을 했다. 물론 관계가 좀 더 진전되자 다른 식으로 표현하기도 했다.

그녀의 생일을 축하하려고 방문한 어느 날 오후, 그는 자신을 맞이하는 그녀의 태도가 전과 달라진 데 깜짝 놀랐다. 이상하게도 그녀의 생일은 대부분 안개가 짙게 낀 흐린 날이었다. 그날은 일요일이었다. 언제나처럼 그는 선물을 가지고 그녀를 방문했다. 만난 지 오래되다 보니 두 사람 사이에는 여러 가지 사소한 전통이 생겼다. 그녀는 생일 선물에서 진심으로 자신을 배려하는 그의 마음을 느낄 수 있었다. 그는 항상 최상품의 조그만 장신구를 선물했다. 어쩌면 의식적으로 그렇게 분에 넘치는 물건을 사는지도 몰랐다. "우리가 늘 이렇게 만나기 때문에 당신 체면이 서는 거예요. 아시겠어요? 늘 저와 만나기 때문에 세상 사람들 눈에 다른 남자들과 똑같아 보이는 거라고요. 보통 남자들의 고질적인 특징이 뭔지 알아요? 마음에 들지 않는 멍청한 여자와도 끝없이 시간을 보낼 수 있다는 거예요. 물론 지겹지 않은 건 아니지만 그래도 개의치 않죠. 단지 지겹다는 이유로 여자를 안 만나는 사람은 드무니까요. 지금의 당신처럼요. 제가 당신의 그 멍청한 여자예요. 주기도문을 암송할 때마다 나오는 일용할 양식 같은 존재죠. 이런 우리 관계 덕분에 다른 사람들은 당신을 정말 평범한 사람이라 여기는 거예요."

"그렇다면 당신을 보통 사람처럼 보이게 하는 것은 뭔가요?" 마처가 물었다. 그의 멍청한 여자는 이렇게 새로운 흥밋거리를 끄집어내는 능력이 있었다. "이런저런 식으로 당신이 내 체면을 세워 주는 건 알겠습니다. 물론 그동안에도 알고 있었죠. 그럼 당신은 어떻게 자신의 체면을 세우는지 궁금하군요. 종종 그 문제를 생각해 보았습니다."

그녀도 그 문제를 생각해 보긴 했지만 그와 다른 결론을 내린 것 같았다. "다른 사람이 보기에 말이죠?"

"음, 내가 당신 곁에 있듯이 당신은 늘 진심으로 내 곁에 있어 준다는 뜻이에요. 당신이 날 위해 뭔가를 해 주고 있음을 늘 고맙게 생각합니다. 그리고 당신이 날 위해 해 준 일도 잊지 않고 있어요. 사실 가끔은 내가 이렇게 행동하는 게 옳은지 자문하기도 합니다. 이렇게 당신을 내 곁에 두는 게, 말하자면 당신의 관심을 독차지하는 게 잘하는 일인지 말예요. 당신도 자기 일을 할 시간이 필요할 테죠."

"당신에게만 관심을 쏟느라 다른 일을 못 할까 봐 걱정이 되나요?" 그녀가 물었다. "하지만 다른 일을 할 필요가 있을까요? 우리가 합의한 대로 당신과 함께 그 일을 지켜보려면 그 자체에 온통 집중해야 하는데요."

"오, 물론 맞는 말이에요." 존 마처가 말했다. "당신은 어쩌다 보니 내 일에 끼어든 겁니다! 세월이 흐르고 보니 가끔 이 일에 아무런 보상이 없음을 실감하지 않나요?"

바트럼 양은 잠시 말을 멈추었다. "혹시 당신 편에서 그렇게 느끼는 건 아닌가요? 너무 오래 기다렸다고 생각하나요?"

아, 그는 그녀의 말을 이해했다! "전혀 일어나지도 않을 일을 기다렸다는 뜻인가요? 너무 오랫동안 야수가 뛰쳐나오기를 기다렸단 말입니까? 그렇지 않아요. 그 문제에 대한 내 생각은 변함이 없습니다. 그건 내가 선택하거나 바꿔 볼 수 있는 문제가 아니에요. 내 뜻대로 변경할 수 있는 문제가 아니니까요. 운명이 그렇게 하는 겁니다. 운명의 법칙에 좌우되고, 그냥 그렇게 주어진 거예요. 운명이 어떤 모습을 하고 어떤 방식으로 움직일지는 그 법칙을 따를 테니까."

"네." 바트럼 양이 대답했다. "물론 운명이 다가오고 있어요. 운명은 늘 나름의 모습과 방식으로 다가오죠. 그런데 운명의 모습과 방식이 당신에게만 정말 예외적인 것이라면, 음, 특별히 당신에게만 해당하는 것이라면요."

그는 이 말을 듣고 어떤 기미를 눈치챘다. 그는 의아해하면서 그녀를 바라보았다. "'것이라면'이라고 얘기하는군요. 의심하는 것처럼 말예요."

"오!" 그녀가 모호하게 항의했다.

그는 계속 말했다. "마치 당신은, 아무 일도 일어나지 않으리라고 믿는 것 같군요."

그녀는 천천히 고개를 저었다. 무슨 뜻인지 알 수 없었다. "전혀 그렇지 않아요."

그는 계속 그녀를 바라보았다. "그럼 무슨 생각을 하는 건가요?"

이윽고 그녀가 말했다. "음, 그 어느 때보다 이제야 제 호기심이 보상받으리라는 확신이 강하게 드는걸요."

지금 그들은 노골적으로 심각해졌다. 그는 자리에서 일어나 다시 한 번 작은 거실을 둘러보았다. 그들은 몇 년 동안이나 이 거실에서 그 피할 수 없는 주제에 대해 이야기했다. 그렇게 함께 기뻐하고 슬퍼하면서 가까워졌다. 그에게 이 거실의 모든 물건은 자기 집의 살림살이처럼 익숙했다. 낡은 회계사 사무실의 책상들이 수 세대에 걸쳐 그것을 사용해 온 서기들의 팔꿈치에 움푹 파이듯이, 이 거실의 양탄자 역시 끊임없이 이 집을 드나드는 그의 발길에 닳아 버렸다. 더불어 그의 불안도 여러 해 동안 이곳에 머물렀다. 이 거실에는 그의 중년의 역사가 새겨져 있었다. 그는 그녀가 한 말을 의식한 탓인지 이제 이 같은 사실들이 신경 쓰였다. 그는 이런 의식 때문에 잠시 후 그녀 앞에 멈추어 섰다. "두려워졌습니까?"

"두려워졌느냐고요?" 그의 말을 따라 하는 그녀의 안색이 약간 변한 것 같았다. 그는 그 진실을 건드리지 않기 위해 아주 친절하게 설명했다. "오래전, 웨더엔드에서 처음 만났을 때 내게 당신이 그렇게 물었던 거 기억하나요?"

"오, 그럼요. 그때 당신은 모르겠다고 했죠. 그리고 제 스스로 보게 되리라고 했어요. 그 뒤로 기나긴 세월이 흘렀지만 그 이야기를 다시 꺼낸 적은 없네요."

"정말 그래요." 마처가 끼어들었다. "너무 민감한 문제라 함부로 꺼내면 안 될 것 같아서 피해 온 겁니다. 내가 두려워하고 있음을 어쩔 수 없이 인정하게 될까 봐 말예요." 그가 말했다. "그러지 말았어야 했습니다. 그렇지 않나요? 차라리 미루지 말고 어떻게 해야 할지 분명히 알았어야 했는데 말예요."

그녀는 잠시 동안 대답을 하지 않았다. "당신이 두려워한다고 생각한 적도 있어요." 그녀가 덧붙였다. "물론, 거의 모든 가능성을 생각해 봤다는 뜻이에요."

"모든 것이라고 했습니까, 오!" 마처는 반쯤 혈떡였다. 늘 곁에 있지만 오랫동안 숨겨 온 상상 속 얼굴이 그 어느 때보다 분명히 드러났기 때문이다. 그는 작은 소리로 신음했다. 바로 야수의 눈길을 한 그 얼굴이 드러나는 예측할 수 없는 순간들이 있었다. 익숙한 눈길이지만 그 눈길과 마주치는 순간이면 아직도 존재의 심연에서 한숨이 새어 나왔다. 두 사람이 생각해 본 모든 것, 처음부터 끝까지 고려해 본 모든 것이 그를 엄습했다. 과거가 아무 결실도 없는 황량한 사색에 지나지 않는 것 같았다. 모든 것이 단순화되고, 거실에는 불안만 가득 차 있는 듯 보였다. 그 불안마저 주위의 허공에 간신히 매달려 있는 것 같았다. 원래의 두려움이 있었다면 그 두려움은 이제 저절로 사막으로 사라졌다. 그가 계속 말했다.

"하지만 이제는 내가 두려워하지 않는다는 걸 알 거예요."

"이제 위험에 익숙해졌다는 건 알겠어요. 오랫동안 위험을 가까이하다 보니 무감각해진 거예요. 위험의 존재를 알면서도 무관심해진 거죠. 이젠 예전처럼 어둠 속에서 휘파람을 불어야 참을 수 있는 건 아니잖아요. 그 위험이 무엇인지 생각하면," 메이 바트럼이 결론을 내렸다. "그 누구도 당신처럼 용감할 수는 없을 거예요."

존 마처는 약간 웃으며 말했다. "영웅적이라는 말인가요?"

"물론이죠. 영웅적이에요."

그도 자신의 행동을 바로 영웅적이라 칭하고 싶었다. "그렇다면 나는 용감한 사람입니까?"

"용감한 분임을 보여 주실 거예요."

그래도 모든 의문이 풀리지는 않았다. "하지만 용기 있는 사람이라면 자신이 두려워하는지, 두려워하지 않는지 정도야 알지 않겠습니까? 그걸 모르겠습니다. 그게 뭔지 분명하지 않아요. 뭐라고 불러야 할지 모르겠단 말입니다. 그저 위험에 노출되었다는 사실밖에 모르겠어요."

"그래요, 하지만 어떻게 말해야 할까요? 완벽하게 모조리 노출되어 있어요. 위험이 바짝 다가와 있어요. 이제 충분해요."

"그러면 내가 두려워하지 않음을 충분히 느끼고 있습니까? 우리가 지켜보는 일을 마치면서 내린 결론이라는 말입니까?"

"당신은 두려워하지 않아요." 그녀가 말했다. "그렇다고 우리가 지켜보는 일이 끝난 건 아니에요. 아직도 당신은 모든 일을 지켜봐야 해요."

"그러면 당신에겐 해당하지 않는다는 말인가요?" 그가 물었다. 그날 하루 종일 그는 그녀가 뭔가 숨긴다고 느꼈으므로 여전히 의구심이 들었다. 이런 첫인상 때문에 이날은 나중에도 특별한 하루로 기억에 남았다. 우선 그녀가 대답을 하지 않았으므로 더 이상했다. 그래서 다시 캐물었다. "당신은 내가 모르는 뭔가를 아는 거 같군요." 이 말을 할 때 그의 목소리는 용감한 사람답지 않게 조금 떨렸다. "당신은 무슨 일이 일어날지 알고 있습니다." 그녀는 아무 말도 하지 않았다. 그렇지만 그녀의 표정을 보면 그의 말에 거의 수긍했음을 알 수 있었다. 그러자 그의 확신이 더욱 강해졌다. "당신은 알면서도 두려워서 말을 못 하는 겁니다. 너무 나쁜 일이어서 내가 아는 게 두려운 거예요."

이 모든 게 사실일 수도 있었다. 그녀가, 마치 몰래 그어 놓은 신비한 선을 그가 예기치 않게 넘어 버렸다는 듯한 표정을 지었기 때문이다. 하지만 그녀는 결국 그런 걱정을 할 필요가 없었다. "절대 알아내지 못하실 거예요." 어쨌든 그 자신이 그것을 알지 못하므로 굳이 걱정할 필요 또한 없다는 것이 이날의 진정한 절정이었다.

3

그럼에도 이미 말했다시피 이날은 특별한 날이었다. 오랜 시간이 지난 뒤에도 몇 번이고 두 사람 사이에 있었던 다른 일들은 모두 이날의 일과 연관되었다. 회상의 성격과 결과가 조금 달라지기는 했지만. 당장은 그 일을 화제에 올리는 횟수가 줄어들었다. 그 화제는 거의 반작용으로 스스로의 무게를 이기지 못하고 수그러든 듯 보였다. 더욱이 마처는 그 문제에 대해서 이기적으로 굴지 않으려고 신경을 곤두세웠다. 그는 전체적으로 아주 훌륭하게 이 원칙을 지켰고, 원칙을 벗어날 때마다 항상 재빨리 실수를 바로잡았다. 그리고 그 어리석은 실수를 만회하기 위해 날씨가 괜찮은 계절엔 종종 그녀와 함께 오페라를 보러 갔다. 그녀의 관심이 한쪽으로만 치우치는 것을 막고자 한 달에 열두어 번 오페라를 관람한 적도 했다. 그럴 때면 그녀를 집까지 바래다주고, 데이트를 잘 마무리하기 위해 집 안에 들어가기도 했다. 그리고 자신의 마음을 알아 달라는 듯이 그녀가 정성껏 마련한 조촐한 저녁 식사를 하기도 했다. 하지만 그는 그녀가 영원히 자신만을 신경 쓰도록 하고 싶지 않았다. 그래서 같이 구경한 오페라에서 두 사람 모두가 잘 아는 곡이 있으면 한 악절을 함께 연주하기도 했다. 피아노가 곁에 있고 두 사람 다 피아노를 잘 쳤기 때문이다. 그러던 중 작년 그녀의 생일날, 그녀가 질문에 대답하지 않았음을 상기했다. 그는 "당신은 어떻게 체면을 차리고 있습니까?"라고 물었다. 보통 사람과 달라 보이지 않기 위해 어떻게 하느냐는 뜻이었다. 그녀가 전에 말했듯이, 그가 여느 남자들처럼 행동해서 — 자신보다 못한 여자와 관계를 맺어서 — 사람들 입에 오르내리지 않는다면, 그녀 자신은 어떤 방식으로 행동하느냐는 질문이었다. 그들의 관계는 사람들의 주목을 끌 만했으므로, 무슨 수로 남의 입에 자주 오르내리지 않느냐는 말이었다.

"다른 사람들의 입에 자주 오르내리지 않는다고 한 적은 없어요." 메이 바트럼이 대답했다.

"아, 그러면 당신 체면은 딱하다는 뜻이군요."

"체면은 중요하지 않아요. 당신께 여자 친구가 있듯이 제게 남자 친구가 있을 뿐이에요." 그녀가 말했다.

"그러면 이런 관계가 괜찮다는 건가요?"

오, 그녀는 몹시 할 말이 많은 듯 보였다! "당신이 괜찮은 것처럼 저도 개의치 않으면 되겠죠? 인간적으로요."

마처가 대꾸했다. "'인간적'이라 한다면 당신 역시 뭔가를 추구하며 산다는 뜻인가요? 말하자면 나나 나의 비밀만을 위해 사는 게 아니고."

메이 바트럼은 미소를 지었다. "물론 당신을 위해 사는 것처럼 보이긴 하겠죠, 인정해요. 하지만 중요한 것은 당신과 제가 얼마나 친밀한가, 하는 점예요."

그는 그녀의 뜻을 알아차리고 웃었다. "그렇군요. 하지만 당신 말대로, 세상 사람들이 나를 보통 사람으로 보기 때문에 당신까지 평범하게 보는 거예요. 그렇지 않나요? 당신 덕분에 내가 보통 사람으로 보이고, 내가 평범하다면 당신의 평판도 떨어질 리 없지 않나요?"

잠시 그녀는 다시 대답을 하지 않았다. 그리고 아주 또렷하게 말했다. "그래요. 제 유일한 관심사는 당신이 보통 사람처럼 보이는 거예요."

그는 그 말에 대해 일부러 극진히 감사를 표했다. "당신은 너무 친절하고 너무 아름다워요! 이 은혜를 어떻게 갚아야 할지 모르겠습니다."

그녀는 마치 열 가지 중에서 하나를 선택해야 할 때와 같은 심각한 표정을 지은 채 아무 말도 하지 않았다. 드디어 그녀가 선택했다. "계속 지금처럼 하세요."

그들은 계속 그런 식으로 지냈다. 정말 오랫동안 그렇게 지내다 보니 그들 사이에 놓인 심연이 얼마나 깊은지 더는 알 수 없었다. 이 심연은 가끔 어지러운 바람결에 흔들리기도 했지만 그 위엔 늘 가볍고 견고한 다리가 놓여 있었다. 그들은 종종 그 깊이를 재고 나서야 비로소 안심했다. 더욱이 그녀는 마음속으로 내내 어떤 생각을 하면서도 표현할 엄두를 못 낸다고 비난받았지만 ── 최근에 가장 길게 이야기를 나눈 끝에 그가 이런 비난을 했다. ── 전혀 반박할 필요가 없다고 느끼는 것 같았다. 그녀의 이런 태도 때문에 그들 사이엔 전과 다른 무언가가 생겨났다. 그는 그녀가 뭔가를 알면서도 나쁜 일이라 여기기에 말을 못 한다고 생각했다. 심지어 그는 직접 그녀에게 너무 나쁜 일이어서 말하지 않는 거냐고 묻기까지 했다. 그러나 그녀의 대답은 모호했고, 그 점이 더욱더 그의 마음에 걸렸다. 감수성이 예민한 마처로서는 너무나 부담스러웠으므로 그 이야기를 다시 꺼내지조차 못했다. 그는 멀어졌다 가까워졌다 하면서 그 문제의 주위를 맴돌았다. 궁극적으로 그녀가 자기보다 자신에 대해 더 잘 '알' 수는 없으리라고 생각했다. 하지만 그런 생각마저 그에게 위안이 되지 않았다. 그가 알지 못하는 것을 그녀 역시 알 리가 없다. 물론 그보다 예민할 수는 있겠지만. 여자들은 관심을 가진 일에 대해서는 지극히 예민해지므로 당사자조차 모르는 것을 알아내기도 한다. 때때로 예민함이나 감수성 그리고 상상력 등으로 훌륭하게 진실을 밝혀낼 때도 있다. 특히 그의 일에 헌신한다는 것이 메이 바트럼의 아름다움이었다. 최근 들어서 그는 전에 없이 이상한 느낌에 사로잡혔다. 어떤 재난이 닥쳐와서 그녀를 잃을지도 모른다는 두려움이었다. 아마 그것이 바로 그 재난은 아닐 터다. 아주 갑작스럽게 또는 아주 사소한 일을 처리할 때조차 그녀의 도움이 필요했다. 게다가 우연의 일치일 수도 있겠지만 요즘 들어 그녀의 건강이 퍽 안 좋아 보였다. 이런 징조가 그 재난은 아니리라고 생각할 수 있었던 이유는, 여태껏 정말 열심히 다져 온 내면의 초연함 덕분이었다. 자신을 한마디로 정의해 주는 그 초연함 때문에 그는 이런 상황을 견딜 수 있었다. 그동안 지금처럼 혼란스럽지 않았던 까닭도 다 그 초연함 덕분이었다. 그럼에도 그는, 심지어 기다리던 야수가 정말로 소리를 지르며 나타나서 손을 뻗어 그를 만지고 곧 지배하게 되진 않을까, 하는 생각을 떨쳐 버릴 수 없었다.

그의 친구는 심각한 혈액 계통의 병에 걸린 것 같다고 고백했다. 그는 어쨌든 변화가 닥쳐오리라 직감했고, 그러자 갑자기 온몸이 오싹해졌다. 곧 그녀의 병이 악화되고, 엄청난 불행이 엄습하리라는 상상에 사로잡혔다. 그녀가 아프면 그동안의 친밀한 관계는 사라질 테고, 거기서 오는 결핍감을 어떻게 극복할지 걱정이었다. 이 소식은 약간의 긴장감을 주었으므로 그는 조금이나마 정신적 균형을 찾을 수 있었다. 자신이 가장 두려워하는 것은 그녀의 죽음이라는 사실을 깨닫게 된 것이다. '만약 그녀가 ……을 알기 전에, 아니 보기 전에 죽으면 어떡하지?' 그녀의 병을 알고도 이런 식으로 자기 걱정만을 하다니, 잔인한 일이었다. 그러나 이제는 그 질문이 뇌리에서 떠나지 않았다. 그런 일이 일어날 수 있다고 생각하니 그녀가 더욱 애처로워 보였다. 만약 그녀가, 뭐랄까, 어떤 신비한 절대적인 안목으로 이 사실을 '알게 된다면' 상태가 좋아지기는커녕 오히려 악화될 것 같았다. 처음 그가 그것을 털어놓았을 때 그녀가 호기심을 가지고 그의 이야기를 들은 뒤 함께 지켜보는 일을 자기 삶의 근간으로 삼았음을 고려한다면. 그녀는 이제껏 그 어떤 일을 보게 되리라는 생각으로 살아왔다. 그런데 그 비전을 함께 보지 못하고 포기해야 한다면 너무나 고통스러울 터였다. 여기까지 생각이 미치자 그의 동정심은 더욱 깊어졌다. 그러는 가운데 시간은 정신없이 흘러갔고, 그럴수록 그의 불안도 점점 더 극심해졌다. 그러나 예측할 수 없는 뭔가가 생길지도 모른다는 불안감과 상관없이 정말 놀라운 일이 일어났다. 역사라는 말을 붙일 수 있다면, 그의 역사에서 제법 충격적인 사건이었다. 그녀는 전과 달리 외출하는 일이 없었으므로 그녀를 만나려면 늘 집으로 찾아가야만 했다. 예전엔 런던의 사랑스러운 옛 시가지를 구석구석 함께 돌아다녔는데, 이젠 집에서만 그녀를 만날 수 있었다. 그가 방문하면 그녀는 늘 난롯가의 푹신한 구식 의자에 앉아 있다가 일어나곤 했다. 그런데 이젠 차츰차츰 그 자리를 뜨지 못했다. 그가 여느 때보다 오랜만에 방문하면 그녀는 생각보다 훨씬더 늙어 보이기도 했다. 그리고 그것이 그에게만 충격이라는점을 깨달았다. 그는 돌연 그 사실을 의식하게 되었다. 그녀는세월의 흐름과 함께 정말 늙었기 때문에, 혹은 늙어 가고 있었으므로 늙어 보이는 것이었다. 그녀가 늙어 보이자 그는 다시한 번 자신을 돌아보았다. 그녀가 늙었거나 늙어 가고 있다면확실히 존 마처도 늙었을 터였다. 마처는 이 사실을 전혀 깨닫지 못하다가 그녀를 보고 나서야 알게 되었다. 이런 깨달음은시작에 불과했다. 일단 한번 시작되니 충격적인 일은 거듭 일어났다. 아니, 충격적인 일들이 그를 압도했다. 전혀 예상하지 못한 놀라운 일들이 이 세상 어딘가에 촘촘히 뿌려진 씨앗처럼 숨어 있다가 인생의 황혼기에 꽃을 피우듯이 말이다. 나이가 들면 그동안의 경험 때문에 놀라거나 당황할 일은 없다고 하는데, 그에게 전혀 예기치 못한 일이 닥쳤다.

그 충격적인 일은 그의 존경할 만한 친구, 이 매력적인 여인의 죽음일지도 몰랐다. 어쩌면 그 일이 그에게 일어날 엄청난 사건의 진면모가 아닐까 하는 의문이 들었다. 그런 생각을 한 적도 있었으므로 그 어느 때보다 무조건적으로 그녀를 우러러보게 되었다. 하지만 그녀라는 훌륭한 모범이 그의 삶에서 사라지는 사건이 그토록 오랫동안 풀지 못한 수수께끼의 정답이라면 필시 그리 멋진 일은 아니었다. 여태껏 그녀에게 의지하며 서로 익숙해진 세월을 생각해 보면, 그녀의 죽음은 품위의 추락을 의미했다. 정말 그런 일이 닥친다면 그의 삶은 끔찍한 실패일 따름이었다. 그러나 그는 결코 자신의 삶을 실패라고 생각하지 않았다. 그는 아주 오랫동안 자신의 삶을 성공으로 이끌어 줄 진실이 나타나기를 기다려 왔다. 아주 다른 뭔가를 바랐을 뿐, 이런 일을 기다린 건 아니었다. 그가, 적어도 그녀가 얼마나 기다렸는지를 생각하면 그 진실은 끝내 나타나지 않을 것 같기도 했다. 어쨌든 함께한 그녀의 기다림이 소용없어졌음에, 그 사실에 가슴이 아팠다. 처음에 그녀와 재미 삼아서 그것을 기다렸음을 생각하니 더욱더 마음이 아렸다. 그녀의 상태가 심각해지면서 그의 괴로움 역시 커졌다. 이처럼 마음이 아픈 것도 그에겐 충격적인 일이었다. 자신의 육체가 완전히 사라져 가는데도 그저 지켜볼 수밖에 없는 기분이었다. 이어서 또 충격적인 일이 일어났다. 용기만 있다면 쏙 물어보고 싶은 것들을 떠올리며 그는 한없이 망연자실했다.

이 모든 것에 무슨 의미가 있는가? 그녀는 무엇을 의미하는 가? 그녀, 이젠 아무것도 할 수 없는 그녀의 기다림, 그녀의 죽음 가능성, 이 조용한 경고, 이 모든 게 단지 너무 늦었다는 뜻은 아닐까? 그는 이상한 생각을 하긴 했지만 어느 단계에서도 이런 걸 고려한 적은 없었다. 의식했든 안 했든 결국 이런 일이 닥칠 때까지 늘 시간이 있으리라고 믿었다. 최근 몇 달 동안, 그 어느 때보다도 이 같은 확신이 흔들렸다. 마침내 그는 시간이 전혀 없다는, 아니 있더라도 아주 조금밖에 안 남았다는 결론에 도달했다. 상황이 바뀌자 오랜 강박 관념에도 불구하고 자신의 추측을 인정할 수밖에 없었다. 그의 삶에 길게 드리워진 모호한 그림자가 곧 모습을 드러내리라는 사실은 점점 더 확실해졌기 때문이다. 그는 운명을 시간 속에서 만났으니 그의 운명이 실현되는 것도 시간 속일 터다. 그는 자신이 더 이상 젊지 않다는 사실, 좀 더 정확히 말하자면 늙어 가고 있으며, 더욱이 나약해져 가고 있다는 사실을 깨달았다. 그리고 당연한 논리적 귀결이지만 자신과 이 위대한 모호함 역시 똑같이 하나의 법칙에 종속되어 있다는 사실을 깨닫게 되었다. 일이 일어나리라는 가능성 자체가 시들해지고 은밀한 비밀이 진부해져서 아예 그 빛이 사라지는 것, 그것이 바로 실패였다. 차라리 파산을 하거나, 명예가 훼손되거나, 아니면 칼을 휘두르거나, 심지어 교수대에서 처형을 당해도 이보다는 나을 것 같았다. 아무런 결론에도 이르지 못하는 것, 그것이 바로 실패였다. 그는 어두운 계곡에서 전혀 상상도 못 한 굽이진 길을 만난 바람에 어찌할 바를 모르는 것 같은 상황에 처해 버렸다. 그로서는(만일 그가 한평생 지켜 온 대도에 걸맞기만 하다면) 어떤 일로 난관에 부딪치든, 아니 어떤 수치스러운 일을 당하든 상관없었다. 결국 너무 늙어 버려서 더는 괴로울 일도 없으리라 생각했기 때문이다. 그에게 유일하게 남은 욕망이란, 이제까지 자기가 '속아 온' 게 아니었기를 바라는 것뿐이었다.

4

그 후, 어느 이른 봄날 아침에 그가 솔직하게 이런 사실을 깨달았다고 털어놓자 그녀는 여느 때처럼 선선하게 받아들였다. 그는 늦은 오후에 방문했으므로 저녁까진 아직 시간이 있었고, 저무는 4월의 신선한 햇살이 길게 드리워져 있었다. 그러한 4월의 빛은 가을날의 저물녘보다 더 슬픔을 자아냈다. 이 주 내내 따뜻했고, 봄이 일찍 왔다고 얘기하던 때였다. 그해 들어서 처음으로 메이 바트럼은 난로를 피우지 않고 앉아 있었다. 그녀가 있는 방 안의 풍경은, 마처에게 흠잡을 데 없는 마지막처럼 보였다. 질서가 완벽히 잡힌 데다, 차갑고 무의미하도록 산뜻했으므로 다시는 난로에 불을 피울 수 없으리라는 사실을 아는 분위기였다. 그녀의 모습 때문에 — 왠지 모르지만 — 이 같은 분위기가 더욱 강하게 느껴졌다.

거의 밀랍처럼 새하얀 그녀의 얼굴에는 마치 바늘로 새긴 듯 가는 주름이 많았다. 그녀는 부드러운 흰옷을 입고 있었다. 세월에 바래서 세련된 색조를 띠게 된 연한 초록색 스카프 덕분에 흰색이 더욱 돋보였다. 이런 차림새의 바트럼은 섬세하고 차분해 보였지만 어딘가 진짜 스핑크스처럼 보이기도 했다. 그녀의 얼굴, 아니 그녀 전체가 은빛 스핑크스 같았다. 그녀는 스핑크스였다. 하지만 하얀 꽃잎과 초록색 잎사귀를 보노라면 백합 같기도 했다. 생화처럼 보이는 조화였다. 약간 늘어지고 희미하게 구겨졌지만 끊임없이 쓸고 닦아서 먼지 한톨, 홈 하나 없이 깨끗한 유리 종 속에 놓인 조화 같았다. 그녀의 살림살이는 늘 깔끔하게 정리되어 있었고 아주 반짝거렸다. 그러나 이제 그녀는 모든 것들을 접거나 말아서 한쪽으로 치운 뒤 팔짱을 끼고 하릴없이 서 있는 듯 보였다.

마처의 눈에, 그녀는 이미 '그곳에서 벗어난' 사람처럼 보였다. 할 일을 마치고 벌써 깊은 해협을 건넌, 아니면 멀리 떨어진 안식의 섬으로 가 버린 사람이 말을 건네는 것 같았다. 이상하게도 그는 버림받은 느낌이었다. 그녀는 궁금해하던 문제를 오랫동안 함께 지켜봐 주었고, 이젠 해답을 분명히 알게 되었으므로 정말 더는 할 일이 없어진 걸까? 혹시 그런 게 아닐까? 그는 몇 달 전에 이런 일로 그녀를 비난하다시피 했다. 마처는 그녀가 뭔가를 알면서도 자기에게 감추고 있다며 따졌다. 하지만 그 뒤로 더 이상 그녀를 추궁하지 못했다. 왠지 모르게 차이, 의견의 차이로 불화가 일어날 수도 있다고 생각한 탓이었다.

그는 요즘 전례 없이 과민해졌다. 수년 동안 없었던 일이었다. 묘하게 의심이 일면, 자신감 있을 때는 멀찍이 떨어져 있던 과민함이 기다렸다는 듯이 달려들었다. 잘못 입을 열었다가는 자신이 파멸할 것 같았다. 아니면 반대로, 적어도 긴장을 완화해 줄 뭔가가 일어날 듯했다. 그러나 그는 그 말을 입 밖에 내고 싶지 않았다. 그런다면 모든 것이 엉망이 될 터였다. 혹시라도 어떤 미지의 지식이 끔찍한 무게를 이기지 못하고 떨어진다면 바로 자기 머리 위에 떨어지기를 바랐다. 행여 그녀가 떠나려 한다면 내게 작별 인사를 해야 했다. 그것이 두려웠으므로 그는 그녀가 무엇을 알아냈는지 묻지 않았다. 그녀의 부재에 대한 두려움을 드러내지 않고 그는 이렇게 물었다. "이제 나에게 일어날 수 있는 가장 나쁜 일이 무엇일 것 같나요?"

그는 과거에도 종종 그녀에게 이런 질문을 던지곤 했다. 강렬하게 나타났다가 사라지는, 기이하게 불규칙한 리듬처럼 그들은 이 일에 대해 서로의 생각을 묻곤 했다. 그러다가 그들의 관계가 소원해지면 그 생각 역시 해변 모래밭 위에 그려진 그림이 파도에 떠내려가듯 그렇게 휩쓸려 갔다. 아무리 오래된 사건이더라도 그 일과 관련한 이야기면 그들은 약간 뒤로 미루어 두었다가 다시 끄집어냈고, 마치 새로운 화제를 나누듯 몇 시간이고 대화했다. 지금도 그녀는 마치 이런 질문을 처음 들은 양 아주 참을성 있게 대답했다. "아, 예, 그 일에 대해 여러 번 생각해 보았어요. 그렇지만 전에는 무엇이라고 딱 잘라서 말하기가 어려웠어요. 이나저나 다 두려웠거든요. 당신도 분명히 그랬을 거예요."

"그런 셈이죠! 이제 와서 생각해 보니 다른 일은 거의 하지 않은 듯해요. 그 두려운 일만을 생각하고 살아온 것 같습니다. 당신에게 거의 다 털어놓긴 했지만요. 물론 꼭 집어 말하지 못한 것도 적잖긴 합니다."

"너무 두려운, 너무 두려운 일인가요?"

"너무 두려웠습니다. 그중 몇은 그랬죠."

그녀는 잠시 그를 쳐다보았다. 그와 마주치자 그녀의 눈동자가 맑게 빛났다. 그 눈빛을 보노라니, 엉뚱하게도 그녀가 여전히 젊을 때처럼 아름답게 느껴졌다. 그녀의 눈빛이 이상하리만큼 차갑게 다가왔다. 그녀의 눈빛 때문이 아니라면, 아마 이른 봄날, 그 순간이 풍기는 다정하지만 창백하고 쌀쌀한 분위기 탓인지도 몰랐다. 마침내 그녀가 말했다. "하지만 그 두려움에 대해 서로 이야기한 적도 있잖아요."

이런 상황에서 이 같은 모습으로 그녀가 '두려움'에 대해 말하고 있으니 더 기이한 느낌이 들었다. 그런데 이윽고 그녀는 더 이상한 말을 꺼내려고 했다. 그 당시 그는 그 말의 의미를 완벽하게 이해하지 못했다. 그녀의 목소리가 떨리기 시작했다. 젊은 시절처럼 반짝이는 그녀의 눈은 그 징조 중 하나였다. 하지만 그는 그녀의 말을 받아들여야 했다. "오, 그래요. 깊이 이야기한 적도 있었죠." 그는 스스로 마치 다 끝난 일인 듯 말하고 있음을 깨달았다. 사실 차라리 그랬으면, 하는 심정이었다. 그러나 그 일을 끝낼 사람은 틀림없이 그가 아니라 그녀였다.

그녀는 이제 부드러운 미소만을 지을 뿐이었다. "오, 깊이 이야기했다고요······!"

그 말은 기묘하게 역설적으로 들렸다. "그보다 더 깊게 이야기할 준비가 되어 있단 말입니까?"

그녀는 그를 바라보았다. 쇠약하고 늙었음에도 그녀는 매력적이었다. 그러나 생명이 꺼져 가고 있는 듯 보였다. "우리가 깊게 이야기했다고 생각하세요?"

"우리가 대부분의 일을 직면했느냐는 뜻입니까?"

"서로에 대해서도 그랬던가요?" 그녀는 여전히 웃고 있었다. "하지만 당신 말이 옳아요. 함께 여러 가지를 상상하고, 또 함께 두려워하기도 했죠. 그러나 말하지 않은 것도 몇 가지 있어요."

"그러면 최악의 것, 우리가 아직 직면하지 않은 최악의 것이 남았다는 이야기인가요? 정말 당신이 무슨 생각을 하고 있는지 알 수만 있다면, 그 최악의 것조차 기꺼이 맞닥뜨릴 수 있을 것 같아요……." 그가 설명했다. "나는 이제 생각할 힘이 없는 것 같습니다." 그는 자신의 말만큼이나 스스로가 멍청해 보이는지 궁금했다. "난 지쳤습니다."

"그렇다면 저도 지치지 않았을까요?" 그녀가 물었다.

"지친 내색을 하지 않았잖습니까. 당신이 상상하고 생각하고 비교할 문제가 아녜요. 선택할 문제도 아니고요." 마침내 그가 그 문제를 끄집어냈다. "내가 모르는 걸 당신은 알고 있잖아요. 전에 그렇다고 하지 않았습니까."

이 마지막 말에 그녀는 몹시 동요했다. 그는 그녀의 속내를 곧 알아차렸다. 하지만 그녀가 단호하게 대꾸했다.

"전 아무것도 보여 드린 적이 없어요."

그는 머리를 저었다. "내겐 감출 수 없습니다."

"오, 오!" 감출 수 없다는 내 말에, 메이 바트럼은 감탄사를 내뱉었다. 그것은 숨 막힐 때 터져 나오는 신음 소리에 가까웠다.

"몇 달 전에 내가 알까 봐 걱정되는 일이 있다고 했잖습니까. 그때는 당신도 인정했습니다. 내가 알 수도 없고, 알 리도 없다고 말예요. 그건 그렇다 치고, 당신은 뭔가 마음속에 감추고 있어요. 그때 그게 최악의 상황을 의미했음을 이젠 확실히 알겠어요. 물론 지금이 최악일 수도 있지만 말입니다." 그가 계속 말했다. "그래서 부탁하는데, 이제 나는 알게 되어도 전혀 두렵지 않습니다. 모르는 것 자체가 두려울 뿐이죠." 잠시 그녀는 아무 말도 하지 않았다. "당신 얼굴을 보면 이제 이 일에 관심이 없다는 걸 알겠습니다. 정말 당신과 상관없이 나를 내 운명에만 맡겨 버린 겁니까?"

흰옷을 입은 그녀는 의자에 앉은 채 결심이라도 한 듯 꼼짝 않고 듣기만 했다. 물론 아직도 마음으로는, 얼마 남지 않은 힘을 끌어모아서 고집스럽게 그의 말을 부정하고 있었다. 급기야 그녀는 불완전하게 항복할지언정 그의 말에 제법 수긍하는 태도를 보였다. "최악일 수도 있어요." 마침내 그녀가 입을 열었다. "제가 이야기한 적 없는 일 말이에요."

그는 잠시 할 말을 잃었다. "우리가 여태껏 이야기해 온 것보다 더 끔찍한 일인가요?"

"물론 더 끔찍하죠. 최악이란 바로 그런 뜻이 아닌가요?" 그녀가 물었다.

마처는 생각에 잠겼다. "분명히 그렇죠. 당신도 나처럼 우리가 생각할 수 있는 범위 안에서 모든 것을 잃어버리고, 도저히 참을 수 없는 모욕을 당하는 걸 최악이라고 생각한다면 말입니다."

"실제로 일어난다면 그 일은 그런 모습일 거예요." 메이 바트럼이 말했다. "지금 이 이야기는 제 생각일 뿐이라는 걸 기억하셔야 해요."

"당신은 믿고 있잖습니까." 마처가 대답했다. "내겐 그것으로 충분합니다. 당신은 스스로가 믿는 것이 옳다고 판단했으면서 왜 내게 알려 주지 않은 건가요? 날 버린 게 아니겠습니까."

"아니, 아니에요!" 그녀가 되풀이해서 말했다. "전 당신과 함께 있어요. 모르시겠어요? 지금도 함께 있어요."

그리고 좀 더 명확하게 사신의 뜻을 알리려는 듯이 의자에서 일어났다. 최근에 그녀는 일어설 엄두조차 내지 못했다. 그 순간, 아주 부드러운 옷에 온통 감싸인, 아름답고 가냘픈 그녀의 몸매가 모두 드러났다. "저는 당신을 버린 적이 없어요."

그녀는 곧 쓰러질 것 같았지만 정말 온 힘을 다해서 그에게 확신을 주었다. 그에게 확신을 전하려는 마음이 이토록 간절하지 않았더라면, 그는 그녀의 이런 태도에 기쁨보다 고통을 느꼈을 것이다. 그의 앞을 서성거리는 그녀의 눈가에 감돌던 차가운 매력이 온몸으로 퍼졌고, 순간적으로 젊은 시절의 모습이 되살아났다. 그녀가 가엾어 보이지는 않았다. 그녀가 보여 주는 모습을 그저 받아들이는 수밖에 없었다. 그녀의 이런 모습은 아직도 그를 도와줄 수 있을 듯 보였다. 하지만 동시에 그 빛은 언제라도 꺼질 것만 같았다. 시간이 다하기 전에, 그는 그 빛을 최대한 이용해야 했다. 그는 가장 알고 싶은 서너 가지 질문을 떠올렸다. 그럼에도 그는 엉뚱한 질문을 던지고 말았다. "혹시 내가 그 일을 의식하면 고통스러울지 말해 주세요."

그녀는 곧 머리를 저었다. "결코 그렇지 않을 거예요!" 이 한마디로 그녀는 그가 부여한 권위를 회복했다. 그리고 그는 그 말에 크게 감동받았다. "음, 의식하지 못한다면 최상이 아닐까요? 그걸 최악이라고 생각하는 건가요?"

"그게 최상이라고 생각하세요?" 그녀가 물었다.

그녀는 뭔가 아주 특별한 일을 가리키는 것 같았다. 그는 안심이 되면서도 또 한편으로는 바짝 궁금해졌다.

"모르는 게 최상 아니겠습니까?" 이 질문을 생각하는 사이, 조용히 두 사람의 눈길이 마주치자 그는 더욱 안심했다. 그녀의 표정은 그가 바라는 그대로였다. 비로소 그 의미를 깨닫자 그는 갑자기 이마까지 벌게졌다. 모든 것이 순식간에 밝혔졌고, 그 힘에 압도되었으므로 그는 숨이 가빠졌다. 헐떡이는 숨소리가 방 안 가득 찰 정도였다. 다시 그가 말했다.

"알겠습니다. 내가 고통스럽지 않다면!"

그러나 그녀의 얼굴엔 의심의 빛이 역력했다. "뭘 알겠다는 거예요?"

"당신의 말뜻, 늘 해 온 말뜻을 알겠습니다."

그녀는 다시 머리를 저었다. "지금 하는 얘기는 전에 말했던 게 아니에요. 다른 이야기예요."

"새로운 일이라는 건가요?"

그녀는 잠시 주춤했다. "새로운 일이에요. 당신이 생각하는 건 아니에요. 무슨 생각을 하는지 알아요."

그러자 그는 다시 추측했다. 어쩌면 그녀가 잘못 알고 있을 수도 있었다. "내가 바보는 아니라는 뜻인가요?" 그는 자신이 없었음에도 집요하게 물었다. "잘못 안 것만은 아니라는 뜻인가요?"

"잘못 안 거냐고요?" 그녀는 서글프게 그의 말을 따라 했다. 그 같은 가능성이 그녀에게도 끔찍한 일임을 알았다. 그녀는 그가 고통받지 않으리라고 생각했다. 하지만 그가 잘못 알았기 때문에 그런 것은 아니었다. "오, 아니에요." 그녀가 외쳤다. "그런 건 아니에요. 당신은 쭉 제대로 알고 있었어요."

그러나 그는 자꾸 다그치는 자신을 위로하기 위해 그녀가 일부러 이렇게 말하는 건 아닌지 의심했다. 자기 고민이 지나치게 상투적인 문제일 뿐이라면 이러지도 저러지도 못할 노릇이었다. "정말인가요? 내가 참아 주기 어려운 백치는 아니었다는 말인가요! 내가 어리석은 환상에 시로잡혀서 허무맹랑한 상상이나 하며 살아온 건 아니라는 말인가요? 문 앞에서 누군가를 기다리다가 말 한마디 못 붙여 봤는데 그 문이 닫혀서 헛걸음질할 일은 없을 거라는 말인가요?" 그녀는 다시 고개를 저었다. "어떤 경우든 그럴 일은 없어요. 어쨌든 현실은 현실이에요. 문은 닫히지 않았어요. 문은 열려 있어요." 메이 바트럼이 말했다.

"그러면 무슨 일이 일어난다는 건가요?"

그녀는 다정하지만 싸늘한 눈빛으로 그를 바라보면서 다시 한 번 말을 멈추었다. "아주 늦게 일어나지는 않을 거예요." 그녀는 미끄러지듯이 그에게로 점점 더 가까이 다가오더니 바로 그 옆에서 잠깐 멈추었다. 아직도 못다 한 말이 많아 보였다. 그녀가 조금 움직였다. 그것은 망설여짐에도 끝내 말하려는 무언가를 더욱 강조하기 위한 몸짓 같았다. 그동안 그는 줄곧 낡은 프랑스제 시계와 장밋빛 드레스덴 도자기 두어 점이 놓인 불기운 없는 벽난로 옆에 서 있었다. 그가 기다리는 내내 그녀는 선반을 잡고 있었다. 몸을 지탱하고, 용기를 내기 위해서 선반을 좀 더 꼭 붙잡았다. 하지만 그녀는 그저 그를 기다리게 했다. 그 역시 가만히 기다렸다. 그녀의 태도와 동작을 바라보고 있었다. 돌연 그녀가 뭔가를 더 주려 한다는 생각이 들었고, 그녀의 모습은 더 생생하고 아름다워 보였다. 그녀의 지친 얼굴이 그 사실로 인해 빛나고 있었다. 그녀의 얼굴은 은가루를 뿌려 놓은 듯 보였다. 그녀가 옳았음은 확실했다. 그는 그녀의 얼굴에서 진실을 읽을 수 있었다. 그 진실이 끔찍할 수도 있다는 말의 여운이 채 사라지기 전에, 이상하지만 그녀가 형언할 수 없이 부드러운 진실을 제시하려 한다는 느낌이 들었다. 그는 당황해서 넋을 잃은 채 그녀가 보여 주기만을 기다렸다. 잠시 그를 바라보는 그녀의 얼굴이 빛났고, 눈길은 이를 데 없이 간절했다. 그는 기대에 차서 다정하게 그녀를 바라보았다. 그럼에도 기대한 일은 끝내 일어나지 않았고, 오히려 생각하지 않았던 다른 일이 일어났다. 처음에 그는 그녀가 그냥 눈을 감고 있는 줄 알았다. 그녀는 눈을 감으며, 동시에 천천히 보일 듯 말 듯 몸을 떨었다. 그러고는 그가 계속 바라보는데도 불구하고 ― 사실 그는 더욱더 뚫어지게 그녀를 바라보았다. ― 다시 의자로 돌아가서 앉았다. 그녀가 하려던 말은 이것으로 끝났다. 그러나 그는 미련을 떨칠 수 없었다.

"음, 그것에 대해 말하지 않았잖아요."

그녀는 난로 옆에 놓인 종을 흔들었다. 그러다 기이할 정도로 창백해지더니 다시 주저앉았다. "너무 아파요."

"너무 아파서 말을 못 하는 건가요?" 그는 어쩌면 그녀가 끝까지 아무 말도 않고 죽을지 모른다는 두려움에 휩싸여서, 하마터면 그 말을 내뱉을 뻔했다. 그는 묻고 싶었지만 자제했다. 그런데 그녀는 그의 속마음을 읽은 듯이 대답했다.

"모르시겠어요, 지금도?"

"지금도……?" 그녀는 마치 순식간에 뭔가가 달라진 것처럼 얘기했다. 하지만 어느새 종소리를 듣고 달려온 하녀가 그녀 곁에 있었다.

"아무것도 모르겠습니다." 훗날 이때를 생각하면 짜증을 낸 스스로가 혐오스러웠다. 그 당시에는 몹시 화가 나서 더 이상 거론하고 싶지 않다는 뜻으로 짜증을 냈던 것이다.

"오!" 메이 바트럼이 말했다.

"많이 아픈가요?" 하녀가 그녀에게 다가갔을 때 그는 물었다.

"아니에요." 메이 바트럼이 말했다.

하녀는 침실로 데려가려는 듯 그녀를 부축했다. 눈짓으로 그녀가 몹시 아프다는 사실을 알렸다. 그럼에도 그는 또다시 그 수수께끼에 대해 물었다.

"그러면 무슨 일이 일어난 건가요?"

그녀는 하녀의 도움을 받아서 다시 일어섰다. 이제 떠날 수밖에 없다고 느낀 그는 허둥대며 모자와 장갑을 찾은 뒤 문쪽으로 갔다. 하지만 여전히 그녀의 대답을 기다렸다. "일어날 일이 일어났어요." 그녀가 말했다.

5

다음 날 그는 다시 그녀를 방문했다. 그러나 그녀는 사람을 만날 수 있는 상태가 아니었다. 오랫동안 교제를 이어 왔지만 이런 일은 정말 처음이었다. 그는 고통스러웠고, 열패감과 분노가 치밀어서 — 아니면 적어도 이런 습관의 단절을 종말의 시작이라고 느끼면서 — 돌아섰다. 그러고는 홀로 생각에 잠긴 채 헤맸다. 그는 특히 한 가지 생각을 떨쳐 버릴 수 없었다. 그녀는 죽어 가고 있으며 그는 그녀를 잃게 될 것이다. 그녀는 죽어 가고 있으며, 그것과 함께 그의 인생도 끝날 터다. 그는 공원 앞에서 발길을 멈추었다가 그곳으로 걸어갔다. 이제 떨쳐 버릴 수 없는 의심을 직시하려고 했다. 그녀에게서 멀어지자 다시 의심이 밀려왔다. 그녀 곁에 있을 때는 적잖이 그녀에게 의존했지만, 버림받은 느낌이 들자 비참했다. 그렇지만 한결 다정한 마음가짐으로 차가운 고통을 쫓아 줄 합리적인 논리를 가장 가까운 데서부터 찾기 시작했다. 이제껏 그녀는 자신을 위로하기 위해 속였던 것이다. 그가 안심할 수 있도록 무언가를 주려고 했던 것이다. 결국 지금 막 일어나기 시작한 일 말고 달리 무슨 일이 일어나겠는가? 그녀는 죽어 가고 있고, 죽을 것이며, 그는 고독해지리라. 이것이야말로 그가 밀림의 야수라고 부르던 것이 아닐까? 이것이 그를 기다리던 운명은 아닐까? 그녀는 헤어질 때 운명적인 일이라는 말을 했다. 그 밖에 다른 의미가 있을까? 그의 운명은 흉측하지 않았지만 그렇다고 고귀하거나 빼어나지도 않았다. 남을 압도하거나 영원히 역사에 남을 행운을 지닌 것도 아니었다. 그저 평범한 운명을 타고났을 따름이다. 불쌍한 마처는 그즈음 평범한 운명으로도 충분하다고 판단했다. 그것으로 자신은 의무를 다한 셈이었다. 끝없는 기다림의 절정이 이 일이더라도 자존심을 굽히고 그 사실을 받아들일 작정이었다.

그는 해 질 녘 벤치에 앉아 있었다. 여태껏 자신의 삶은 바보짓에 지나지 않았다. 그녀 말대로 그동안 뭔가가 일어나려고 했다. 그는 이 마지막 결과와 이곳에 이르기 위해 그간 걸어온 먼 길이 썩 잘 어울린다고 생각하며 벤치에서 일어났다. 그녀는 그의 불안을 공유하고, 그녀 자신과 인생을 전부 바쳐서 그와 함께 끝까지 한 걸음 한 걸음 걸어온 것이었다. 그는 계속 그녀의 도움을 받으며 살아왔다. 그녀 곁을 떠나면 저주받을 것이고, 가슴 저리게 그녀를 그리워할 것이다. 그에게 이보다 더 압도적인 일이 무엇이겠는가?

그 주가 다 가기 전에, 그는 답을 깨달았다. 그는 매일 안부를 물으러 그녀에게 갔지만 한동안 그를 멀리했으므로 그냥 돌아올 수밖에 없었다. 초조하고 불안한 시간이 지나고, 드디어 두 사람은 늘 만나던 거실에서 만났다. 지나온 시간 동안 그녀는 무던히도 그를 위해 위험을 무릅쓰고 많은 일을 해 왔다. 이제 반쯤 과거사가 되어 버렸지만, 종종 그녀는 의식적으로 그와 함께하려고 했는데 가끔 그러지 못하기도 했다. 그녀는 그의 강박 관념을 달래 주고, 그의 긴 고민의 끝을 보고 싶어 했지만 그것은 마음뿐, 육체적으로는 완전히 탈진해 있었다. 그녀가 원하는 것은 분명히 이 일이었다. 아직 손을 내줄 수 있는 동안 그의 평화를 위해서 이 일을 좀 더 해 주고 싶었던 것이다. 그녀의 상태를 보자 그는 너무 걱정스러웠다. 일단 의자에 앉으니 다른 관심은 모조리 사라졌다. 그에게 작별 인사를 건네기 전에 그녀는 지난번에 한 마지막 말을 다시 꺼냈다. 그녀가 얼마나 두 사람 사이의 일을 정리하고 싶어 하는지 알 수 있었다. "이해했는지 모르겠어요. 당신은 더 이상 기다릴 게 없어요. 그 일은 이미 일어났어요."

오, 그녀를 바라보는 그의 모습이란!

"정말인가요?"

"정말이에요."

"일어날 그 일 말인가요?"

그녀의 얼굴을 다시 한 번 똑바로 바라보는데, 그 말을 믿을 수밖에 없었다. 불행히도 그는 그녀의 말을 반박할 수 없었다. "정확한 날짜와 이름을 댈 수 있는 사건이 확실합니까?"

"확실해요. 분명해요. 뭐라고 '이름' 붙여야 할지 모르겠지만, 날짜는 댈 수 있어요!"

그는 다시 어쩔 줄 몰랐다. "그러면 그 일이 한밤중에 일어났고, 나도 모르는 사이에 내 곁을 스쳐 갔단 말입니까?"

메이 바트럼은 보일 듯 말 듯 묘한 미소를 지었다. "오, 아니에요. 아직 당신 곁을 스쳐 가지는 않았어요!"

"하지만 내가 알아차리지 못했고, 내게 아무런 영향도 주지 않았다면……?"

"아, 당신이 모른다는 점이," 그리고 그녀는 잠시간 어떻게 말해야 할지 망설였다. "정말 이상해요. 정말 놀랍기도 하고요." 그녀는 거의 아픈 아이처럼 속삭이다가, 돌연 무녀처럼 단도직입적으로 말을 마쳤다. 그녀는 그동안 그를 지배해 온 법칙들이나 그에 걸맞게 그에게 영향을 준 무언가에 대해 확신하는 투였다. 이런 그녀의 말은 마치 보이지 않는 법칙이라는 존재가 내는 목소리 같았다. 가령 그녀의 입을 빌려서 법칙 자체가 말하는 것 같았다. "그 일은 이미 당신에게 닥쳤어요." 그녀는 계속 말했다. "이미 일어났고 당신을 완전히 사로잡고 있어요."

"내가 전혀 모르는 상태인데도 말입니까?"

"전혀 모르는 상태라도요." 그는 그녀가 앉은 의자 팔걸이에 손을 얹고 그녀 쪽으로 몸을 기댔다. 그러자 보통 때처럼 보일 듯 말 듯 엷은 미소를 띠고 그의 손 위에 자신의 손을 얹었다. "제가 알았으니, 그것으로 충분해요."

"아!" 그는 어리둥절해져서 한숨을 쉬었다. 최근 그녀 역시 자주 이런 식으로 한숨을 쉬었다.

"오래전에 제가 말한 대로예요. 당신은 앞으로도 절대 모를 거예요. 그리고 그 상태로 만족해야 해요. 이미 그 일은 당신에게 일어났어요." 바트럼 양이 말했다.

"하지만 무슨 일이 일어났다는 건가요?"

"당신에게만 일어난 특이한 일, 그 법칙의 증거 말이에요. 그 일이 실현됐어요." 그리고 용기를 내서 그녀가 덧붙였다. "그 어떤 일이 아니어서 너무나 기쁠 따름이에요."

그는 계속 그녀를 바라보았다. 그리고 그녀가 제시하는 바를 일종의 계시처럼 경건하고 조용하게 받아들이는 수밖에 없었다. 그녀가 너무 연약해 보였으므로 더는 물어볼 수 없었다. 그녀에게서 이런 느낌을 받지 않았더라면 그녀도 자기처럼 그 일의 정체를 모르리라 판단하고 꼬치꼬치 캐물었을지 모른다. 그는 앞으로 자신이 더 외로워지리라는 생각에 잠긴 채 말했다. "그 일이 그 어떤 일이 '아니어서' 기쁘다는 말은, 더 나쁠 수도 있었다는 의미인가요?"

그녀는 돌아서서 앞을 똑바로 응시했다. 그런 상태로 잠시 있다가 말했다 "우리가 무엇을 두려워했는지 알잖아요."

그는 의아했다. "그러면 우리가 두려워한 적 없는 그런 일이라는 말인가요?"

이 말에 그녀는 천천히 그를 쳐다보았다. "이런저런 상상을 했었죠. 그런데 우리가 이렇게 마주 앉아서 이런 말을 하리라고 상상한 적 있었나요?"

그는 잠시 그렇다고 대답하려 했다. 하지만 그의 머릿속을 떠돌던 숱한 상념들이 차가운 짙은 안개 속에 녹아 버린 듯 아무런 생각도 떠오르지 않았다.

"우리가 차마 말하지 못했던 일 말인가요?"

"저," 그녀는 그를 위해 최선을 다했다. "이 세상에서는 말할 수 없는 거예요. 이건, 음," 그녀가 말했다. "저세상에서나 말할 수 있는 일이에요."

"내게는 어디서든 마찬가지예요." 가엾은 마처가 대답했다. 그녀가 그렇지 않다는 뜻으로 고개를 저었으나 그는 말했다. "말하자면 우리가 여기까지 오지 밀았어야 했단 말인가요?"

"지금 있는 곳까지요? — 아니에요. 우리는 여기 있잖아요." 그녀가 힘없이 강조했다.

"그러면 이대로가 훨씬 좋다는 말이군요!" 그가 솔직하게 속마음을 드러냈다.

"이대로가 좋아요. 지금 그 일이 일어나지 않아서 얼마나 다행인지 모르겠어요. 과거에 일어났고 이미 지나갔으니까요." 메이 바트럼은 말했다. "전에는……." 그러나 그녀는 곧 말을 멈추었다.

그는 그녀가 피곤할까 봐 일어섰지만, 알고 싶은 욕망을 뿌리치기는 힘들었다. 그녀가 말해 준 것은 분명히, 결국 그가 모른다는 사실뿐이었다. 그녀가 말해 주지 않더라도 그 정도 일이라면 잘 알고 있었다. "전에는……?" 그는 멍하게 그녀의 말을 따라 했다.

"전에는 늘 다가올 일이었어요. 그래서 항상 존재했던 거예요."

"오, 이제는 무슨 일이 일어나도 상관없습니다!" 마처가 덧붙였다. "당신도 없는데 그 일마저 사라지느니 오히려 늘 다가올 일인 편이 낫습니다."

"오, 제가 죽는 것 말씀이세요!" 자신의 죽음은 별일 아니라며 그녀는 창백한 손을 내저었다.

"모든 것이 사라진 상태에서 말입니다." 그녀 앞에 서 있는 일도 이제 마지막일지 모른다는 생각이 들자 두려움이 밀려왔다. 증명되지 않았지만 끝없이 추락하는 느낌이었다. 그 두려움이 거의 견딜 수 없을 정도의 무게로 그를 짓눌렀다. 그 무게에 짓눌려, 아직 마음속에 남아 있던 반박하고 싶은 심정이 새어 나왔다. "당신을 믿어요. 하지만 그렇다고 해서 이해하는 척을 할 순 없어요. 과거엔 아무 일도 일어나지 않았으니 말예요. 내가 죽기 전에는 아무것도 스쳐 가지 않을 거예요. 그리고 제발 나도 빨리 죽었으면 좋겠습니다." 그가 덧붙였다. "하지만 당신 말대로 내가 겪어야 할 일을 모두 겪었다는 사실은 인정합니다. 그렇더라도 내 운명인 그 일을 전혀 느끼지 못했는데 어떻게 스쳐 갈 수 있단 말입니까?"

그녀는 더 에두르며 침착하게 말했다. "당신은 당연히 '느낄' 것이라고 생각하지만 운명은 스스로 모르는 사이에 그냥 겪을 수도 있는 거예요. 꼭 아는 건 아니죠."

"어떻게 그런 일이 있을 수 있죠? 겪는다는 것은 곧 아는 것 아닙니까?"

그녀는 잠시 그를 올려다보며 아무 말도 하지 않았다. "아니에요. 이해하지 못해요."

"지금 겪고 있습니다." 존 마처가 말했다.

"그런 말씀 마세요. 그런 말씀 마세요!"

"어떻게 하면 적어도 그 일을 피할 수 있습니까?"

"그런 말씀 마세요!" 메이 바트럼은 같은 말을 반복했다.

그녀는 쇠약하지만 아주 특별한 어조로 말했다. 그 순간, 그녀를 바라볼 수밖에 없었다. 여태껏 숨겨져 있던 빛이 그의 눈앞을 스친 것 같았다. 다시 어둠이 몰려왔다. 그러나 그 빛 때문에 이미 떠오른 생각을 막을 순 없었다.

"내게 그럴 권리가 없다는 건가요?"

"알 필요가 없을 때는 굳이 알려고 하지 마세요." 그녀가 자상하게 말했다. "그럴 필요가 없어요. 알아서는 안 되기 때문이에요."

"알아서는 안 된다고 했습니까?" 그녀는 지금 무슨 말을 하는 것인가!

"안 돼요. 너무 힘든 일이에요."

"너무 힘들다고 했습니까?" 그는 여전히 어리둥절해서 거듭 물었지만 그다음 순간 수수께끼가 풀렸다. 그녀의 말에 의미가 있다면 그에게 이런 식으로 — 그녀의 수척한 얼굴로 — 이미 모든 걸 말해 준 것이나 다름없었다. 그녀가 아는 건 무엇일까, 하는 생각이 물밀듯이 그를 덮쳤으므로, 그 물살을 헤쳐 나가기 위해 다시 묻고 말았다. "그러면 당신의 죽음과 연관된 건가요?"

처음에 그녀는 그가 얼마나 이해하는지 알기 위해서 그를 엄숙하게 바라보기만 했다. 그리고 무언가를 보고, 아니 무언가가 두려워서 동정심이 이는 것 같았다. "저는 아직도 당신을 위해 살고 싶어요, 그럴 수만 있다면요." 그녀는 잠시 눈을 감았다. 마치 마지막으로 있는 힘을 다해서 말하는 것 같았다.

"하지만 그럴 수 없어요!" 그에게 작별을 고하고자 눈을 뜨고 그녀가 말했다.

실제로 그녀는 더 살 수 없었다. 단지 너무 빨리 그리고 갑자기 그 일이 닥쳤을 뿐이다. 그녀의 죽음은 그에게 결코 암담하거나 최후라는 인상을 주지 않았다. 하지만 그 뒤로 정말 그녀의 모습을 볼 수 없었다. 그들은 이 기묘한 대화를 끝으로 영원히 헤어졌다. 그녀의 면회는 엄격하게 금지되었고, 그 역시 들어갈 수 없었다. 더욱이 이제 의사나 간호사 그리고 유산을 '기대'하고 몰려든 친척들 앞에서 그는 어떤 이름으로도 자신의 권리를 주장할 수 없었다. 그녀와 그토록 가까웠건만 공식적으로 그들 사이를 규정해 줄 이름은 없었다. 그건 정말 낯설고 받아들이기 힘든 사실이었다. 그녀와 아무 상관 없이 살아온 멍청한 사촌도 그보다는 권리가 있었다. 그의 삶에서 그녀는 핵심적인 존재였다. 그에게 그녀는 없어서는 안 될 존재로, 정말 그의 삶의 핵심이었다. 이처럼 삶이란 한마디로 설명할 수 없이 이상하고, 자신은 그녀에게 어떤 권한도 가질 수 없다는 사실이 몹시 당황스러웠다. 말하자면 이 여인은 그에게 삶의 전부일 수도 있었다. 그럼에도 누구나 인정하는 그런 종류의 관계는 전혀 아니었던 것이다. 그녀의 임종이 임박한 몇 주 동안 이런 상황은 런던의 거대한 회색빛 공동묘지에서 열린, 그에게 소중하지만 이제 죽어 버린 그녀의 장례식에서 더욱 분명해졌다.

그녀의 무덤 앞에는 그다지 많은 사람들이 모이지 않았다. 수천 명이 모인 장례식에서도 그는 여기서보다 더 나은 대접을 받았을 것이다. 그는 이 순간부터 메이 바트럼이 그에게 보인 관심 때문에 특별한 대우를 받을 수 없다는 사실을 직면해야 했다. 그 장례식에서 자신이 무엇을 기대했는지 정확히 말할 수 없지만, 적어도 틀림없이 이런 식의 거듭된 상실감을 기대하지는 않았다. 그녀가 그동안 그를 세심하게 돌본 일엔 정말 아무 의미가 없으며, 급기야 자신이 버려졌다는 느낌마저 들었다. 아주 가까운 사람을 잃은 사람에게 베풀어져야 할 배려나 존중 그리고 예의 바른 보호조차 받지 못하는 느낌이었다.

다른 이들의 눈에 그는 가까운 사람을 잃은 모습으로 보이지 않았다. 물론 상실의 증거나 표시를 드러내 보이지는 않았다. 그렇지만 그는 다시 온전한 사람이 될 수도, 상실감을 보상받을 수도 없을 것 같았다. 몇 주 동안은 스스로 나서서 아주 가까운 친구를 잃었다고 밝히고 싶은 순간도 있었다. 그러면 사람들은 분명히 그 일에 대해 물을 것이고, 대답하다 보면 마음이 가라앉을 것 같았다. 그러나 곧이어 짜증스러운 무력감이 밀려왔다. 그렇게 속을 다 내보이고 나서 결국 허탈해할 거라면 차라리 처음부터 시작하지 말걸, 하는 후회가 밀려들 것 같았다.

정말 그는 여러 가지가 궁금했다. 생각이 꼬리에 꼬리를 물었다. 그녀가 살아 있을 때 자신들의 비밀을 폭로하지 않은 채 과연 무슨 일을 할 수 있었을까? 그녀가 자신을 지켜보고 있음을 사람들에게 알릴 수는 없었을 것이다. 그건 그가 가진 야수에 대한 미신을 공표하는 일이었을 테니까. 지금도 말할 수 없는 까닭은 바로 그 때문이었다. 열심히 밀림을 뒤졌건만, 거기선 아무것도 나오지 않았고 야수는 이미 빠져나간 뒤였다. 이 말은 이제 그에게 아무런 감흥도 불러일으키지 않았고 아주 진부하게 들렸다. 이런 변화, 야수에 대한 불안이 없어지면서 삶에 도사리고 있던 불안도 사라져 버렸음에 무척 놀랐다. 그 믿기지 않는 사실을 무엇과 비교해야 할지 몰랐다. 음향 장치가 잘되어 있고 늘 음악이 연주되던 장소에서 갑자기 음악 소리가 끊기고 연주도 완전히 금지된 것 같은 느낌이었다.

어쨌든 그가 과거 어느 순간에 베일을 걷을 수 있다면(결국 그녀에게 베일을 걷어 보였지만) 지금이 적기라는 생각이 들었다. 이제 아무에게나 텅 빈 밀림이 안전하다고 털어놓아도 듣는 사람은 그저 시시하게 여길 터였다. 자신 역시 그럴 것 같았다. 마처는 가엾게도 이미 뒤져 보았던 수풀 사이를 다시 헤집고 다니는 중이었다. 그러나 그곳에서는 생물의 움직임 따위는 찾아볼 수 없었고, 작은 숨소리조차 들리지 않았다. 더욱이 야수가 있을 법한 곳을 아무리 뒤져도 사악하게 눈을 부라리는 야수의 모습은 보이지 않았다. 그는 막연히 야수를 찾아서 마구 헤맸다. 아니, 야수를 몹시 그리워하듯 더욱더 열심히 찾아 헤맸다. 이상하게도 공간은 점점 더 넓어졌고, 그는 이리저리 헤매다가 무성한 덤불숲에서 발작적으로 발길을 멈추었다. 그 야수가 여기 아니면 저기 숨어 있지 않을까, 하고 애절하게 자문하며 홀로 번민하고 고통스러워했다. 그 야수는 어쨌든 튀어나왔다. 적어도 그에게 명백한 것은, 자신의 확신이 진실이라는 믿음이었다. 과거의 생각에서 새로운 생각으로의 변화는 결정적이고 절대적이었다. 일어나야 할 일은 결정적으로 그리고 절대적으로 일어났으므로 이제 미래에 대한 희망도 두려움도 사라졌다. 어떤 일이 일어날 가능성은 아주 사라져 버린 것이다. 그는 앞으로 다가올 미래를 막연히 두려워하던 현재까지와는 전혀 다르게, 확인하지 못한 과거의 문제와 씨름하며 살아갈 운명이었다. 도저히 알아볼 수 없을 정도로 가면을 쓰고, 목도리를 두른 자신의 운명과 맞서 싸워야 했다.

이런 생각으로 고통스러워하는 것이, 이제 그의 일상이 되었다. 과거마저 추측할 수 없었다면 그는 아마도 더는 살아가지 못했을 것이다. 그녀는 그에게 추측하지 말라고 했다. 그가 이해한 바에 따르면, 그녀는 자신에게 알리고도 하지 말고 또 애쓴들 알 수 없다고 했다. 그는 이 일의 무게에 짓눌린 채 어떻게 해야 할지 몰랐다. 그렇다고 지난 일을 반복하거나 반복해야 마땅하다는 뜻은 아니었다. 단지 잃어버린 의식을 되찾으려는 노력을 포기할 만큼 깊은 잠에 빠질 수 없었다. 이렇게 흐지부지 미무리힐 수는 없었다. 그는 가끔 과거의 의식을 되살리든지, 아니면 완전히 그 생각 자체를 지워 버려야겠다고 혼자 결심하기도 했다. 결국 이 생각이 그의 삶의 유일한 동기가 되었다. 온통 거기에 열정을 쏟느라 다른 일은 전부 시시하게 여겨질 정도였다. 그의 잃어버린 의식에 대한 집착은, 마치 아이를 잃거나 납치당한 아버지가 수색을 쉽사리 포기하지 못하는 것과 같았다. 아이를 찾기 위해 집집이 문을 두드리고 경찰에게 도움을 청하는 아버지처럼 그도 잃어버린 의식을 찾아서 여기저기 헤매고 다녔다. 그는 이 생각에서 벗어날 수 없었으므로, 정말 뭔가를 찾으려는 듯 여행을 떠나기로 했다. 가능하면 오랫동안 여행할 작정이었다. 지구의 반대편에 가 보면 들을 만한 이야기가 있을 것 같았다. 아니, 정말 더 많은 이야기가 있을 것 같았다.

런던을 떠나기 전, 그는 메이 바트럼의 무덤을 찾아갔다. 끝없이 이어진 교회의 음울한 길을 지나, 황량한 무덤들 사이에서 그녀의 무덤을 찾아냈다. 그저 다시 한 번 작별 인사를 하려고 방문했을 뿐인데, 막상 무덤 앞에 서자 긴 상념에 젖어들었다. 그는 한 시간이나 그곳에 서 있었다. 그에게는 돌아갈 힘도, 그렇다고 죽음의 어둠을 꿰뚫어 볼 힘도 없었다. 묘비에 새겨진 그녀의 이름과 날짜를 뚫어지게 바라보며 묘비가 감춘 비밀을 골똘히 생각하고 한숨을 쉬었다. 그러고는 자신을 불쌍히 여겨 묘비에서 뭔가가 솟아 나오기를 기다렸다. 묘비 위에 무릎을 꿇은 채 기다렸지만 소용없었다. 묘비는 그렇게 계속 비밀을 감추고 있었다. 묘비에 새겨진 그녀의 성과 이름은, 그를 알아보지 못하고 멀뚱히 바라보는 그녀의 두 눈동자 같았다. 그래도 그는 오랫동안 그녀의 이름을 바라보았다. 그러나 묘비에선 희미한 빛줄기조차 새이 니오지 않았고, 그는 말없이 그 자리에 그대로 서 있을 뿐이었다.

6

그녀의 묘지를 다녀오고 나서 그는 일 년 동안 영국을 떠나 있었다. 아시아의 오지를 헤매고 다니며 낭만적인 장소를 찾아가거나 고결한 성지에서 시간을 보내기도 했다. 어디를 가든 자기처럼 세상을 알아 버린 사람의 눈에는 만사가 저속하고 허영에 들떠 있는 듯 보였다. 돌이켜 보니 몇 년 동안 그의 정신은 빛, 영롱한 색깔의 빛이었다. 그 커다란 빛에 비하면 장엄한 동양의 빛도 천박하고 경망스러울 뿐이었다. 믿기지 않는 진실은, 그가 자신의 — 다른 모든 것과 함께 — 특징을 상실해 버렸다는 점이다. 스스로 평범한 사람이 되어 사물을 바라보니 사물 역시 평범해 보였다. 이제 그는 그런 평범한 사물의 일부가 되어 버렸고, 무엇 하나 남들과 다를 바 없었다. 그런 식으로 자신을 상실한 그는 죽은 사람이나 마찬가지였다. 신전이나 왕릉 앞에서도 런던 교외에 있는 평범한 묘비를 기억해야만 비로소 고결한 생각이 떠올랐다. 시간이 흘렀고, 먼 곳에 있는 그에게 그 묘비는 과거의 영광을 일러 주는 증인으로 남았다. 이제 그녀의 묘비는 그를 대변해 주는 유일한 증거이자 심지어 자부심이기까지 했다. 고대 이집트 파라오의 무덤조차 그녀의 무덤에 비하면 아무것도 아니었다.

그는 당연히 귀국한 다음 날, 바로 묘비를 찾아갔다. 예전처럼 뿌리칠 수 없는 어떤 힘에 이끌려 찾아간 길이었지만 그는 거의 확신에 차 있었다. 일 년여를 헤매고 다니면서 얻은 체험으로 인해 그의 감정은 자기도 모르는 사이에 변해 있었다. 지구 곳곳을 방랑하며 사막 주변에서 길을 잃었다가, 이제 막 중심을 잡고 돌아온 것이었다. 그는 안전한 곳에 정착해서 스스로의 죽음을 받아들여야 했다. 그리고 자신을 약간 미화해서 과거에 본 어떤 자그마한 노인들과 비교해 보았다. 지금은 모두 보잘것없이 늙어 버렸지만 젊은 시절에는 수많은 이들과 결투를 하고 열 명의 공주와 사랑을 나눈 사람들이었다. 굳이 그들과 다른 점을 들자면, 그 노인들은 다른 사람의 눈에도 경이로워 보이지만 그는 단지 자신에게만 그렇게 보인다는 것이었다. 그가 귀국을 서둘렀던 까닭은 원래 자기가 있던 곳으로 돌아와 그 경이로움을 되살리고 싶어서였다. 이런 생각이 떠오르자 걸음이 빨라졌고 더 이상 지체할 수 없었다. 그가 이렇듯 급히 달려온 이유는 이 무덤이야말로 이제 그한테 유일하게 남은 자신의 소중한 일부였기 때문이다. 자신의 일부분을 너무 오랫동안 혼자 두었다는 생각에 그의 걸음걸이가 급해졌다.

무덤에 도착했을 때 그는 약간 흥분한 상태였다. 그는 이전보다 더욱더 자신감에 넘치는 모습으로 묘비 앞에 섰다. 땅속에 있는 그녀는 이 고귀한 경험에 대해 알고 있었다. 그래서일까, 이상하게 무덤은 이제 무표정하지 않았다. 무덤은 부드럽게 그를 맞이했다. 전처럼 그를 비웃지 않았다. 오히려 반기는 것 같았다. 한참 동안 집을 비웠다가 다시 돌아왔을 때, 우리가 아끼는 물건에게 느끼는 그런 친밀감을 내보였다. 그에게는 무덤 주위의 땅과 묘비 그리고 잘 가꾸어진 꽃까지 모두 자기 소유물처럼 느껴졌다. 이렇게 감상에 젖은 그의 모습은 잠시 비워 둔 땅을 둘러보러 온 주인 같았다. 어떤 일이든 그 일은 이미 일어났다.

이번에 그가 찾아온 까닭은, 그녀에게 그런 진부한 것을 물어보기 위해서가 아니었다. "무슨 일, 무슨 일이었나요?"라고 묻던 과거의 질문은 사실 사라져 버린 지 오래였다. 이제 물어볼 말이 없어도 다시는 그녀가 있는 이곳에서 멀리 떠나지 않을 생각이었다. 매달 이곳을 찾아올 작정이었다. 여기서 아무것도 얻지 못하더라도 이곳에서라면 최소한 위엄을 지킬 수 있었기 때문이다. 이상하게도 그에게 이곳은 긍정적인 삶의 원천이 되었다. 그는 규칙적으로 이곳에 오겠다는 계획을 실천했고, 이제 그것은 거의 습관이 되다시피 했다. 이렇듯 아주 단순해진 그의 삶에서 몇 뼘 안 되는 죽음의 정원은 그가 아직 분명히 살아 있음을 입증해 주는 장소가 되었다. 다른 곳에선 타인은 물론 스스로에게조차 삶이 무의미했지만, 여기에만 오면 의미로 충만해지는 느낌이 들었다. 그가 의미 있는 존재라는 사실을 아는 사람은 거의 없었다. 마치 본인만이 그 사실을 알고 있는 것 같았다. 그녀의 무덤을 보면 자신만이 열람할 수 있는 등기부를 가진 듯한 기분이었다. 거기에는 그의 과거가 있고 인생의 진실이 있었다. 거기에는 현재의 자신을 넘어설 수 있는 과거라는 영역이 있었다. 이렇게 이곳에 있으면 그는 친구와 팔짱을 끼고 과거 속을 헤매는 듯했다. 정말 이상하게도 지금의 그와는 전혀 다른, 젊은 시절의 자기 모습을 한 자신과 그 친구는 제삼의 존재 주위를 맴돌았다. 제삼의 존재인 그녀는 꼼짝 않고 가만히 서서, 그가 이끄는 대로 몸을 돌리며 눈으로만 연신 그를 따라왔다. 지금 그의 삶의 구심점은 이 제삼의 존재가 있는 곳이었다. 그는 이런 식으로 살아가고 있었다. 그는 제대로 산 적이 있다는 추억에 의지했고 그 추억은 그에게 살아갈 힘을 주었으며, 심지어 자신의 존재를 규정해 주었다.

몇 달은 이렇게 사는 것만으로도 충분했다. 그리고 일 년

이 흘렀다. 그 사건만 아니었다면 틀림없이 그는 계속 그렇게 살았을 것이다. 피상적으로 보면 그 사건은 사소한 일이었다. 그러나 이집트나 인도의 인상보다 더 큰 힘으로 그의 삶의 방향을 완전히 바꾸어 놓았다. 정말 우연히 일어났으며 아슬아슬하게 놓칠 수도 있는 일이었다. 만약 그가 이런 식으로 깨닫지 못했다면 분명 다른 식으로라도 깨달았으리라고 믿어 의심하지 않았다. 그는 이렇게 믿으며 살도록 되어 있었다. 좀 더 부드럽게 말하자면 다르게 살 수는 없었다. 이 사건과 상관없이 필연적이었다는 생각이 들자, 한동안 묻혀 있던 불행이 그 가을날에 모습을 드러냈다. 그런 깨달음으로 인해 최근까지도 그의 상처는 완전히 아물지 않고 잠시 마비되어 있었음이 드러났다. 약을 발라서 아프지 않았을 뿐, 상처는 여전히 남아 있었다. 그 상처를 건드리자 피가 났다. 어떤 남자의 표정이 그의 상처를 건드렸다. 나뭇잎이 수북이 쌓인 어느 흐린 날 오후, 한 남자가 무덤가에서 칼날같이 섬뜩하게 마처를 똑바로 바라보았다. 그 칼은 너무도 깊숙이 마처를 찔렀다. 계속 달려드는 칼날 앞에 마처는 움츠러들었다.

그가 처음 그녀의 무덤을 찾아왔을 때, 그 남자는 조금 떨어진 무덤 옆에서 생각에 잠겨 있었다. 이제 막 매장한 묘지와 그 남자의 깊은 슬픔이 썩 잘 어울렸다. 이런 이유만으로도 그는 그 남자를 더 이상 바라볼 수 없었다. 그녀의 무덤에 서 있는 내내, 마처는 어렴풋이 여전히 그가 옆쪽 무덤에 있음을 알았다. 빽빽이 들어선 묘비들과 무덤가에 심긴 주목 사이로 그 고개 숙인 중년 남자는 뒷모습을 보인 채 줄곧 서 있었다. 무덤가에서 자아의 참모습을 찾는다는 마처의 이론은, 이 남자의 경우에 전혀 적용될 수 없었다. 그 가을날 마처는 그즈음 들어서 가장 비참한 기분에 빠져 있었다. 전에 없이 무거운 마음으로 메이 바트럼의 이름을 새긴 나지막한 묘비 위에 앉아 있었다. 움직일 기운조차 없었다. 마치 마술에 걸려서 몸속에 있던 용수철이 끊겨 나간 기분이었다. 그 순간 누군가 나타나서 자기 하고 싶은 대로 하라고 하면, 그는 자신을 받아들일 태세인 묘비 위에 누워서 영원히 안식을 취하고 싶었다. 이 넓은 세상에서 왜 자신이 살아야 하는가, 하는 생각에 빠진 채 그는 물끄러미 앞을 보았다. 그리고 바로 그 순간 그 남자의 충격받은 얼굴을, 얼굴에 서린 충격을 보게 되었다. 마처 옆으로 무덤으로 향하는 길이 나 있었기 때문이다.

옆 묘비 앞에 있던 그 남자는 이제 무덤을 떠나 정문으로 가는 길에 접어든 참이었다. 마처도 기운을 차렸다면 무덤을 떠날 시간이었다. 그 남자가 마처 쪽으로 다가왔다. 천천히 걷다가 두 사람은 잠깐 똑바로 마주 보았다. 그 남자의 얼굴에는 허탈함이 짙게 배어 있었다. 마처는 곧 그가 깊은 상처를 입었음을 알아챘다. 그 인상이 몹시 강렬해서 상대적으로 다른 특징은 하나도 눈에 들어오지 않았다. 옷도, 나이도, 인격도, 신분도 전혀 보이지 않았다. 오직 그 남자의 얼굴에 새겨진 깊은 상처만이 생생했다. 그 남자는 그런 표정을 짓고 있었다. 그것이 핵심이었다. 그가 지나가는 순간, 마처는 공감을 표시하거나 그 슬픔에 도전하고 싶은 충동을 느꼈다. 어쩌면 이 사람은 이미 우리의 친구인 마처를 아는지 몰랐다. 또 자신의 슬픔과 어울리지 않는 마처의 평온한 모습을 보고 그 불협화음에 짜증이 났을지도 몰랐다. 어쨌든 마처는 우선 이 남자, 이 상처 입은 열정의 화신 역시 자신을 — 주변을 오염시키는 뭔가를 의식하듯이 — 의식하고 있음을 알아차렸다. 마처는 크게 충격받았지만, 그다음 순간 질투심에 차서 그 남자가 지나가는 모습을 바라보았다. 그 강한 인상 때문에 아주 비범한 ── 다른 일에 대해서 이미 가장 비범하다는 표현을 썼지만 ── 일이 일어났다. 그 낯선 남자는 지나갔지만 그 슬픈 눈길은 여전히 남아 있었다. 마처는 그가 어떤 부당함 때문에, 아니면 무슨 상처로 인해 저토록 괴로워하는지, 왜 그 상처가 치유되지 않는지 안타까웠다. 그 남자는 대체 무엇을 상실했기에 저렇게 비탄에 빠져 있을까? 저러고도 계속 살아갈 수 있을까?

존 마처, 그가 갖지 않은 무언가를 그 남자는 가지고 있었다. ── 그것이 이다지도 그 남자에게 고통을 주고 있었다. 존 마처가 처한, 어떤 일에도 동요하지 않는 현재 상태가 그 증거였다. 그는 열정에 휩싸인 적이 없었다. 그런데 그 남자의 눈에는 열정이 가득했다. 그녀는 죽었지만 그는 여전히 살아 있었고, 약간 방황하며 그녀를 그리워했다. 그렇다면 자신의 깊은 상처는 어디에 있었던가? 이런 생각을 하는데, 우리가 말한 그 비범한 것이 갑자기 그를 압도했다. 그 남자와 막 눈길이 마주쳤을 때, 그가 완전히 놓쳐 버렸던 것들이 불로 쓴 글씨처럼 빠르게 나타났다. 그 불길은 계속 타오르면서 그가 놓쳤던 것들을 보여 주었다. 그는 처절하게 고통스러웠음에도 그것을 받아들였다. 그때까지 그는 사랑하는 여인을 떠나보낼 때 어떻게 애도해야 하는지 마음속 깊이 깨닫지 못하고 있었다. 그러다가 다른 사람을 보고 나서야 비로소 깨닫게 된 것이었다. 그 낯선 남자의 표정이 준 확신은 이처럼 강하게 다가왔고, 그의 가슴속에서 연신 연기를 뿜으며 활활 타올랐다. 이 깨달음은 아주 불손하고 긴방지게 그리고 우연한 기회에 다가와서 그를 밀쳐 넘어뜨렸다. 그리고 한번 불붙기 시작하자

끝없이 사납게 타올랐다. 그는 자기 인생이 얼마나 공허했는지 직시하며 그곳에 서 있었다. 그는 고통을 느끼며 숨을 들이마셨다. 그러고는 당황해서 돌아섰다.

돌아서자마자 바로 그 앞에 어느 때보다 뚜렷이 자신의 인생 이야기가 펼쳐졌다. 전혀 모르는 무덤가의 낯선 남자가 그랬듯이, 이번엔 그녀 묘비 위의 이름 역시 충격적이었다. 그 묘비는 그를 똑바로 보고 말했다, 당신은 나를 놓쳤다고. 정말 끔찍한 일이었다. 그녀가 하는 말은 과거에 대한 해답이자 무시무시할 정도로 선명한 비전이었다. 그 앞에서 그의 몸 전체가 발아래의 묘비만큼이나 차가워졌다. 모든 것이 한꺼번에 무너져 내렸고, 드러났고, 설명되었고, 압도했다.

무엇보다도 그동안 이 사실을 알지 못했다는 사실에 그는 정신이 멍해졌다. 그는 쓸쓸하게 자신의 운명을 받아들이고 운명의 잔을 끝까지 들이켰다. 자기는 그렇게 살 사람이었던 것이다. 이 세상에서 살아가는 동안 아무 일도 일어나지 않을 그런 사람. 흔한 일은 아니지만 그의 운명이 그랬다. 삶이라는 작은 조각들을 계속 꿰맞추어 가다가 인생이 끝날 무렵에야 그 의미를 깨닫고 새하얗게 질려 버릴 운명이었다. 그가 알지 못하는 동안에도 그녀는 알았으며, 이 세상에 존재하지 않는 이 순간에도 그가 진실을 받아들이도록 돕고 있었다. 그는 한평생 자신의 운명이 무엇인지 알기 위해 기다렸다. 물론 기다림 자체도 그의 운명이었고, 그것이 진실이었다. 그 진실은 끔찍하고 생생했으며, 그와 함께 이것을 지켜보던 그녀는 어느 순간부터 이 사실을 깨달았다. 그 뒤로 운명이 그에게 모습을 드러내기도 했지만 그는 그것을 알아차릴 기회마저 모조리 놓친 것이었다. 드디어 운명이 다가왔다고 그녀가 말해 줬던 그날, 사실 그녀는 도피처를 마련해 준 셈이었다. 그런데 그는 멍청하게 보고만 있었다.

　진정으로 그녀를 사랑했다면 운명을 피할 수 있었을 것이다. 그랬다. 인생다운 인생을 살 수 있었다. 그를 위해 살았고 그를 사랑했던 그녀의 인생이야말로 삶다운 삶이었다. 그녀가 어떠한 열정을 품고 살았는지는 아무도 모른다. 반면 그는 소름 끼칠 정도로 이기심에 사로잡힌 채 자신의 필요에 따라서만 그녀를 판단했다.(그 사실이 그를 숨 막히게 했다.) 돌연 그녀의 말이 다시 떠오르면서 온갖 생각들이 꼬리에 꼬리를 물고 이어졌다. 그가 늘 기다려 온 야수는 정말로 숨어 있다가 운명의 순간에 튀어나온 것이었다. 바로 그 쌀쌀한 4월, 해 질 녘에. 그때 그녀는 병을 앓았고 창백하게 여위었지만 매우 아름다웠다. 그때라도 그가 알았더라면 그녀의 아름다움을 회복해 주었을지도 모른다. 그녀는 아픈 몸을 의자에서 일으켜 세운 뒤 그의 앞에 서서 그가 상상하고 추측할 수 있게 해 주었다. 하지만 그 상황에서조차 그는 전혀 헤아리지 못했고, 결국 야수는 튀어나오고 말았다. 그녀가 절망하며 돌아선 그 순간 야수는 뛰쳐나왔고, 그가 그녀의 집을 나서려 할 때 운명의 징표 역시 떨어질 장소에 떨어져 버렸다. 그는 자신의 두려움을 정당화해 왔다. 그것이 바로 그의 운명이었다. 그는 운명이 정한 대로 처음부터 끝까지 확실하게 실패했다. 그가 몰랐으면 좋겠다는 그녀의 말이 떠오르자, 이제야 신음이 새어 나왔다. 이런 끔찍한 깨달음, 이것이야말로 앎이었다. 그 사실을 알고 나니 눈물마저 얼어붙는 것 같았다. 그럼에도 그는 눈물을 흘리면서 그 앎을 붙들려고 했다. 아니, 그것을 눈앞에 똑바로 세워 놓고 자기 안으로 받아들이고자 했다. 이미 너무 때

늦고 처참했지만, 적어도 스스로가 살아 있음을 생생하게 느꼈다. 그러나 그 고통 때문에 갑자기 구역질이 났다. 진실에 의해 적나라하게 드러난 자신의 모습에서 예정대로 실현된 운명의 끔찍한 형상을 본 느낌이었다.

그는 자신의 삶이라는 밀림을 보았고, 거기에 숨어 있던 야수도 보았다. 그리고 그 끔찍하고 거대한 야수가 그를 덮치려고 공중으로 뛰어오르는 모습을 보았다. 눈앞이 깜깜해졌다. 그 야수가 가까이 다가왔다. 그는 본능적으로 몸을 돌렸다. 그리고 환상 속의 야수를 피하기 위해 그는 본능적으로 무덤 위에 몸을 던졌다.

밝은 모퉁이 집

"사람들은 내 '생각'이 뭔지 일일이 묻죠." 스펜서 브라이든이 스테이버튼 양에게 말했다. "성의껏 대답하는 편이에요. 때론 되묻기도 하고 회피하기도 하고 얼렁뚱땅 미루기도 하면서 말입니다." 그는 계속 말했다. "사실 묻는 사람에게 내 대답은 별 의미가 없어요. 묻는다고 속내를 다 털어놓을 수는 없잖아요. 그러나 군이 내 '의견'을 밝히자면, 뭐 나 자신에 대한 생각만으로도 벅찹니다."

그는 오랜만에, 사실 우연찮게 귀국했다. 이미 낯설어진 이곳에서 스테이버튼 양의 세심한 배려는 그에게 적잖이 위안이 되었다. 그가 이곳을 떠나 있던 삼십여 년 — 정확히 말해 삼십삼 년 — 의 공백은, 어떤 일이든 일어날 수 있는 시간이었다. 보란 듯이 그의 눈앞에 놀라운 일들이 펼쳐졌다. 처음 이곳, 뉴욕을 떠날 때 그는 스물셋이었는데 이제 쉰여섯이었다. 귀국하고 보니 실제 자기 나이보다 훨씬 오래 산 느낌이었다. 그는 혼잣말을 하거나 스테이버튼 양에게 얘기하곤 했다. 지금 어디를 둘러보든 그를 압도하는 차이, 예컨대 새로움, 기이함, 무엇보다도 이 거대한 돌무더기를 쌓는 데에 한 세기는 걸렸어야 했다고. 뉴욕을 떠나 있는 동안 더러 죄책감을 느꼈지만 그에겐 그보다 오랜 시간, 오랜 망각의 시간이 필요했다고 말이다.

그러나 무엇보다 중요한 사실은 예측이 가능하지 않다는 점이었다. 스펜서 브라이든은 스스로를 가장 자유분방하며 다양한 지적 변화를 수용할 수 있는 사람이라고 여겼었다. 그러나 이제 와서 보니 아무것도 받아들인 게 없었다. 그는 자신 있어 하던 일을 전혀 이루지 못했고, 예기치 못한 것을 알게 되기도 했다. 그에게 조화와 가치는 완전히 전도되었다. 젊은 시절에 너무도 빨리 알아차리고 쳐다보지도 않던 저 버려진 것들, 그땐 그토록 기분 나쁘던 것들이 이젠 오히려 그의 눈길을 끌었다. 그리고 매년 뉴욕에 몰려드는 수많은 사람들이 그러하듯이 몸소 보러 온 멋진 것들, 현대적이고 기묘하고 이름난 것들이 당혹스럽게 다가왔다. 그런 것들은 불쾌감을 안기는 덫이었다. 그가 불안하게 발을 내디딜 때마다 그 덫에서는 용수철이 튕겨 나왔다.

물론 뉴욕의 모습은 전반적으로 흥미로웠다. 그러나 그 광경에 좀 더 섬세한 진실이 더해졌다면 아주 만족스러웠을 터다. 그는 분명히 이렇게 흉측하게 변해 버린 뉴욕을 구경하러 온 게 아니었다. 그는, 표면적으로나 궁극적으로나, 이런 광경과 전혀 관계없는 충동 때문에 돌아온 것이었다. 그는 — 좀 과장되게 표현하자면 — '재산'을 둘러보러 왔다. 지난 삼십여 년 동안 이 재산과 4000마일 이상 떨어져 있었다. 좀 더 고상하게 말하자면, 이제 그는 밝은 모퉁이에 자리한 자신의 집을 다시 보고 싶은 충동 때문에 돌아온 것이었다. 그가 늘 애정을 가득 담아서 묘사하던 그 집은, 그가 태어난 곳이자 집안사람들이 대를 이어 살아온 곳이었다. 소년 시절에 지겹던 학교가 방학하면 시간을 보내던 곳이었고, 절망적인 청소년기에 얼마 안 되는 친구들과 놀던 곳이었다. 그리고 그렇게 오래 떠나 있는 동안, 두 형이 연달아 죽었고 예전의 여러 문제는 마무리되었다. 바야흐로 그 집은 완전히 그의 소유가 되었다. 이만큼 '좋지는' 않지만 그에겐 집이 한 채 더 있었다. 그는 예전부터 밝은 모퉁이 집을 지나치게 과장하며 신성시해 왔다. 이 두 채의 집은 그의 주요한 재산이었고 최근엔 이 두 채에서 각각 나오는 임대료가 주된 수입원이었다. (원래 건축 양식이 훌륭했으므로) 임대료 수입이 울적할 만큼 적었던 적은 한 번도 없었다. 그는 번창한 뉴욕의 임대료 덕분에 여태껏 살아온 방식대로 계속 '유럽'에서 살 수 있었다. 그리고 그에게 늘어선 집들 중 하나의 번지일 뿐인 나머지 집은, 열두 달 사이에 허물어지고 재건축되는 바람에 더욱더 풍족하게 살 수 있었다.

이 두 집은 그의 재산 목록에 올라와 있었다. 그러나 그는 귀국한 이래 이 두 집을 확실하게 구분해 왔다. 길거리에 있는 또 하나의 집은 서쪽으로 두 블록 떨어져 있는데, 늘 소란스러웠다. 게다가 지금은 고층 아파트로 재건축 중이었다. 얼마 전 그는 이러한 개조 제안에 동의했다. 그는 이 방면에 전혀 경험이 없으면서도 아는 척을 했고, 심지어 권위까지 내세우며 직접 간섭했다. 자신의 이런 행동이 조금도 놀랍지 않았다. 이제껏 이런 일에는 관심조차 없었고, 전혀 다른 일을 하면서 살아왔는데도, 그는 요즈음 유례없이 마음속 깊은 곳부터 활발하게 꿈틀거리 사업 수완과 건축적 감각을 느꼈다. 좀체 주체할 수 없는 충동이었다. 지금 주변 사람들한테서 아주 흔하게 찾아볼 수 있는 이런 능력은 그동안 그의 몸속 어딘가에 잠들어 있었다. 어쩌면 그렇게 잠자고 있는 편이 더 좋았을지도 몰랐다. 지금, 이렇게 맑은 가을날 — 적어도 이 끔찍한 곳에서 이 같은 가을 날씨는 진정한 축복이었다. — 그는 은밀히 가슴을 설레 하며 전혀 방해받지 않은 채, 이른바 자기 '일'을 둘러보면서 빈둥거리고 있었다. 이 일은 천박하고 지저분할 수도 있었다. 그러나 그에게는 전혀 문제가 되지 않았다. 그는 자진해서 사다리에 올라가고, 마루 위를 걷고, 재료를 만지며 아는 척했다. 또 질문을 해 대고 설명을 요구했으며, 직접 계산까지 했다.

그는 이런 일이 재미있었다. 이 일이 좋았다. 앨리스 스테이번 역시 이 일을 재미있어했다. 아니 그 자신보다 훨씬 더 흥미를 보였다. 이것으로 스펜서 브라이든만큼 대단한 부자가 될 수 없음을 알면서도 그녀는 그 일에 푹 빠져 있었다. 그녀는 어빙 플레이스에 있는 작은 집에서 살았다. 매우 간소하게 살았고, 지금보다 부자가 될 가능성은 전혀 없어 보였다. 그녀가 가진 것은 집 한 채가 전부였으며 줄곧 뉴욕에서 살았다. 그리고 자기 집에 내내 세심하게 신경을 쓰고 있었다. 그녀의 집은 끔찍하리만치 쭉 늘어선 수천 개의 집들 사이에 자리해 있었다. 그 집들은 마치 자로 잰 뒤 가로세로로 줄을 긋고 숫자를 적어 놓은 장부의 한 페이지처럼 엄청나게 빽빽이 들어차 있었다. 그럼에도 스펜서 브라이든은 그녀의 집으로 가는 길을 잘 알았다. 거칠고 넓은 도매 시장의 한복판에서 그는 돈과 힘이라는 단순하면서도 상스러운 분위기를 읽었다. 그리고 그 전반적인 분위기를 지나서, 조용하고 자그마한 그녀의 집에 다다르면 왠지 적잖은 위안을 받았다. 집에 있는 물건과 커튼, 모든 사소한 살림살이들은 사열식을 하는 듯 말끔히 정돈되어 있었고 집 안 곳곳에서 검소한 분위기가 배어났다. 그의 오랜 친구인 그녀는 하녀 한 명하고 같이 살았으며, 직접 먼지를 털고 전등을 청소하고 은식기를 닦았다. 그녀는 너무나 급변하는 이 현대가 주는 충격에 대체로 초연했지만, 정말로 '정신적인' 도전을 맞닥뜨려야 할 때는 씩씩하게 맞서 싸웠다. 그녀에게 정신이란 그들 두 사람이 모두 소중히 여기는, 아주 오래되고 고풍스러운 사회와 질서를 뜻했다. 그녀는 필요할 때 전차를 탔다. 바다에 빠진 사람들이 공포에서 벗어나려고 보트에 매달리듯, 서로 타겠다고 다투는 그 끔찍한 물건을 타고 다녔다. 그녀는 압박을 받으면서도 불가사의하게 공공연한 충격과 시련을 모두 헤쳐 나갔다. 이런 강인함에 비해 그녀의 호리호리한 외모는 신비스러우면서도 우아했다. 젊은데 고생을 해서 노숙해 보이는지, 아니면 나이가 들었는데도 온화하고 초연해서 젊어 보이는지 도저히 가늠할 수 없는 우아한 모습을 지니고 있었다. 함께 추억과 역사를 이야기할 수 있는 그녀야말로, 그에겐 어느 날 책갈피에 끼워 둔 오래된 마른 꽃(물론 아주 희귀한 꽃)처럼 아주 소중하고 의미 있는 존재였다. 향기가 나진 않았지만 그녀는 그의 노력에 충분히 보답했다. 그들은 지식을 공유했고 시대를 함께했다. 그가 유럽에서 방랑하며 쾌락을 좇고 종종 불성실하게 사느라 다소 퇴색했지만 그들에게는 정신, 그녀가 쭉 신성하게 지켜 온 그런 정신이 있었다. 그들은 그것을 알고 있었다.

이느 날 그는 그녀와 '아파트' 현장에 동행했다. 그는 그녀가 공사장을 건널 때 도와주기도 하고, 계획을 설명하기도 했다. 거기서 잠시 그는 현장 감독과 활발하게 논쟁을 했다. 감독은 그의 일을 맡은 건축 회사의 대표이기도 했다. 그는 감독에게 계약 조건에 명시된 세부 사항 중 몇 가지를 지키지 못했음에 대해 아주 '대놓고 따졌다.' 그가 너무나 똑똑하게 주장을 펼쳤으므로 그녀 역시 그의 승리에 동조했다. 그의 이런 모습을 지켜보는 그녀의 얼굴이 정말 귀여울 정도로 발그스름해졌다. 나중에는 "타고난 재능을 몹시 오랫동안 낭비하셨군요."라고 말하기까지 했다.(약간 반어적이기는 했지만.) 계속 고국에 있었더라면 마천루 설계자가 됐을 수도 있었겠다는 말로 그를 치켜세웠다. 정말 그랬다면 제때 재능을 발견해서 새롭고 아주 멋진 건축물로 대성공을 거두었으리라는 말도 덧붙였다. 이 말은 몇 주가 지나도 그의 귓가를 맴돌았다. 이 말은 그가 가장 맹렬히 숨기고 억압해 온 마음속 깊은 곳, 가장 기묘한 곳에서 반향을 일으키며 작은 은제 종의 소리처럼 울려 퍼졌다.

미국에 온 지 이 주가 지난 뒤, 그의 마음속 심연에서 이상한 생각이 떠올랐다. 기이하게 돌발적으로 시작한 장난처럼 말이다. 그것은 그렇게 다가왔다. 그는 이 이미지로 자신을 판단했고, 그로 인한 흥분 때문에 적잖은 전율을 느꼈다. 마치 빈집의 어둠침침한 통로에서 모르거나 전혀 기대하지 않은 사람을 만났을 때 가질 법한 그런 느낌이었다. 이 이상한 비유가 연신 그의 머릿속에서 떠나지 않았다. 그럼에도 그는 확인해 보지 않았다. 문을 열고 아무도 없음을 확인하면 될 텐데, 그러지 않았다. 그러고는 덧문까지 달린 텅 빈 방에 누군가가 똑바로 서서 자신을 지켜본다는 생각에 사로잡혔다. 자꾸만 누군가가 그 방 한가운데의 어둠 속에 꼼짝도 않고 서서 그를 정면으로 바라보고 있다고, 그래서 자신이 대경실색할지도 모른다고 생각했다. 건축 중인 집을 방문한 다음, 그는 스테이버튼 양과 함께 상태가 더 나은 나머지 집 하나를 보러 갔다. 그 집은 길모퉁이 동쪽에 있었다. 정확히 '밝은' 모퉁이에 자리한 집이었다. 늘 지저분하고 질이 별로 좋지 않은 사람들이 사는 서쪽으로 나 있는 길과, 항상 똑같은 모습의 큰길이 만나는 모퉁이였다. 스테이버튼 양의 말대로, 그 모퉁이는 나름대로 점잖은 티를 내고 있었다. 전에 이곳에 살던 사람들은 대부분 사라졌고, 그들의 이름을 아는 사람도 없었다. 밤늦게까지 바깥 여기저기를 헤매는 늙은 노인처럼 옛 추억들이 뚜렷한 목적 없이 멍한 표정으로 방황하는 것 같았다. 그것은 우연히 길에서 만난 노인을 대하듯 집까지 무사히 가는 모습을 지켜보거나 동행해야 할 것 같은 마음을 불러일으켰다.

그들은 함께 그 집으로 들어갔다. 그는 자기 열쇠로 문을 열었다. 이 집을 비워 두기로 한 데에는 나름대로 이유가 있다고 스테이버튼 양에게 말했다. 이웃에 사는 얌전한 여자만이 매일 일정한 시각에 와서 창문을 열고, 먼지를 털고, 비질을 한다고 했다. 스펜서 브라이든은 어떤 사정이 집을 비워 두었고, 이곳에 들를 때마다 정말 비워 두길 잘했다고 생각했다. 물론 그 이유를 그녀에게 모두 밝히진 않았다. 왜 말도 안 될 정도로 자주 이 집에 들르는지에 대해서도 이야기하지 않았다. 그들은 텅 비고 널찍한 방을 걸어 다녔다. 그녀가 이 집을 둘러보고, 도둑이 들어도 천장에서 바닥까지 훔쳐 갈 물건이라곤 멀둔 부인의 빗자루밖에 없다는 사실을 눈치채도록 내버려 두었다. 그녀 ㄱ 심에는 마침 멀둔 부인이 있었다. 멀둔 부인은 수다를 떨면서 방문객들과 함께 이 방 저 방을 둘러보았다. 부인은 앞장서서 덧문을 밀고 내리닫이창을 들어 올렸다. 자기 말대로 얼마나 볼거리가 없는지 보여 주기 위해서였다. 정말이지 그 황량하고 커다란 방은 거의 비어 있었다. 그럼에도 주인인 그가 보기에 이 방은 향기롭고, 전반적으로 공간이 잘 나뉘어 있으며, 이전 시대의 건축 양식을 자연스럽고도 애절하게 표현하고 있었다. 그에게는 마치 연로하고 선량한 하인 혹은 평생 함께 산 하인이 추천장을 써 달라거나 퇴직금을 요구하는 느낌이었다. 그런데 멀둔 부인은 그가 원하는 대로 낮엔 이 집을 돌봤지만, 절대로 방문하고 싶지 않은 시간이 있다고 했다. 어두워진 뒤에 둘러보라고 하면 어떤 이유에서건 "미안하지만" 다른 사람에게 부탁해 보라고 말했다.

　이 방에 볼거리가 없음은 사실이지만 그렇다고 보게 될지도 모를 무언가마저 없다는 뜻은 아니었다. 그리고 이 얌전한 부인은 어떤 여자도 그런 일을 좋아하지 않으리라며 그 사실을 스테이버튼 양에게 꾸밈없이 털어놓았다. "그런 불길한 시간에 구불구불한 계단을 따라 어둠침침한 꼭대기 층까지 올라가는 일 말이에요." 이 집의 가스등과 전등은 이미 다 끊긴 상태였다. 멀둔 부인은 양초를 켜 들고, 그 어둡고 커다란 방들 — 게다가 방도 많은데 — 을 지나가며 오싹해할 스스로의 모습을 생생하게 떠올렸다. 스테이버튼 양은 그녀의 솔직한 시선에 미소를 보내며, 자기라도 분명히 그런 일은 사양하겠다고 했다. 부인이 떠드는 동안 스펜서 브라이든은 조용히 있었다, 그 당시에는. 그는 자신의 낡은 집에서 '그런 불길한' 시간에 대해 심각하게 생각해 보았다. 그는 얼마 전부터 '구불구불한 계단을 올라갔다.' 그는 삼 주 전, 이 일을 하는 데 필요한 양초 한 꾸러미를 준비해서 아주 으슥한 식당 구석에 있는, 꽤 괜찮은 고풍스러운 '붙박이' 찬장 서랍 뒤쪽에 넣어 두었다. 지금 그는 동행들을 보고 웃으려다가 재빨리 화제를 바꾸었다. 그러지 않으면 자신의 웃음소리가 이상하게 메아리칠 것 같았기 때문이다. 그곳에 혼자 있을 때면 자신의 웃음소리에 일부러 답하는 인기척이 실제로 들리기도 하고, 들리는 것 같기도 했다.(그것을 어떻게 표현해야 좋을지, 그는 몰랐다.) 그리고 또 그 순간, 앨리스 스테이버튼이 그에게 왜 깊은 밤에 그리 배회하는지 물어볼지도 모른다는 생각이 들었다. 그는 아직 그런 물음에 어떻게 대답해야 할지 몰랐다. 멀둔 부인이 그들을 떠나서 다른 방으로 들어갈 무렵에 그는 어떻게든 그녀의 질문을 회피하고 싶었다.

다행히도 이렇게 소중한 장소에서는 마음을 터놓고 나눌 말이 꽤 많았다. 그녀는 방금 전처럼 동경에 찬 눈빛으로 주위를 둘러보더니, 불쑥 마음속에 있는 말을 털어놓았다. "하지만 이곳을 완전히 부숴 버리려는 건 아니겠죠!" 그는 새삼스럽게 화가 나서 즉시 대답했다. 사람들은 바로 그것을 요구하고 있다, 그들이 매일 그'에게' 찾아오는 까닭도 바로 그 때문이다, 그 사람들은 점잖게 살고 싶어 하는 자신의 심정을 전혀 이해하지 못한다, 이 집은 이대로 있을 때 그에게 형언할 수 없는 즐거움을 주고 흥미를 불러일으킨다, 이 집은 그 빌어먹을 임대료가 아니더라도 가치 있으며 그리고 간단히 말해, 간단히 말해……! 이렇게 말하려는데 스테이버튼 양이 그의 말을 이어 주었다. "그 고층 빌딩에서 마구 쏟아져 들어오는 돈으로 넉넉하게 사시니까, 마음에 쏙 드는 이 집에 대해선 잠시 감상적인 기분에 젖어도 괜찮지 않겠느냐는 거죠!" 이 말을 하면서 그녀가 지은 미소 속에는 반쯤 독특한 아이러니가 섞여 있었다. 전혀 악의 없는 아이러니였다. 상상력이 풍부하기 때문에 가능한 아이러니였다. 싸구려 냉소와는 달랐다. 흔히 상상력이라곤 전혀 없는 사람들이 영리하다는 소리를 듣고 자 내뱉는 그런 냉소가 아니었다. 바로 그 순간, 잠깐 그는 부정하려다가 "아, 그래요. 정확히 그렇습니다. 그렇게 말할 수도 있겠군요!"라고 대답했다. 그녀가 상상력을 발휘해서 자신을 제대로 받아들여 주리라는 확신이 들자 그는 기분이 좋아졌다. 그는 다른 집에서 임대료가 땡전 한 푼 안 들어오더라도 이 집은 이대로 지킬 거라고 했다. 그리고 이 집을 구석구석 천천히 둘러보면서 어떻게 자기가 찾아오는 사람들을 경악시켰는지, 즉 어떻게 사람들을 쩔쩔매게 했는지 그녀에게 자세히 설명했다.

그는 그 집의 단순한 벽 모양과 단순한 방 형태 그리고 바닥에서 나는 소박한 소리에 대해 이야기했다. 또 마호가니 문의 낡은 은도금 손잡이에 손을 댔을 때의 감촉에 대해서도 말했다. 앞서 죽은 사람들이 생전에 만진 손잡이를 쥐었을 때의 감촉을 자신이 얼마나 소중히 여기는지 말이다. 이 집 안에 숨 쉬고 있는 칠십 년이라는 대물림의 역사와 그 속에서 삼대에 걸쳐 살아온 사람들의 삶에 대해서도 이야기했다. 그는 또한 이곳에서 돌아가신 할아버지의 삶에 대해, 눈에 보이진 않지만 공기 속을 떠다니는 미세한 먼지처럼 오래전에 형체 없이 사라진 자신의 젊음에 대해서도 말했다. 그녀는 그런 이야기를 모두 들어 주었다. 그녀는 다정하게 대답했지만 수다스럽지는 않았다. 쓸데없이 이러쿵저러쿵하지도 않았다. 그녀는 부산스럽지 않게 수긍할 줄도, 동의할 줄도, 격려할 줄도 알았다. 그의 말이 끝날 때쯤에야 그녀는 이런 말로 이야기를 더 이끌어 갔다. "그러면 어떻게 할 작정이세요? 결국 여기 더 머물 예정이신가 보죠?" 그는 멈칫했다. 그가 고려해 본 적 없는, 적어도 그녀가 말한 식으로는 헤아려 본 적 없는 일이었기 때문이다. "이 집 때문에 내가 계속 여기 머물 거라고 생각하나요?"

"음, 이런 집이라면……!" 그녀는 영리하게도 '나는'이라는 듣기 싫은 표현을 쓰지 않았는데, 정말 아름다운 말투였다. 정신이 제대로 박힌 사람이라면 누군가에게 뉴욕에서 살고 싶어 해야 한다고 과연 고집을 부릴 수 있겠는가?

"난 여기 살 수도 있었죠.(일찍이 기회가 있었죠.) 최소한 여길 떠나 있는 동안 들를 수 있었습니다. 그러면 모든 게 달라졌을 거예요……. 음, 아마 더 재미있었을지도 모르겠습니다. 하지만 그건 다른 문제예요. 그리고 내가 괴팍해 보일 정도로 거래를 거부한 데엔 딱히 이유가 없어요. 합리적으로 하자면 거래를 했을 거예요. 그 이유라는 게 돈이 아니면 뭐겠습니까? 여기서 합당한 논리는 돈뿐이에요. 그러니 그 합리라는 건 무시합시다……. 유령 때문에 거래를 할 수 없다는 말도 하지 맙시다."

그들은 집을 나서려고 다시 홀 쪽으로 나왔다. 그런데 그때 그들이 서 있는 곳에서부터 커다란 홀까지 아우르는 원경이 그림같이 펼쳐졌다. 그 화려하고 커다란 홀은 과거의 영화를 거의 그대로 간직하고 있었다. 그녀는 그곳에서 눈길을 거두고 잠시 그를 바라보았다. "정말 유령과는 아무 상관이 없다고 생각하시나요……?" 그는 눈에 띄게 얼굴이 창백해졌다. 그러나 그들은 거의 목적지에 다다랐다. 그는 반쯤 노려보고 반쯤은 쓴웃음을 지으면서 대답했다. "오, 유령들 말인가요.

물론 이 집에는 유령들이 득실대요. 오히려 그렇지 않으면 부끄러운 일이겠죠. 멀둔 부인 말이 맞아요. 그래서 부인에게 이 집을 잠깐 들여다보기만 해 달라고 부탁했고요."

스테이버튼 양은 멍하니 다른 곳을 응시했다. 말은 안 했지만 뭔가 생각이 떠올랐음이 분명했다. 그 순간 그녀는 그 화려한 방 안으로 희미한 무언가가 모여드는 광경을 상상했을지도 모른다. 그러면 데스마스크처럼 잘생긴 남자가 나타났을 것이다. 그 남자는 '석고로 뜬' 기념 조상과 흡사한 표정을 짓고 있었을 터다. 그러나 그녀가 어떤 인상을 받았건 그녀는 아주 평범하면서도 모호한 말을 했다. "그래요. 이 집에 가구를 제대로 갖추어 놓고 산다면……!" 가구를 제대로 갖춘다면 그가 이 집으로 돌아오는 일을 덜 부정적으로 여기리라고 암시하는 것 같았다. 그녀는 곧바로 복도로 갔다, 마치 자신의 말을 뒤에 남겨 두고 떠나는 듯이. 그다음 순간 그는 문을 열고 그녀와 함께 계단에 섰다. 그는 문을 닫고 위아래로 훑어보면서 열쇠를 다시 호주머니에 넣었다. 바로 그때 이 집과, 약간 냉혹해 보이는 큰길이라는 현실이 한눈에 들어왔다. 그들은 마치 이집트 무덤에서 나와 사막의 빛을 맞닥뜨린 여행자들 같았다. 그런데 그는 길로 나서기 전에 위험을 무릅쓰고 그녀의 말에 대답했다. "이 집엔 사람이 산 적이 있습니다. 내가 보기엔 가구도 갖춰져 있고요!" 그 말을 듣고 그녀는 쉽게 "아, 그래요……!" 하고 한숨을 쉬더니, 신중하지만 아주 모호하게 대답했다. 친척들은 말할 것도 없고 그의 부모, 그가 아끼던 누이가 이 집에서 평생 살았고 임종 역시 맞았으므로 그렇게 답했던 것이다. 그 집 벽 안에는 지워 버릴 수 없는 삶이 새겨져 있었다.

이 일이 있고 며칠 뒤, 그는 그녀와 다시 한 시간 정도 이야기를 나누었다. 그는 사람들이 자신의 비위를 맞춰 준답시고 구태여 뉴욕에 대해 물어보는 게 짜증 난다고 말했다. 그는 뉴욕에 대해서라면 듣기 좋은 소리를 할 수 없었다. 마음속에 있는 '생각'을 굳이 말하자면(뉴욕에 대해 좋게 생각하건 나쁘게 생각하건), 오직 한 가지 생각뿐이라고 했다. 그것은 허황한 이기주의인데, 이렇게 불러도 된다면 병적인 강박 관념이라고 했다. 무슨 생각을 하든 애초에 그가 뉴욕을 포기하지 않았다면 개인적으로 무슨 일을 했을까, 어떻게 살았을까, 결국 어떻게 '되었을까' 하는 생각으로 귀결된다고 했다. 그리고 그는 내면에서 강렬하게 꿈틀거리는 어리석은 생각 — 이것 역시 너무 이기적인 사고 습관 탓이겠지만 — 을 고백했다. 그는 다른 것에 전혀 관심을 가질 수 없고, 고국에 대해서는 어떤 매력도 느낄 수 없다고 했다. "뉴욕에 살았다면 어떻게 되었을까? 어떻게 될 수 있었을까? 정말 바보같이 계속 그것만 궁금해요. 마치 알아낼 수 있는 일이기라도 한 듯 말예요! 내가 만난 수많은 사람들이 뉴욕에 산 결과 어떻게 되었는지 잘 알고 있습니다. 그리고 뉴욕에 살았으면 나도 뭔가가 되었을 텐데, 하는 생각이 떠오르면 너무 가슴이 아프죠. 화가 치밀어 오를 정도로요. 내가 무엇이 되었을지 알 수가 없어요. 그 사실이 가져다주는 괴로움, 결코 채워지지 않고 부서져서 사라지지 않는 작은 궁금증. 이것은 마치 이런저런 이유로 중요한 편지를 뜯어보지 않고 태워 버린 뒤에 밀려오는 회한과 유사합니다. 나는 그 편지가 유감스럽고 가증스러웠어요. 그 편지 안에 무엇이 있는지 끝내 알아내지 못했죠. 당신은 아마 사소한 일이라고 하겠지만요……!"

"사소한 일이라고는 하지 않겠어요." 스테이버튼 양이 엄숙하게 말을 가로막았다.

그녀는 난롯가에 앉아 있었다. 그는 단안경을 통해 벽난로 위에 놓인 앙증맞고 오래된 물건들을 슬쩍 훑어보는가 하면, 초조하게 그녀 앞을 서성거리면서 이런 강렬한 상념을 쏟아 냈다. 그녀가 말을 막을 때면 순간적으로 그녀를 쏘아보기도 했다. "그렇게 생각해도 괜찮아요!" 하지만 그는 웃었다. "어쨌든 내가 지금 느끼는 것을 과장되게 표현한 거예요. 젊은 시절을 아버지의 저주를 받다시피 하면서 이상하게 보내지 않았더라면 좋았을 거예요, '그 먼 곳에서.' 그 뒤로 지금까지 내 삶의 방식에 대해 의심해 본 적도, 되돌아본 적도 없이 살았습니다……. 그렇게 살지 않았다면, 아니 그런 삶을 그렇게 사랑하지 않았다면, 그런 삶을 사는 데 대해 끝없이 자만하지 않았다면, 정말이지 그런 삶이 아닌 조금은 다른 삶을 살았다면, 틀림없이 뭔가 다른 인생, 내 나름의 인생을 창조해 냈을지도 모르겠습니다. 아마 그 당시 이곳에 머물렀더라면 내 나름의 삶이 가능했을지도 모르죠. 스물넷이라는 나이는 너무 젊었고, 나는 여기 살겠다는 판단도 하지 못했으니까요. 조금만 더 깊이 생각했더라면 가능했을지도 모르는데 말예요. 그리고 내가 계속 여기서 살았다면 급변하는 정세에 아주 강하게 단련되어 날카로운 사람이 되었을지도 모르겠습니다. 이렇게 말한다고 해서, 내가 여기서 계속 버티고 살아간 사람들을 대단하게 여긴다는 말은 아녜요. 그들이 매력적이라든지, 아니면 이런 환경에 천박한 돈 욕심 말고 무슨 매력이 있겠느냐고 얘기하는 것과도 다른 문제예요. 여기 살았으면 내 본성을 멋지고 완벽하게 계발할 기회가 있었을지도 모른다는 말일 뿐예요. 작고 단단한 꽃망울 속에 만개한 꽃이 숨어 있듯이, 내 마음속 깊은 곳 어딘가에 아주 낯선 나의 분신이 숨어 있을지 모르잖습니까. 그런데 문득 내가 그렇게 사는 바람에, 말하자면 내가 그런 기후로 옮아가서 심긴 바람에 그 분신이 영원히 시들어 버렸다는 생각이 듭니다."

가만히 듣고 있던 스테이버튼 양이 입을 열었다. "그리고 그 꽃이 궁금하신 거죠? 당신이 궁금해하시니까 저도 알고 싶어요. 요 몇 주 동안 저도 궁금해하고 있었어요. 저는 그 꽃이 존재했으리라고 믿어요." 그녀는 말을 이어 갔다. "그 꽃은 아주 화려하고 또 아주 거대하고, 괴상했을 것 같아요."

"무엇보다도 괴상했을 거예요!" 그가 그녀의 말을 반복했다. "게다가 아주 소름 끼치고 불쾌했을 것 같기도 해요."

"정말 그렇게 생각하는 건 아니죠?" 그녀가 대꾸했다. "그렇다면 궁금해하지도 않으실 거예요. 당신은 사실을 알기에 만족하시는 거죠. 그걸로 충분해요. 당신이 느끼는 것, 그리고 당신에 대해 제가 느끼는 것은 유능하게 되었으리라는 점이에요."

"그랬다면 날 좋아했겠습니까?" 그가 물었다.

그녀는 거의 서슴지 않고 대답했다. "어떻게 당신을 좋아하지 않을 수 있었겠어요?"

"알겠습니다. 나를 좋아했을 거예요. 억만장자라면 더 좋아했겠지!"

"제가 어떻게 당신을 좋아하지 않을 수 있었겠어요?" 그녀는 같은 말만을 반복했다.

그는 여전히 그녀 앞에 서 있었다. 그녀의 말에 그의 몸이 굳어 버린 것이었다. 거기에는 많은 의미가 담겨 있었고, 그는 그것을 받아들였다. 그가 그렇게 가만히 있었던 이유는 곧 그 의미를 받아들인다는 증거였다. "적어도 나 자신이 어떤지는 알아요." 그는 담담하게 말을 이었다. "동전에 분명히 양면이 있듯이 한편으로는 내가 그동안 충분히 교양을 쌓지 못한 거 겠죠. 나를 점잖지 못하다고 생각하는 사람들이 많다는 걸 알아요. 나는 이상한 짓도 했고, 이교도 신들도 믿어 보았으니까요. 부끄럽지만 삼십 년 동안 내가 이기적이고 경박하게 살아왔다는 사실을 거듭 떠올리게 돼요. 사실 당신도 그 정도는 인정할 것 같은데……. 그리고 그렇게 살아서 지금 어떤 사람이 되었는지야 당신도 잘 알잖습니까."

그녀는 잠자코 있더니 그를 보고 웃었다. "여기서 살아온 제가 어떤 사람이 되었는지도 아시잖아요."

"오, 어떻게 해도 당신은 흔들리지 않는군요……. 당신은 어디서든, 어떤 식으로든, 지금 이 모습으로 태어났을 거예요. 당신은 어떤 시련에도 정말 완벽하게 버텨 냈죠. 유럽으로 가지 않았으면 내가 지금까지 그것을 기다리지 않아도 되었으리라는 점을 모르겠습니까?" 하지만 그는 알 수 없는 고통 때문에 말을 멈추었다.

그녀가 곧 말했다. "제가 보기에 정말 대단한 점은, 그렇게 떠났지만 아무것도 나빠지지 않았다는 거예요. 그래도 결국 여기 있잖아요. 이런 말도 할 수 있고요!" 그녀 역시 말을 더듬었다.

그는 그녀의 머뭇거림이 무엇을 의미하는지 몹시 궁금했다. "그러면 이건 정말 끔찍한 말인데, 내가 이곳에 남았더라도 지금의 나와 다르지 않았으리라는 뜻인가요?"

"오, 아니에요! 결코 그런 뜻은 아니에요!" 그 말을 하면서 그녀는 의자에서 일어나더니 그에게 다가왔다. "하지만 어쨌든 상관없어요." 그녀는 미소를 지었다.

"내가 정말 괜찮다는 건가요?"

그녀는 한참 생각했다. "그렇다고 하면 믿으시겠어요? 제가 그렇다고 하면 가슴에 품은 의문이 풀리겠어요?" 그녀는 마치 그가 그녀의 말을 회피하고 있음을, 어리석지만 아직도 포기할 수 없는 어떤 생각에 매달려 있음을 안다는 듯이 그의 얼굴을 살폈다. "오, 어쨌든 당신은 개의치 않았을 테죠. 아주 다른 방식이긴 하지만요. 당신 자신 외에는 어떤 것에도 관심이 없어요!"

스펜서 브라이든은 그 사실을 인정했다. 이 점은 그 스스로 단호하게 밝힌 바이기도 했다. 하지만 그는 중요한 부분을 수정했다. "그는 내가 아네요. 그는 전혀 다른 사람이라는 말예요. 그렇지만 그를 보고 싶어요." 그가 덧붙였다. "그리고 볼수 있어요. 아니 보게 될 거예요."

잠시 두 사람의 눈이 마주쳤다. 그 순간 그녀는 묘한 분위기를 풍겼다. 그녀가 자신의 이상한 기분을 눈치챈 것 같았다. 하지만 서로 다른 방식으로 두 사람은 그것을 내색하지 않았다. 무엇보다도 그는 그녀가 거의 알아차렸음에도 충격을 받거나 반박하거나 쉽게 비웃지 않았음에 감명을 받았다. 또한 그녀는 숨 막히는 자신의 기벽에 숨통을 터 주는 공기 같았다. 하지만 그때 그녀가 뜻밖의 말을 했다. "저, 저도 그를 본 적이 있어요."

"당신이⋯⋯?"

"꿈에서 본 적이 있어요."

"오, 꿈에서⋯⋯!" 그 말에 그는 실망했다. 그녀가 계속 말했다. "지금 당신을 보는 것과 똑같이 두 번이나 보았어요."

"그러면 같은 꿈을 꾼 건가요?"

"두 번이나," 그녀가 되풀이했다. "같은 꿈을 꾸었어요."

그는 이 말에 제법 만족한 듯했고, 어쨌든 뭔가 얘기할 거리가 생겼다.

"그런데 나에 대해 꿈을 꾸나요?"

"아, 그에 대해 꿈을 꿔요!" 그녀가 미소를 지었다.

그는 눈짓으로 그녀를 떠보았다. "그러면 당신은 그에 대해 모든 것을 알겠군요." 그녀는 더 이상 아무 말도 하지 않았다. "그놈은 어떻게 생겼던가요?"

그녀는 주저했다. 그가 너무 심하게 다그치자 나름의 이유로 그를 외면하는 듯 보였다. "언젠가 말씀드릴게요!"

2

얼마 뒤부터 그는 아주 이상할 정도로 강박 관념에 빠졌다. 그는 점차 자신의 특권이 되어 버린 이 일에만 몰두했다. 그에게는 이 일이 더없는 미덕이고 지고한 교양이며, 아주 말도 안 되지만 가끔 은밀한 전율을 안겨 주는 과업이었다. 최근 몇 주 동안 이 일은 그에게 존재 이유가 되었다. 멀둔 부인이 집을 둘러보고 떠나면 그때부터 비로소 그는 삶을 느끼기 시작했다. 집 전체를 다락에서 창고까지 샅샅이 뒤져 보고 자신이 혼자라는 사실을 확인한 다음에야 집을 안전하게 소유했다는 생각에 마음을 놓았다. 어떤 날은 하루에 두 번씩 이 집에 들르기도 했다. 그가 가장 좋아하는 시간은 짧은 가을 석

양이 뉘엿뉘엿 질 무렵이었다. 그때야말로 그에게는 가장 희망에 찬 시간이었다. 그 무렵이 되어야 가장 은밀하게 기다리고, 한가로이 빈둥대고, 또 알 수 없는 소리에 취하고, 이 어둠침침한 넓은 공간의 분위기에 섬세하게 주의를 기울일 수 있을 것 같았다. 그는 등이 불을 밝히지 않은 시간을 더 좋아했으며, 매일 깊은 해 질 녘의 이 마법 같은 분위기를 더 즐기고 싶었다. 그 후에 — 거의 자정이 될 무렵, 바싹 경계심에 차서 — 희미한 촛불을 켜고 이 집 내부를 둘러보았다. 그는 천천히 움직이면서 초를 높이 쳐들고, 그 빛이 멀리까지 비치게 했다. 그는 방과 방 사이에 난 통로 그리고 그 통로가 만나는 지점이 내다보이는 전경을 몹시 마음에 들어 했다. 그는 자신이 소환한 계시가 드러나길 바라며 똑바로 길게 펼쳐진 전경을 바라보았다. 누군가가 나타나리라고, 그의 표현에 따르면, 보이리라고 믿었다. 아무도 참견하지 못하도록 혼자 완벽하게 '해낸' 일이었다. 그 누구도 보다 현명하게 처리할 수 없었을 터다. 아무리 사리 분별이 확실한 앨리스 스테이버튼조차 전혀 상상할 수 없는 일이었다.

그는 주인답게 차분하고 당당한 모습으로 그 집을 드나들었다. 늘 큰길가에 서 있는 뚱뚱한 경찰관이 지금까지 11시 30분에 그 집에 들어가는 그의 모습만을 보고 새벽 2시에 도로 나오는 모습을 보지 못했음은 참으로 다행이었다. 청명한 11월의 어느 날 해가 저물고 막 밤으로 접어들 무렵, 그는 평상시처럼 걸어서 그 집에 도착했다. 그가 저녁 식사를 마치고 이 집에 오는 것을 다른 사람들은 전혀 눈치채지 못했다. 그가 클럽을 나와 식당에 가지 않으면 호텔로 가겠거니 생각했고, 그가 호텔을 나와 저녁 시간 내내 그 집에 머물 때는 클럽에 가겠거니 했다. 이렇듯 전부 순조로웠다. 모든 것이 공모해서 음모를 꾸미고 그를 도왔다. 사실 그가 살아오면서 얻은 의식의 저편 어딘가에는 임기응변으로 일을 단순화하고 그럴싸하게 얼버무리는 뭔가가 있었다. 그는 이곳저곳을 다니며 느긋하고 즐거운 기분으로 예전에 알던 사람들을 다시 만나서 이야기를 나눴다. 참으로 그는 새로운 일에 최대의 기대를 걸고 있었다. 그가 어떤 이력을 가졌든 상관없이, 사실 겉으로 봐서는 그의 도움을 받을 리 없는 사람들조차 대부분 그에게 분명한 호감을 보였다. 그는 사회적으로 미미한 이류 정도에 불과했다. 그의 실체를 모르는 사람에게는 그랬다.(사람들은 지나가다 그를 만나면 반갑게 인사했고, 또 클럽에서 만나면 한잔 권하기도 했다.) 그러나 이런 건 모두 겉모습에 지나지 않았다. 사람들을 대할 때 그의 몸짓이 과장된 그림자의 움직임에 불과한 것과 마찬가지였다. 그의 몸짓은 무의미할수록 마치 그림자 연극처럼 더욱 과장되었다. 그는 하루 종일, 자기 속셈을 전혀 모르는 사람들을 바라보면서도 그 너머로 자신을 기다리는 또 다른 진정한 삶 속으로 스스로를 투사하는 일에 몰두했다. 사람들이 모두 문을 닫고 하루를 마감하는 시간이면 그는 그제야 밝은 모퉁이 집에서 자신만을 위한 삶을 시작했다. 웅장하게 울려 퍼지는 교향악에서 온갖 수많은 음들이 지휘자의 지휘봉을 따라 서서히 자기 빛깔을 드러내듯이 은밀하게, 남들 눈에 띄지 않게 그 삶을 시작했다.

그는 자신이 들고 다니는 쇠지팡이의 끝부분이 홀의 오래된 대리석에 닿을 때 어떤 소리가 나는지 늘 주의를 기울였다. 어린 시절에 그는 흰색과 검은색으로 된 장방형 대리석을 정말 좋아했으며, 그로 인해 스타일에 대한 개념을 가지게 되었다. 그 소리는 어딘지 모를 먼 곳에서 울려오는 종소리 같은 느낌이었다. 그것은 그가 싫든 좋든 이 집을 떠나지 않았더라면 번창했을 수도 있었던 신비한 다른 세계, 그리고 이곳에 살아 있는 저 먼 과거로부터 들려오는 깊은 울림 같았다. 이런 느낌을 받을 때마다 그는 늘 같은 행동을 했다. 소리를 내지 않고 조용히 한쪽 구석에 지팡이를 밀어 두었다. 그는 다시금 이 집이 커다란 유리그릇처럼 느껴졌다. 집 전체가 희귀한 크리스털로 만들어진, 젖은 손가락으로 가장자리를 만지면 민감하게 소리를 내는 움푹한 크리스털 그릇 같았다. 말하자면 그 크리스털 그릇에는 신비한 다른 세계가 담겨 있고, 아주 민감한 가장자리에서 소리를 울리면, 긴장한 그에게는 마치 좌절된 옛 가능성에 대한 한숨, 들릴락 말락 희미하게 진동하는 애처로운 울음소리처럼 들려왔다. 그리하여 그가 이렇게 조용히 이 집에 찾아와서 하는 일이란, 그 옛 가능성을 일깨워 이 정도의 환영으로나마 되살리는 것이었다. 그 옛 가능성은 수줍어했다. 어떻게 해 볼 도리 없이 수줍어했다. 하지만 적어도 예전과 비교하면, 그 가능성이 그가 원하는 형태를 띠기 전과 비교해 보면 무섭지는 않았다. 그는 발꿈치를 들고 이 방 저 방, 이 층 저 층을 헤매다가 가끔 그 가능성이 스스로 원하는 형태를 띠고 있음을 보았다.

이것이 그가 본 환영의 핵심이었다. 그가 그 집 밖에서 다른 일에 열중하고 있을 때는 이 모든 일이 지독한 바보짓으로 보였다. 그러나 이 집에 들어와서 자리를 잡고 나면 모두 그럴싸해 보였다. 그는 자신의 행동이 무엇을 의미하고, 자기가 무엇을 원하는지 알았다. 그것은 수표 위에 쓰인 돈의 액수만큼이나 분명했다. 그의 분신이 '걸어 다녔다.' 그는 자신의 분신에 대해 주로 이런 이미지를 가지고 있었다. 그러므로 그는 잠복해 있다가 분신을 만나려고 이렇게 이상한 행동을 하는 것이었다. 그는 천천히 조심스럽게 돌아다녔다. 그러나 몹시 불안하기도 했다. '구불구불한 계단을 올라가는' 누군가가 있다는 멀둔 부인의 생각은 확실히 옳았다. 또한 그가 지켜보는 인물도 그처럼 불안해하며 집 안을 헤맸다. 하지만 그 분신 역시 그 자신만큼이나 조심스럽고 교묘할 터였다. 그는 분신이 존재한다고 확신했다. 사실 이미 분신을 감지할 수 있었다. 그 분신이 그가 알아챌 정도로 기척을 내며 추적을 피하고 있다는 확신은 밤마다 더욱 커졌다. 마침내 그에게는 분신을 찾는 것이야말로 인생에서 가장 중요하고 필연적인 일이 되고 말았다. 물론 사물을 피상적으로 판단하는 사람들은, 그를 감각적인 일에 탐닉한 채 인생을 허비하는 사람으로 여기리라는 점을 스스로 잘 알았다. 하지만 그는 이 일에서 최고의 즐거움을 맛보고 있었다. 이 존재, 밀림의 야수보다 더 교묘하고 더 어마어마한, 그렇지만 곧 발각될 이 존재, 이 존재를 이토록 몰래 지켜보기 위해서는 대단한 인내심과 배짱이 필요했다. 추적하는 일 자체에 의욕이 생겼고 그 일이 무엇과 비슷한지, 어떻게 추적해야 할지 다시금 확실해졌다. 그러던 중에 아주 순간적으로, 젊은 시절에 가끔 황야와 산과 사막에서 사냥했던 일이 기억났다. 그 기억들은 엄청난 비유의 힘으로 되살아났고, 그는 더 예민해졌다. 종종 — 일단 촛불을 벽난로 위나 한쪽 구석에 놓고 나서 — 구석이나 어둠 속으로 피하기도 했다. 과거에 나뭇등걸 뒤에 숨었듯이 그는 문 뒤나 창 옆에 몸을 숨기기도 했다. 그리고 나서는 숨을 죽이고, 큰 사냥감을 기다리는 순간의 최고의 긴장감을 즐겼다.

두렵지는 않았다.(물론 벵골 호랑이를 사냥하러 나선 신사나 더 가까운 로키산맥에서 큰곰을 사냥하는 사람들이 정말 사냥감이 있을지 의심하듯이 그 역시 미심쩍기는 했다.) 그리고 정말이지 — 적어도 이 점에 대해서는 그가 솔직한 셈일 터다! — 너무나 친밀하면서도 낯설었으므로 두렵고 숨 막히도록 긴장되었다. 그는 그런 감정들을 명확하게 인식했다. 하지만 그 감정들이 자신의 존재와 경계심이 만들어 낸 경고의 징후라는 느낌 역시 들었다. 놀랍게도 자신이 유령과 관계를 맺으려 하고, 스스로 아마 독특한 경험인 어떤 의식을 즐기나 보다고 늘 말하기는 했다. 사람들은 대체로 유령을 두려워한다. 그런데 지금까지 인간이 유령의 세계를 역습해서 겁먹게 한 적이 있었던가? 그가 그런 생각을 했다면, 그 같은 일을 고귀한 일이라고 생각했을 수도 있다. 그러나 그는 결코 이런 특권을 누리겠다고 고집을 부리지 않았다. 반복된 습관 덕분에 그는 멀리 있는 어둠침침한 곳이나 어두운 구석도 꿰뚫어 볼 수 있게 되었다. 이제 그는 어렴풋한 빛 때문에 생기는 형체나 어두운 곳에 어른거리는 그림자나, 시각의 흔들림 탓에 무섭게 비치는 물체 정도는 무시할 수 있었다. 심지어 희미한 촛불을 내려놓고도 이곳저곳 돌아다닐 수 있었다. 물론 등 뒤에 촛불이 있으니 마음이 놓였고, 갈 길을 미리 둘러봐 둔 덕에 비교적 또렷이 목표물을 찾아낼 수 있었기 때문이다. 어둠 속을 내다보는 능력 때문에 스스로 괴상한 길고양이 같다고 느낀 적도 있다. 이런 순간에 정말 자신이 놀란 눈을 크게 뜨고 번득이고 있지는 않을까, 하는 생각마저 들었다. 그리고 궁지에 몰린 불쌍한 분신이 이런 모습을 보면 어떻게 반응할지 궁금하기도 했다.

그는 창의 덧문을 열어 두기를 좋아했다. 그는 멀둔 부인이 닫아 놓은 덧문을 모조리 열었다가 나중에 그녀가 눈치채지 못하도록 다시 닫았다. 그는 좋았다. 이 일이 좋았다. 무엇보다 위층 창의 덧문을 활짝 여는 일이 좋았다! 창틀 사이로 들어오는 차가운 은색의 가을 별빛과, 그 아래로 별빛 못지않게 반짝이는 가로등 불빛, 커튼을 쳐야만 가려지는 하얀 전등빛, 이런 것들이야말로 사람들이 사는 현실 세계였다. 그리고 그가 살아온 세계이기도 했다. 그는 지극히 사무적인 표정으로 모든 사람들에게 똑같이 냉담한 얼굴을 보이는 것이 훨씬 편했다. 그가 멀찍이서 바라보고 있음에도 세상은 내내 그에게 그런 표정을 짓고 있는 듯했다. 그로서는 대체로 넓은 전면이나 측면에 자리한 방에서 세상을 내다보는 편이 쉬웠다. 중앙의 안쪽이나 뒤쪽에 있는 방에서는 바깥이 보이지 않았다. 하지만 가끔 집을 둘러보며 어둠을 꿰뚫어 볼 수 있다는 사실을 즐길 때면, 집 뒤쪽의 풍경은 야수가 사는 밀림처럼 보였다. 뒤쪽에는 더 여러 개로 나뉜 방이 있었다. 특히 넓은 '별채'가 그랬다. 거기에는 하인들이 사용하는 여러 개의 작은 방들과 모퉁이와 다락과 통로가 있었다. 또 널찍한 뒷계단은 여러 개의 작은 층계로 갈라졌다. 그는 여러 차례 그 계단 위에 몸을 기대고 아래를 내려다보았다. 누군가에게는 자신의 이런 모습이 진지하게 숨바꼭질을 하는 멍청이로 보이리라는 점을 알았지만, 굳이 신경 쓰지 않고 몸을 깊숙이 숙였다. 사실 집 밖이었다면 그의 이런 행동은 비웃음을 샀을 것이다. 창문으로 속이 훤히 들여다보이는데도 집 안에서 계속 숨바꼭질을 하는 것은, 냉소적인 뉴욕의 빛을 반박하는 증거였다.

극도로 화가 난 분신이야말로 성닝 그를 시험하는 잣대가 될 터였다. 그는 처음부터 지각을 완벽하게 '계발할 수 있노라'고 스스로에게 명확히 다짐했다. 그는 무엇보다 그 능력을 계발해야 한다고 느꼈다. 그가 그 집에서 시간을 보내는 까닭도 이 때문이었다. 그는 그 일을 시작했고, 연습을 통해 몸에 익혔다. 그 결과 감각이 몹시 섬세해져서 전에는 금방 알아채지 못했을 인상들, 즉 자신의 일반적 가설의 증거를 인식할 수 있게 되었다. 좀 더 구체적으로 말하자면, 위층 방에서 이런 일이 훨씬 빈번하게 일어났다. 절대로 그가 잘못 본 것이 아니었고, 일정한 시간이 지난 뒤 변화가 생겼다. 나름대로 머리를 굴린 끝에 사흘을 건너뛰었다가 다시 와서 유령을 추적하기 시작했다. 분명히 누군가가 따라오고 있었다. 조심스럽게 멀리서 뚜렷한 목적을 가지고 따라왔다. 그 누군가에 비하면 자신은 아무런 확신도 없이 소심하게 추적하고 있다는 생각이 들었다. 이런 생각이 떠오르자 그는 난감해졌고, 마침내 낭패한 기분이었다. 그것은 그가 상상했던 상황이 전혀 아니었기 때문이다. 그가 보지 못하는 상태에서 — 위치상 어쩔 수 없이 — 누군가는 계속 그를 볼 수 있었다. 이럴 때 그가 선택할 수 있는 방법은 갑자기 몸을 홱 돌려 재빨리 영토를 탈환하는 것뿐이었다. 그는 그렇게 왔던 길로 돌아갔다, 마치 다른 사람의 급박한 움직임에 동요한 공기를 포착하기라도 하려는 듯이. 완전히 갈팡질팡하며 이런 책략을 쓰는 자신의 모습이 크리스마스 희극에 등장하는, 여기저기서 불쑥 나타난 할리퀸에게 두들겨 맞고 속아 넘어가는 늙은이와 비슷하다고 생각했다. 그럼에도 이 같은 상황을 접할 때마다 그는 그렇게 할 수밖에 없었다. 만일 쉬지 않고 그 집에 드나들었다면 어떤 면에서 점점 더 어릿광대짓을 했을지도 모른다. 이미 말했듯이 그는 그 건물에 세 차례의 유예를 준다는 터무니없는 생각, 즉 사흘간 찾아오지 않겠다는 생각을 했다. 세 번의 유예를 준 뒤, 그 집에 가지 않은 행동의 효과가 무엇인지 확인하고 싶었다.

　그날 밤 ── 한참 만에 돌아온 날 밤 ── 그는 홀에 서서 그 어느 때보다 자신만만하게 은밀한 눈빛으로 층계를 올려다보았다. "그가 저기 저 꼭대기에 있어. 나를 기다리고 있어. 보통 때처럼 뒤로 물러나서 사라지지 않는군. 제자리에 가만히 서 있네. 이건 처음 있는 일인데. 그에게 무슨 일이 일어났다는 증거가 아닐까?" 브라이든은 손으로 층계 난간을 잡고, 맨 밑 계단에 서서 이렇게 추론을 이어 갔다. 이러고 있자니 전에 없이 자신의 논리 탓에 공기가 서늘해지는 느낌이었다. 소름이 오싹 끼쳤다. 그는 불현듯이 자신이 어떤 일에 연루되었는지 깨달았다. "전보다 더 궁지에 몰려서 그럴까? 그래, 사람들 말대로 내가 '살러' 왔음을 확실히 알게 됐기 때문일 거야. 마침내 염증이 난 거야. 더 이상 그 사실을 견딜 수 없는 거야. 두려움 못지않게 화가 나고, 손해를 볼지 모른다고 생각하는 거야. 내가 너무 쫓아다니니까 마침내 '마음이 변한 거야.' 그래서 저 위에 가만히 있는 거야. 결국 궁지에 몰려서 송곳니나 뿔이 달린 짐승이 된 거야." 이를테면 그의 분신에게 틀림없이 무슨 일이 일어난 것이었다. 뭔지 모르지만 어떤 영향을 받았음이 분명해! 하지만 다음 순간 돌연 진땀이 솟았다. 그는 즉시 그 일에 착수할 엄두가 나지 않았다. 그렇지만 무서워서 진땀이 나는 상황을 수긍하려 하지도 않았다. 그럼에도 엄청난 전율을 느꼈다. 물론 갑작스럽게 당황한 탓이었다. 여전히 가슴이 뛰었다. 전율을 느낀 순간, 아주 이상하고 즐거우면서도 사랑스러운 생각이 떠올랐던 것이다.

"여태껏 피하고 뒤로 물러나고 숨어 왔는데, 이제 화가 난 거야. 싸우려는 거야!" 이 강렬한 인상은, 가령 공포와 환호를 단숨에 들이켠 느낌이었다. 놀라운 점은 환호하는 마음이 더 컸다는 사실이다. 그것이 바로 스펜서 브라이든이 이 세상 끝까지 쫓아가려 하는 분신이라면, 차마 말로 표현할 수 없는 그 실체를 가볍게 여길 수는 없었다. 그의 분신이 거기에 — 여전히 안 보이기는 하지만 아주 가까이에 — 사냥감처럼 털을 곤두세우고 있었다, 지렁이도 밟으면 꿈틀한다는 속담처럼. 이 순간 브라이든은 이전의 정상적인 상황일 때보다 더 복잡한 감정에 휩싸였다. 그의 분신이 숨기만 하고 끝내 모습을 드러내지 않는다면 굴욕적일 것 같았다. 그러므로 그 순간의 위험이 극적으로 그를 구해 준 셈이었다. 그러나 이미 그는 매우 교묘하고 근사한 또 다른 책략을 써서 얼마나 더 무서운 일이 일어날지 알아보려고 했다. 그는 너무 신이 나서 적극적으로 무서운 일이 일어나게끔 하면서도, 동시에 소극적으로 그것을 알아낼 방법 역시 모색했다.

이윽고, 그럼에도 그는 어떤 무서운 일이 일어날지 깨닫는 것을 내심 불안해했음이 틀림없다. 그의 모험 중 가장 이상했던 순간, 돌이켜 보니 그의 삶에서 가장 기억에 남거나 가장 흥미로운 위기는 의식을 집중해서 싸울 시점을 놓친 때였다. 그는 그 순간, 급경사 길을 한없이 미끄러져 내려오는 사람처럼 무언가를 잡아야겠다고 느꼈다. 우선 빨리 움직이고 행동해서, 어쨌든 무언가를 공격해야겠다는 생생한 — 한마디로 두려워하지 않고 있음을 스스로에게 보여 주고 싶은 — 충동이 솟아났다. 그래서 순간적으로 '무언가를 옮겨집는' 몸짓을 했다. 사람들이 충격적인 상황에서 일단 가장 가까이에 있는 의자 등받이라도 붙잡듯이, 커다란 빈 공간에 뭐라도 잡을 것이 있었다면 곧장 붙잡았으리라. 어쨌든 그는 갑자기 — 이 일이 일어나리라는 사실을 그는 알고 있었다. — 이 집에 온 뒤 처음으로, 전혀 예상하지 못한 일에 부딪힌 것이었다. 그는 놀랐다. 그래서 눈을 감았다. 오랫동안 눈을 꼭 감고 있었다. 눈을 떴을 때, 그 방과 옆의 다른 방들은 놀라울 정도로 환했다. 너무나 환해서 처음에는 다시 낮이 밝은 줄 알았다. 그는 서 있는 곳에서 꼼짝도 않았다. 그는 저항하며 꿋꿋이 버텼다. 마치 무언가가 파도처럼 밀려오는 것 같았다. 머지않아 그게 무엇인지 알았다. 도망쳐야 하는 위기일발의 순간이었지만 그는 도망가지 않겠다고 결의를 다졌다. 자칫하면 계단 쪽으로 밀려가서 눈을 감은 채 빠르게 굴러떨어지고, 그대로 바닥에 내동댕이쳐질 것만 같았다.

이렇게 굴복하지 않고 버틴 덕분에, 그는 아직 꼭대기의 복잡한 방들 사이에 서 있었다. 가야 할 때가 되면 갈 것이다. 다른 방들, 그 집에 있는 나머지 방들 사이를 지나갈 것이다. 그는 가야 할 때에 가려고 했다. 정말 가야 할 때가 되면 그때 갈 생각이었다. 그는 시계를 꺼냈다. 시계를 들여다볼 수 있을 정도로 빛이 환했다. 아직 1시 15분도 안 된 시각이었다. 그렇게 일찍 이 집을 떠날 생각은 없었다. 그는 보통 2시가 되어야 숙소로 돌아갔다. 숙소까지는 걸어서 십오 분 정도 걸렸다. 그는 나머지 십오 분을 기다리며 꼼짝도 않을 작정이었다. 그는 시계에서 눈을 떼지 않았다. 이처럼 시계를 쥐고 억지로라도 남은 십오 분을 채워야 할 것 같았다. 그렇게 일부러 기다려야만 앞으로 할 행동과도 완벽히 들어맞은 것 같았다. 이것으로 자신의 용기를 증명할 수 있을 터였다. 이번에는 조바심을 내지 않고 끝까지 그곳에 가만 버티고 서서 용기를 증명해 보일 생각이었다. 지금 서둘러 도망가지 않는다면 앞으로 고고하게 위엄을 지킬 수 — 살면서 위엄을 지킬 일이 그다지 많아 보이지 않았다. — 있으리라는 것을 절실히 느꼈다. 그의 눈앞에, 위대했던 로맨스 시대에 걸맞은 이미지가 그려졌다. 처음에 이 생각은 희미하게 깜박거리는 불빛이었으나 다음 순간에 더욱 빛났다. 어느 로맨스 시대가 그의 정신 상태, 흔히 사용하는 표현대로 '객관적으로' 놀라운 이런 상황과 어울릴까? 차이라면 단 한 가지 — 영웅 시대였다면 — 그는 양피지 두루마리에 쓰여 있는 대로 머리를 쳐들고, 위풍당당하게 칼을 빼든 채 아래층으로 내려갔을 것이다.

그러면 분명 이때쯤 옆방 벽난로 위에 놓아둔 촛불이 그의 칼을 비추었을 것이다. 그리고 그는 필요한 만큼 몇 발짝 걸어가서 그 무기를 손에 넣었을 것이다. 방 사이의 문들은 열려 있었고, 두 번째 방과 세 번째 방 사이의 문도 열려 있었다. 그가 기억하기로 이 방들은 모두 같은 복도를 향해 문이 나 있었다. 하지만 그 너머에 이 세 방을 통해서만 드나들 수 있는 네 번째 방이 있었다. 몸을 움직였을 때 자신의 발자국 소리가 들리자 그는 다소 안심했다. 그러나 자신의 그런 마음을 깨닫고, 그는 촛불이 놓인 벽난로 옆을 잠시 서성거렸다. 다시 움직이며 어느 쪽으로 돌지 망설일 때, 처음의 다소 모호한 불안이 모두 사라졌음에도, 고통스러운 회상 때문에 흠칫 놀랐다. 아무것도 모른 채 행복하게 지내는데, 돌연 기억이 떠올라서 충격을 받았다. 문은 계속 열린 채였고, 방들은 서로 통해 있었다. 그는 다른 방들과 연결되지 않은 빙의 문을 보았다. 그 방이 직접 마주 보이는 곳은 아니지만 더 가까이 있는 문지방으로 다가가서 그쪽을 보았다. 그가 서 있는 곳에서 조금만 왼쪽으로 움직이면 네 개의 방 중 마지막 방에 들어갈 수 있었으리라. 그가 다녀간 뒤, 그 십오 분 동안에 누군가 와서 문을 닫지 않았다면 다른 출입구 따윈 전혀 없는 그곳 방문이 닫혀 있을 리 없었다. 그는 눈을 휘둥그레 뜨고 그 놀라운 사실을 응시했다. 그는 그 자리에서 그 의미를 가늠하며 꼼짝 못 하고 다시 숨을 죽였다. 분명히 이 문은 그다음에 닫힌 것이다. 방금 전에 그가 왔을 때는 분명히 문이 열려 있었다!

그는 그사이에 무슨 일이 일어났다는 사실을 주저 없이 받아들였다. 전에는(그날 저녁에 와서, 처음 이 방 저 방을 둘러보던 때를 의미한다.) 그런 장벽이 있음을 전혀 눈치채지 못했다. 그래서 그는 그 순간부터 심하게 동요했고, 자신이 잘못 알았을지도 모른다는 생각에 빠져들었다. 방에 들어갔다가 나오면서 무심코 문을 닫아 버렸음이 틀림없다고, 생각하고 싶었다. 다만 문제는 분명히 그런 적이 없다는 것이었다. 그런 일은, 이를테면, 그의 일반적 원칙에 어긋났다. 전경을 훤히 보이게 하는 것이 그의 가장 중요한 원칙이었기 때문이다. 애당초 그는 전경을 염두에 두었기 때문에 처음부터 문을 열어 두었다. 그 전경의 끝에서 그의 '사냥감'(이제는 아주 반어적 표현이지만)인 이상한 유령이 나타날 터였다. 그 유령은 그가 상상 속에서 소중히 간직해 온 세련되고 아름다운 형체일 것이다. 그는 쉰 번이나 화들짝 놀랐다가 안도의 한숨을 쉬었고, 또 쉰 번이나 잠시 환영에 사로잡혔다가 "잠깐!" 하고 소리를 지르며 혼자 헐떡거렸다. 이 집은, 이래서, 이런 일이 일어나기에 알맞았다. 그는 이토록 많은 문을 설치한, 특징 시기의 토착적 건축 양식에 놀라워했다. 이 건축 양식에는 현대적인 면이 전혀 없었다. 멀리 있는 유령과 마주치리라는 강박 관념을 일으키기에 충분했다. 난간에 팔꿈치를 기대고, 아주 집중해서 점점 작아져 가는 원경을 바라보고 있노라면 유령이 눈앞에 나타날 것 같았다.

그는 이런 생각을 하면서 힘껏 몰입했다. 눈앞의 광경이 무시무시해 보였다. 어쩌다 실수로 문을 닫았다고 생각하려 했지만 의심은 계속됐다. 그가 그러지 않았다면, 즉 문을 닫지 않았다면 누군가 이 집에 있음이 명백하지 않은가? 다른 사람이라면? 조금 전부터 스스로가 숨을 죽이고 있음을 느꼈다. 언제 그가 이토록 순전히 한 가지 문제에 매달려서 논리적이고 완벽하고 주도면밀하게 행동해 본 적이 있었던가? 지나치게 논리적이므로 지극히 개인적인 생각일 뿐이라고 치부할 수도 있었다. 하지만 브라이든은 그 문제를 어떻게 받아들여야 할지 자신에게 물어보았다. 약간 숨이 막히고 눈알이 튀어나올 것 같았다. 이때 마침내 두 가지 상반된 환영이 그의 눈앞에 떠올랐다. 어렴풋이 위험이라는 명제와 더불어, 전과는 달리 용기라는 명제가 제시되었다. 문은 멍한 표정으로 '당신이 얼마나 용기 있는지 보여 주세요.'라고 말하고 있었다. 문은 그에게 두 가지 대안을 제시했다. 그냥 열고 들어가야 할까? 아니면 그대로 두어야 할까? 이런 의식을 가진다는 것은 그가 생각하고 있음을 의미했다. 물론 생각을 한다는 것은, 아무런 행동도 않고 단지 거기에 서서 시간을 흘려보낸다는 뜻이었다. 행동하지 않는 것은 — 불행이자 고통이기도 했지만 — 어쨌든 아무것도 하지 않는 것이다. 사실 그가 얼마나 오랫동안 그곳에 멈춰 서서, 얼마나 오랫동안 마음속으로 논쟁을 벌였는지 알 길은 없었다. 그의 마음의 추(錘)는 이미 반대 방향으로 움직이고 있었다, 마치 격렬한 논쟁 때문인 듯 말이다. 그는 그 안에 갇힌 채 궁지에 몰렸음에도 씩씩했다. 엄청난 일이 벌어졌음을 분명히 입증할 수 있었고, 또 엄중한 경고를 부착한 게시판처럼 주의를 주고 있었다. 이처럼 분위기가 고조되자 상황 역시 바뀌었다. 브라이든은 마침내 마음이 이끄는 대로 따르기로 결심했다.

그의 마음은 다른 경고, 즉 신중함이 중요하다는 쪽으로 기울었다. 물론 서서히 떠오른 생각이었다. 그렇게 마음먹기까지도 제법 긴 시간이 걸렸다. 그는 문지방 위에 꼼짝 않고 서서 앞으로 나아가지도, 뒤로 물러서지도 못했다. 이제 열 걸음 앞으로 나아가서 빗장에 손만 대면 되는 일이었다. 아니 필요하다면 어깨나 무릎으로 문을 밀기만 해도 가장 절실한 갈망이 해소되고, 극에 달한 호기심은 잠재워질 것이며, 불안마저 줄어들 터였다. 딱 한 번 문을 건드리기만 해도 그토록 자신을 사로잡고 있던 문제가 해결된다니, 정말 놀랍고 멋진 일이 아닐 수 없었다. 신중. 그는 기꺼이 그 말을 받아들였다. 단지 무사히 빠져나와서 기쁜 것은 아니었다. 신중함이 그를 구원했기 때문에 더욱 소중했다. 그는 신중이라는 말을 '기꺼이 받아들였다.'라고 했는데 — 얼마나 시간이 흐른 뒤인지는 모르겠으나 — 그가 다시 몸을 움직여서 문을 향해 똑바로 나아간 것이야말로 신중한 행동이었다. 그는 문을 만지려 하지 않았다. 그러나 이제 그가 마음만 먹으면 문에 닿을 듯했다. 그는 거기 서서 어느 정도 기다렸다. 문을 만지지 않으려 함을 보여 주고 증명하기 위해서였다. 그는 얇은 벽 가까이로 다가갔다. 유령이 나타나도 눈에 띄지 않을 위치였다. 저만한 곳에서 눈을 내리깔고 손을 늘어뜨린 채 쥐 죽은 듯이 서 있었다.

마치 무슨 소리가 들리는 양 귀를 기울였다. 그런데 자신의 혼잣말이었다. "나타나지 않아도 좋아. 널 그냥 놔두겠어. 난 포기하겠어. 네가 적극적으로 동정심에 호소해서 내 마음을 움직인 거야. 엄숙하고 고결한 이유 때문에, 무엇인지는 모를 이유 때문에 우리 둘 다 고통받을 수도 있었어. 나는 그 이유를 존중해. 그리고 믿건대 그런 고통은 감동적일 뿐 아니라 일종의 특권이지만 인간에게 주어지는 것이 아니므로 나는 물러나겠어. 내가 포기하지. 내 명예를 걸고 다시는 시도하지 않을 거야. 그러니 영원히 쉬어, 그리고 날 쉬게 해 줘!"

브라이든에게 이 마지막 행동은 이토록 뜻깊었다. 경건하고, 신중하고, 제대로 된 행동. 그는 이제 생각을 접고 돌아섰다. 이제야 얼마나 자신의 마음이 흔들렸는지를 절실히 깨달았다. 그는 돌아서서 거의 다 타 버린 초를 들고, 다시 또렷해진 자신의 발자국 소리를 들었다. 그다음 순간, 그는 그 집의 반대편에 다다랐다. 그리고 여태껏 이 시간에 한 적이 없던 일을 했다. 그는 건물 앞쪽에 위치한 방의 창문을 열고 밤공기가 들어오게 했다. 예전 같으면 마법이 산산조각 날까 봐두려워했을 법한 행동이었다. 이제 그의 마법은 깨졌다. 그것은 문제가 되지 않았다. 그가 양보하고 항복하자 마법이 깨진 것이었다. 텅 빈 거리 — 가스등이 켜진 거대한 텅 빈 거리의 뒤쪽 — 에서 들려오는 소리가 마치 만져질 듯 가깝게 느껴졌다. 그가 이렇듯 그 거리 위에 있는 창문에서 하염없이 바깥을 내다본 까닭은 다시 거리로 나서기 위해서였다. 아무리 하찮더라도 그를 위로해 줄 수 있는 것이라면 무엇이든 만나고 싶었다. 설령 미천한 사람이라도, 아니 거리 청소부나 심지어 강도나 밤도둑이라도 볼 수 있기를 절실히 바랐다. 누구든 사람의 기척이 있으면 축복이라 여길 터였다. 지금껏 보기만 해도 피하고 싶었던 경찰조차 천천히 다가오면 아마 진심으로 환영했을 것이다. 만약 경찰이 눈에 띄었다면 그는 알은척하고 싶은 마음에 뭔가 구실을 만들어 4층에서 인사를 건넸으리라.

너무 어리석어 보이지 않고, 황급히 둘러대는 것도 아닌 그럴싸한 핑계. 하지만 이런 경우에 그의 품위를 지켜 주면서 공연히 오해를 받아 구설에 오르내리지 않을 만한 핑계로 무엇이 있을지 명확하지 않았다. 그는 자신이 얼마나 신중한지 — 은밀하게 숨어 있는 적에게 지금 막 밝힌 대로 — 보여 주겠다는 생각에 집착한 나머지, 하마터면 몸의 균형을 잃을 뻔했다. 집 앞쪽에 사다리가 있었다면, 지붕 수선공이 쓰다가 가끔 세워 놓고 가는 90도에 가까운 가파른 사다리였더라도, 그는 어떻게 해서든 창틀 너머로 빠져나와 그것을 타고 내려갔을 것이다. 아니, 어쩌면 호텔 방에 있는 매듭진 밧줄이나 천 구멍대같이 그가 늘 혐오해 온 물건이라도 곁에 있었다면, 그것을 증거 — 현재 자신이 처한 미묘한 상황의 증거 — 로 이용했을 것이다. 사실 그는 한동안 이런 상념에 빠진 채 아무 일도 할 수 없었고 — 얼마나 오래인지 모르겠으나 한참 시간이 지난 뒤에야 — 이런 생각은 결국 뭐라고 불러야 할지 모를 또 하나의 고뇌가 되어 버렸다. 그는 자신을 이토록 짓누르는 냉혹한 침묵을 잠시라도 깨뜨리고자 무려 한 시대나 기다려 온 것이었다. 도시의 삶 자체가 마법에 걸려 있었다. 공허와 침묵이 너무나 부자연스럽게 익히 아는 추한 사물들 위를 뒤덮고 있었다. 그는 그 집들, 볼썽사나운 집들, 희미한 여명 속에 납빛으로 드러나기 시작한 십늘이, 그의 영혼이 바라는 것에 이토록 무심한 적이 있었는지 자문했다. 거대한 공허와

정적은 무시무시한 가면을 쓴 채 도시의 중심부 어딘가에 도사리고 있었다. 브라이든은 곧 이 거대한 도시 전체가 자기 영혼의 요구를 거부하고 있음을 깨달았다. 믿기지 않지만 이제 곧 새벽이 밝아 올 테고, 그러면 자신이 어떤 밤을 지새웠는지 증명될 것이므로 더욱더 그러한 사실을 실감했다.

그는 다시 시계를 보았다. 그 소중한 시간이 얼마나 지났는지 살펴보았다.(그에게는 일 분이 한 시간 같았다. 한 시간이 일 분 같던 다른 때와는 달랐다.) 기리의 낯선 대기가 뚱한 표정을 짓는 가운데, 새벽이 희미하게 밝아 왔다. 아직은 모든 게 새벽 안에 갇혀 있었다. 거기 열린 창문 밖으로 흘러나오는 그의 억눌린 호소만이 유일한 삶의 징표였다. 마침내 그는 더 큰 절망에 빠져들었다. 그런데 절망하자니 다시 비범한 결단을 내리고 싶은 충동에 사로잡혔다. 다른 존재가 있다는 의심이 모조리 사라지자 불현듯 온몸이 얼어붙었던 장소로 — 적어도 지금 가능한 모든 수단을 써서 — 돌아가고 싶었다. 그러기 위해서는 구역질이 날 정도로 애써야 했다. 그러는 데에는 나름대로 이유가 있었고, 그 순간엔 그 이유가 가장 중요했다. 집 전체를 가로질러 가서 이번에 또 닫혀 있던 문이 열려 있는 광경을 보게 된다면 어떻게 생각해야 할까? 만약 문이 닫혀 있다면 그는 계단을 내려가서 영영 떠나기로, 다시는 이곳에 돌아오지 말자고까지 생각했다. 그런 생각을 하자 마음이 좀 놓였다. 그것이 무엇이든 그 '존재'는 거기에서 그가 오길 기다리고 있었다. 하지만 아직 완전히 그 존재를 확신할 수 없는 만큼, 생생하고 구체적으로 파악하기란 불가능했다. 그의 결심에도 불구하고, 좀 더 정확히 말하자면 두려움 탓에 그는 확신할 수 없었고, 실제로 마주하지 않은 채 물러났다.

위험은 너무 컸고 분명히 두려웠다. 바로 그 순간, 위험은 끔찍하게 구체적인 형상을 띠었다.

만일 문이 열려 있다면 그는 아주 비참하게 파멸할 터였다. 그는 다시 한 번 극심한 수치심 — 그에게 수치심이란 아주 비참해지는 것이기 때문이다. — 에 사로잡히리라. 이런 경우에 그가 해야 할 일은 정정당당하게 맞서는 것뿐이었다. 그는 곧장 열어 둔 창문으로 갈 것이다. 그리고 그 창문 앞에 설 것이다. 긴 사다리나 흔들리는 밧줄마저 없는데도, 그는 자제력을 잃고 거리로 뛰어내리는 자신의 모습을 선연하게 그려 보았다. 적어도 이런 끔찍한 일은 피할 수 있으리라. 하지만 조금 시간을 두고 확인해 봐야만 이런 일을 피할 수 있을 것이다. 그는 이 집 전체와 맞서 싸워야 했다. 그것은 엄연한 사실이었다. 지금 그가 아는 것은 오로지 다시 시작할 수 있다는 사실뿐이었다. 그는 멈추었던 곳에서 슬며시 돌아섰다. — 갑자기 그렇게 해야만 안전할 수 있으리라는 생각이 들었다. — 문이 열린 방들과 발자국 소리가 울리는 통로를 뒤로 한 채 무턱대고 큰 계단을 향해 걸어갔다. 이렇게 그는 계단 꼭대기까지 올라온 다음에 멈추어 섰다. 아래쪽으로 크고 멋진 계단이 희미하게 보이고, 그것과 더불어 넓은 층계참도 세 개 보였다. 조심조심 걸으려고 했지만 소리가 쿵쿵 울려 퍼졌다. 그리고 이 사실을 의식하자 어쨌든 그 소리조차 위안이 되었다. 그는 말을 할 수도 없었을 것이다. 자기 목소리의 억양에 놀랐을 것이다. '어둠 속에서 휘파람 부는 일'(진짜 붙든 은유적인 표현이든)처럼 흔히 이럴 때 할 법한 허세를 천박한 짓이라 여기며 무시해 버렸을 것이다, 아무리 그런 생각이 떠올랐더라도 말이다. 그는 자신의 발자국 소리가 좋았다. 그리고 첫 번째 층계참에 이르렀을 때 — 황급히 서두르지 않고 아주 침착하게 한 계단씩 내려와서 — 거기까지 무사히 도달했음에 안도의 한숨을 내쉬었다.

그 집은 어마어마하게 큰, 정말 터무니없이 큰 공간처럼 보였다. 그는 방들을 하나도 빼놓지 않고 다 둘러보았다. 덧문이 달린 방들은 문이 열려 있어서 동굴의 입구처럼 보였다. 천장 꼭대기에 있는 높은 채광창에서 새어 나오는 빛에 의지해 그는 간신히 앞으로 나아갈 수 있었다. 빛은 기묘한 색깔을 띠었으므로 마치 물이 가득 찬 지하 세계에 있는 기분이 들었다. 정말 기품 있고 화려한 집이라는 생각이 들었으므로 그에 걸맞은 뭔가 고상한 행동을 해야 할 것 같았다. 그 고상함은 또한 한없이 기분 좋은 분위기를 풍겼기 때문에, 마침내 이 집을 제물로 바쳐야겠다는 생각마저 떠올랐다. 조금만 더 있으면 그들이 올 것이다. 건축가와 철거 인부는 허락만 하면 곧 들이닥칠 것이다. 두 번째 층계참이 끝나는 곳에서 그는 다른 세계로 떨어졌다. 그리고 왼쪽으로 한 발 내딛으니, 계단이 끝나는 지점인 세 번째 층계참 중간쯤에서 나즈막한 창문의 반쯤 걷힌 블라인드 사이로 가로등 불빛이 깜박이고 현관 바닥이 번쩍이는 것을 보았다. 이곳이 바다의 바닥이었다. 그 바닥은 그 자체로 빛났다. 그 바닥에는 — 그가 멈추어 서서 난간 너머로 오랫동안 바라보자니 — 어린 시절에 늘 보았던 네모난 대리석이 깔려 있었다. 이렇게 있자, 확실히 보통 때라면 기분이 나아졌다고 할 만한 상태가 되었으므로 잠깐 멈추어 서서 숨을 들이쉬었다. 정말 예전의 흰색과 검은색 바둑무늬 대리석 바닥을 보자 마음이 차츰 더 편안해졌다. 벌써 용기를 내서 봤어야 하는 것을 이제 직면하기로 결심했다. 마치 안심하고 따라오라며 그를 꼭 붙잡은 손에 이끌리는 느낌이었다. 멀리서 보니 다행스럽게도 문은 아까처럼 닫혀 있었다. 그는 이제 현관문 쪽으로 가기만 하면 되었다.

그는 더 내려왔다. 마지막 층계 쪽으로 다가갔다. 여기서 그가 다시 잠깐 발걸음을 멈춘다면 아마도 틀림없이 무사히 도피할 수 있으리라는 짜릿한 전율 때문이었다. 그 전율에 그는 눈을 감았다. 그리고 다시 눈을 뜨고 앞에 있는 층계를 바라보았다. 여전히 무사했다. 아니, 거의 너무할 정도로 무사했다. 입구의 격자창과 옆 창문을 통해 들어온 빛이 홀을 비추었다. 곧이어 안쪽 문의 겹문 반쪽이 뒤로 젖혀지고, 현관문이 활짝 열려 있음을 알았다. 거기서 다시 그 문제가 튀어나왔고, 갑자기 머리에서 눈알이 반쯤 돌출하는 느낌이었다. 이 집 꼭대기의 다른 문 앞에서도 똑같은 느낌을 받았었다. 그 문을 열어 두었던 것이 사실이라면 이 문은 닫아 놓고 가지 않았던가? 이제 상상하기조차 힘든 불가사의한 일에 가장 가까이 다가선 게 아닐까? 그 물음은 날카로운 비수처럼 와 박혔다. 그럼에도 해답을 찾지 못한 채 시간만이 희미한 어둠 속으로 사라지는 듯했다. 살며시 스며든 새벽빛이 밖으로 난 문을 둥그러니 감싸고, 어둠 속에 반원 테두리를 그리고 있었다. 그 자그마한 원은 장난치듯 조금씩 커졌다 작아지기를 반복하면서 차가운 은색 후광을 만들어 냈다.

불투명한 문 뒤에, 도피의 마지막 장애물인 채색된 문 뒤에 마치 뭔가 뚜렷이 알 수 없는 것이 있는 듯했다. 그 문의 열쇠는 그의 호주머니 속에 있었다. 그가 바라보자 분명히 알 수 없는 그것이 그를 비웃었다. 어쨌든 그것은 그를 확실하게 에워싸며 도전해 왔다. 그는 계단에서 잠시 망설이다가 마침내 뭔가가 있다는 느낌을 인정했다. 여기 이곳에서 필연적으로 만나야 하고, 만져 본 뒤에 인정하고 알아내야 할 그 어떤 것, 아주 부자연스럽고 끔찍하지만 그것을 향해 나아가야만 그는 해방되거나 극단적 패배를 맛볼 수 있을 터였다. 아주 깜깜한 그림자가 있었다. 실제로 그 그림자는 검은 투구를 쓴 채 보물을 지키는 경비병처럼 꼼짝 않고 서 있는 어떤 사람의 그림자였다. 나중에 생각해 보니, 그는 브라이든이 이곳에 다다르는 내내 생각했던 바로 그 존재였다. 커다랗고 찬란한 회색 테두리 안의 중심부가 밝아지면서 그가 그토록 오랫동안 궁금해하며 보고 싶어 하던 바로 그 형체가 모습을 드러냈다. 그것은 희미했다. 그것이 나타났다. 그것은 그 무엇이었고, 그 누구였으며, 인간의 모습을 하고 있었다.

유령이지만 인간의 모습을 하고 있었다. 꼭 브라이든만한 체구와 키의 남자가, 그가 얼마나 당혹스러워하는지 보기 위해 거기서 기다리고 있었다. 그를 안다는 듯이 꼿꼿하게 서 있었다. 당혹감은 잠시였다. 가까이 다가가서야 비로소, 그 남자가 손으로 얼굴을 가렸기 때문에 검게 보인다는 사실을, 수치스러운 듯이 음울하게 얼굴을 손으로 가리고 있을 뿐 결코 도전적인 자세가 아님을 확인했다. 그러자 그의 당혹감이 사라졌다. 브라이든은 그를 똑바로 보고 받아들였다. 지금 그는 이 남자에 관한 모든 사실을 더 분명히 그리고 정확하고 확실하게 받아들였다. 그 남자가 풍기는 고요함, 생생한 진실, 고개 숙인 반백의 머리, 얼굴을 가린 흰 손, 이상하리만치 현실감 있는 만찬용 복장, 매달린 안경, 빛나는 실크 옷깃과 하얀 속옷, 진주 단추와 금 시곗줄, 반짝거리는 구두, 아무리 뛰어난 현대 화가도 이렇게 자신을 똑같이 생생하게 그려 낸 뒤,

153

한층 고도의 기술을 부려 액자 밖으로 끄집어 낼 수는 없을 터였다. 그 남자는 마치 자신을 뛰어나게 다듬은 뒤 최고의 기술로 '명암 처리'를 하고 마무리한 존재처럼 보였다. 미처 의식하기도 전에 브라이든은 무척이나 불쾌해졌다. 적을 잡으려다가 수수께끼 같은 책략에 빠져 버린 꼴이었다. 적어도 이런 까닭에 그는 입을 벌리고 있었다. 그는 스스로의 분신을 보고 입을 떡 벌릴 수밖에 없었다. 브라이든은 차마 유쾌한 표정으로, 인생에서 성공한, 승리에 도취한 모습으로 서 있는 그를 감히 마주 볼 수 없었다. 더할 나위 없이 얼굴을 가리고 있는 손, 강하고 완벽하게 펼친 손, 그 안에 증거가 있지 않을까? 다분히 의도적으로 정말 특별한 사실, 즉 총기 사고라도 당했는지 마디만 남아 있는 두 손가락을 보여 주려는 듯이 그 손은 지나치게 쫙 펼쳐져 있었다. 그럼에도 얼굴은 효과적으로 잘 가리고 있었다.

하지만 '가려질까?' 과연 그럴까? 브라이든은 움찔 놀랐다. 드디어 태연한 자세로 끈질기게 바라보던 그가 동요했다. 유령이 머리를 들면서 더 과감하게 모습을 드러낼 전조가 뚜렷해졌다. 그가 바라보는 동안 그 손이 움직이더니 벌어지기 시작했다. 그러고는 마치 순간적으로 결심한 듯이 그 남자는 손을 치우고 맨얼굴을 드러냈다. 그 모습을 보고 브라이든은 공포에 질렸다. 말을 못 하고 그저 헐떡였다. 마침내 드러난 그 남자의 정체는 자신이라 하기엔 너무나 소름이 끼쳤다. 브라이든은 눈으로 자기가 아니라고, 강력히 부정했다. 그 얼굴, 저 얼굴이 스펜서 브라이든의 얼굴이라는 말인가? 그는 여전히 그 얼굴을 살펴보았다. 그리고 당황한 채 부인하면서 그 남자로부터 얼굴을 돌려 버렸다. 그것은 알 수 없는, 상상도 할 수 없는, 도저히 있을 수 없는 일이었다. 그는 게임을 몰래 훔쳐보고, 마음속으로 '속았다.'라고 신음했다. 그의 앞에 분명히 어떤 존재가 나타났고, 그는 공포에 사로잡혔다. 결국 그가 허비한 수많은 밤들은 기괴한 것이 되어 버렸고, 그가 끝까지 해낸 성공적인 모험이란 아이러니일 뿐이었다. 그 유령은 전혀 그와 닮지 않았으며, 참으로 괴상하기까지 했다. 가까이에서 분신을 바라보고 있자니 더욱더 그랬다. 그것은 낯선 얼굴이었다. 그 얼굴은 이제 한결 가까이 다가왔다. 어린 시절에 환등기를 비추면 환상적 이미지가 점점 커지는 것과 같았다. 누구이건 낯설고 사악하고 혐오스럽고 뻔뻔하고 천박한 그 남자는 공격적으로 다가왔다. 그는 브라이든이 물러서리라는 사실을 잘 알고 있는 것 같았다. 이 순간 그는 완전히 궁지에 몰렸고 그 충격으로 어지러움을 느꼈다. 자기보다 더 큰 삶에 느끼는 분노, 즉 굴복할 수밖에 없는 자신의 분노 앞에서 눈앞이 깜깜해지고 다리가 휘청였다. 머리가 빙빙 돌더니 앞이 아물거렸다. 그리고 마침내 정신을 잃었다.

3

시간이 얼마나 지났는지 모르지만, 그다음 순간 그가 의식한 것은 멀둔 부인의 목소리였다. 목소리는 매우 가깝게 들려왔다. 그가 누워 있는 바닥 앞쪽에 무릎을 꿇고 앉아 있는 부인의 모습이 보였다. 브라이든이 완전히 바닥에 드러누운 건 아니었다. 머리가 반쯤 들어 올려진 채 어딘가에 기대어 있었다. 그랬다, 누군가 다정하게 그의 머리를 받치고 있었다.

상큼한 향기가 나는, 아주 부드럽고 푹신한 곳에 머리를 기대고 있었다. 그는 반쯤 정신을 차린 상태로 곰곰이 생각해 보았고, 문득 궁금해졌다. 그 순간, 또 다른 얼굴이 그의 얼굴 쪽으로 깊이 고개를 숙였다. 마침내 자신이 앨리스 스테이버튼의 무릎을 베고 누워 있음을 깨달았다. 그녀는 그가 무릎을 벨 수 있도록 가장 낮은 층계에 앉아서 검은색과 흰색 바둑무늬의 오래된 대리석 바닥 위로 다리를 쭉 뻗고 있었다. 대리석, 그가 젊은 시절에 밟고 다니던 그 네모난 대리석은 차가웠다. 하지만 이렇게 의식이 거의 다 돌아왔는데도 그는 웬일인지 한기를 느끼지 않았다. 가장 멋진 순간은 조금씩 사라졌다. 너무나 고맙게도 이루 말할 수 없이 잔잔하게 사라졌지만, 무슨 일인지 그가 조용히 받아들일 수 있도록 기다려 주고 있었다. 그것은 공기 속에 녹아들며 늦은 가을날 오후에 황금 같은 순간을 만들어 냈다. 그는 돌아왔다. 그렇다. 그는 누구의 발길도 닿은 적 없는 먼 곳에서 돌아왔다. 이상하게도 그는 마침내 도착한 이곳이 정말 대단하게 여겨졌다. 마치 그 어마어마한 여행의 결말이 이렇게 예정되어 있었던 것처럼. 천천히, 그러나 또렷하게 그의 의식이 회복되었다. 그는 이제 자신의 상황을 확실히 깨닫게 되었다. 기적적으로 다시 이곳으로 옮겨진 것이었다. 끝없이 긴 회색빛 통로의 끝에서 발견된 뒤, 조심스럽게 이곳으로 옮겨졌다. 그가 의식을 되찾은 이유는 그들이 오랫동안 천천히 옮기다가 멈추었기 때문이다.

그 움직임이 멈춘 순간, 그의 의식이 돌아왔다. 그랬다. 이것이야말로 아름다운 상태였다. 그는 큰 유산을 상속받았다는 소식을 듣고 잠들었다가, 꿈속에서 아무렇게나 마구 탕진한 뒤 다시 깨어나서 아무것도 변하지 않았음을 알게 된 사람 같았다. 가만히 누워서 그 사실이 점점 뚜렷해지고 있음을 지켜보기만 하면 되는 사람 같았다. 다만 참으면 된다는 생각이 들었다. 이제 사실이 밝혀지기만을 기다리면 되었다. 더욱이 잠시 다른 데에서 쉬었다가 다시 옮겨졌음이 분명했다. 그게 아니라면 왜, 어떻게 오후의 빛이 점점 더 강해지는 계단 발치에서 멀리 ─ 긴 어두운 통로 끝에 ─ 떨어진, 천장이 높은 큰 홀의 창가에 있는 푹신한 긴 의자 위에 누워 있겠는가? 그 의자 위에는 회색 털로 가장자리를 마감한 부드러운 외투가 깔려 있었다. 외투는 눈에 익었고, 그는 정말 그 외투인지 확인하기 위해 한 손으로 연신 그것을 만지작거렸다. 멀둔 부인의 얼굴은 사라졌고, 두 번째로 알아본 얼굴이 그를 내려다보고 있었다. 자세로 보건대, 그는 여전히 그녀의 무릎을 베고 있었다. 그를 발견한 사람은 이 두 여성이었다. 평소처럼 멀둔 부인이 집의 빗장을 열러 왔을 때, 스테이버튼 양은 마침 집 근처를 서성대고 있었다. 스테이버튼 양은 초인종을 마구 눌렀으나 응답이 없자 몹시 걱정을 하며 돌아서려던 참이었다. 그녀는 멀둔 부인이 이곳에 올 시각에 맞춰 방문했던 것이다. 다행히도 그녀가 돌아서기 전에 멀둔 부인이 도착했고, 둘이서 함께 집으로 들어왔다. 그러자 그가 지금과 같은 상태로 복도 끝에 누워 있었다. 계단에서 추락했음이 확실한데, 이상하게도 멍들거나 상처 난 곳은 없이 기절해 있는 상태였다. 하지만 앨리스 스테이버튼은 그 기나긴 끔찍한 시간 내내 그가 죽었다고 생각했음이 분명했다.

"내가 죽었던 게 틀림없어요." 그녀가 그를 붙잡자 그가 말했다. "그래, 나는 죽을 수밖에 없었어요. 당신이 내 목숨을 다시 살려 준 거예요." 그는 그녀를 올려다보며 물었다. "그런데 도대체 어떻게 된 일이죠?"

그의 얘기가 끝나자마자 그녀는 말없이 얼굴을 숙이더니 그에게 입을 맞추었다. 그렇게 행동하는 그녀의 방식 속에 든 무언가가 그의 질문에 대한 완벽한 답을 주었다. 즉 그가 그녀의 입술에서 멋진 자비로움과 미덕을 느끼는 동안, 그녀는 그를 꼭 끌어안았다. 바로 그 방식 속의 무언가가, 이 모든 아름다운 행동 속의 그 무언가가 답이 되었다. "이제 제가 당신을 지켜 드릴게요." 그녀가 말했다.

"오, 날 지켜 주세요, 지켜 주세요!" 그녀는 여전히 내려다보았고 그는 간절히 부탁했다. 그에 대한 대답으로 그녀는 다시 얼굴을 숙이며 그에게 가까이 다가왔고, 두 사람은 거의 하나가 된 듯했다. 이렇게 그들의 상황은 마무리되었다. 마치 완성된 편지를 넣고 봉투를 붙이듯이, 그는 긴 축복의 순간 내내 잠자코 이 완벽한 안락함을 만끽했다. 그러나 잠시 후 그가 다시 그 이야기를 꺼냈다. "그런데 어떻게 알았나요?"

"마음이 불편했어요. 당신이 오기로 했었잖아요. 기억하시죠? 그리고 아무 연락이 없어서요."

"아, 기억해요. 오늘 1시에 당신 집에 가겠다고 했죠."

이 말은 그들 과거의 관계와 생활 — 아주 가까우면서도 아주 먼 — 을 다시 일깨웠다. "그때까지 이상한, 그 어두운 곳에 있었어요. 그곳은 어디였죠? 그것은 뭐였나요? 내가 아주 오랫동안 거기 있었던 게 분명해요." 그는 자신이 그토록 심하게, 기나긴 시간 동안 기절했었다는 사실에 놀랐다.

"어젯밤부터 그랬어요?" 경망스럽게 들릴까 봐 약간 망설이며 그녀가 물었다.

"오늘 아침부터였습니다. 아마 틀림없을 거예요. 차가운 새벽 동이 틀 때였으니까. 내가 계속 어디에 있었나요?" 그가 희미한 신음 소리를 내며 물었다. "내가 어디에 있었습니까?" 그녀가 자신을 더 꼭 붙잡는 게 느껴졌다. 마치 이렇게 해 주면 그가 좀 더 안심하고 신임할 수 있으리라고 생각하는 것 같았다. "얼마나 어둡고 긴 하루였는지!"

그녀가 아주 다정하게 잠시 기다렸다. "차가운 새벽 동이 틀 때라고 했나요?" 그녀가 몸을 떨며 물었다.

그런데 그는 이미 그 이상한 일을 조금씩 이해하게 되었다. "내가 안 와서, 바로 여기로 온 거예요?"

그녀는 망설이지 않고 대답했다. "처음에는 호텔로 갔어요. 당신이 없다고 하더군요. 어젯밤에 호텔 밖에서 식사를 했다고 했어요. 다들 당신이 클럽에 있는 걸로 알더군요."

"그래서 이 일에 대해 — 알게 되었단 말예요?"

"무슨 일에 대해서요?" 그녀가 곧 물었다.

"여기서 일어난 일에 대해 말예요."

"적어도 여기 있으리라고는 확신했어요." 그녀가 말했다. "당신이 여기에 오는 걸 쭉 알고 있었으니까요."

"알고 있었다고 — 했나요?"

"저, 그러리라고 믿었어요. 당신과 한 달 전에 그 이야기를 나눈 다음에 비록 아무 말도 안 했지만 — 그러리라 믿고 있었어요. 당신이 그러리라는 것을 알았어요." 그녀가 큰 소리로 말했다.

"내가 계속 그러리라는 것을 알았단 말인가요?"

"그를 보게 되리라는 걸요."

"아, 하지만 나는 보지 않았어요!" 긴 신음 소리를 내며 브라이든이 외쳤다. "누군가가 있었어요. 끔찍한 짐승이었죠. 내가 그 짐승을 가혹하게 궁지에 몰아넣었어요. 하지만 그 짐승은 내가 아니었습니다."

이 말에 그녀는 다시 고개를 숙여서 그를 보았다. 그리고 그의 눈을 들여다보았다. "아니에요, 물론 당신이 아니에요." 만일 그녀의 얼굴이 이토록 가까이 있지 않았더라면, 거기서 어떤 특별한 의미를 읽어 낼 수 있을 것 같았다. 마치 그녀의 얼굴이 자신의 얼굴 위에서 어른거리는 동안, 그 미소 때문에 의미가 흐려지는 듯했다. "아니에요. 하느님 맙소사." 그녀가 되풀이했다. "그건 당신이 아니에요! 물론 그런 적도 없고요."

"아, 하지만 그건 나였어요," 그가 부드럽게 주장했다. 그는 다시 앞을 응시했다. 지난 몇 주 동안 이런 식으로 앞을 응시했었다. "나 자신이라는 걸 알아볼 수 있었어요."

"그랬을 리 없어요!" 그녀가 위로하며 대답했다. 그리고 자신이 한 일을 더 자세히 설명하려는 듯이 그 이야기로 되돌아갔다. "그것 때문만은 아니었어요. 당신이 호텔에 없어서 온 것만은 아니었어요. 전에 함께 왔을 때 멀둔 부인이 집에 들르는 시간을 말했고, 그 시각이 될 때까지 기다렸어요. 문을 두드려도 아무 응답이 없어서 절망에 빠진 채 계단을 서성대고 있는데, 아까 말한 대로 멀둔 부인이 도착했어요. 부인이 오셔서 다행이었어요. 그렇지 않았다면, 곧 어떻게 해서든 부인을 찾아냈을 거예요. 하지만 그게 아니에요." 앨리스 스테이버튼이 말했다. 다시 한 번 자신이 정말로 무슨 말을 하려 하는지 이야기하려는 것 같았다.

"그것 때문만은 아니었어요."

그는 누운 상태로 다시 그녀를 바라보았다. "그러면 그 이상 뭐가 있단 말인가요?"

그녀는 그 말에 놀라운 답을 했다.

"동이 터 오는 추운 시간이라고 했죠? 음, 오늘 새벽에 동이 틀 때 저도 당신을 보았어요."

"날 보았다고요? ─ "

"그를 보았어요." 앨리스 스테이버튼이 말했다. "분명히 동시에 본 거예요."

누운 상태로 그는 곧 그 말을 수긍했다. 마치 그 말이 아주 이치에 맞다는 듯이. "동시에 말예요?"

"그래요. 전에 말한 적 있는 그 사람이 다시 꿈에 나타났어요. 그리고 그것이 신호라는 사실도 알았어요. 그가 당신에게 나타났다는 신호요."

이 말을 듣자 브라이든은 일어났다. 그녀를 더 자세히 보아야 했다. 그녀는 그가 움직이려 함을 알아차리고 부축해 주었다. 그렇게 그는 일어섰고, 창가 쪽의 긴 의자 위에 그녀와 나란히 앉아서 왼손으로 그녀의 손을 잡았다. "그는 내게 오지 않았습니다."

"당신이 자신에게 온 거예요." 그녀는 아름답게 미소를 지었다.

"아, 이제야 나 자신으로 돌아왔습니다, 당신 덕분이에요. 하지만 그 끔찍한 얼굴을 한 짐승, 그 시커먼 짐승은 낯선 사람이었습니다. 절대 내가 아니었어요. 내가 그런 사람이 되었을 리 없습니다." 브라이든은 단호하게 잘라 말했다.

그러나 그녀는 아주 확신에 차서 또렷하게 말을 이어 갔다. "당신이 전혀 다른 사람이 될 수도 있었다는 뜻, 아니에요?"

그는 그 말에 거의 인상을 쓰면서 대꾸했다. "그렇게 달라질 수도 있었다는 말인가요?"

다시금 그에게 그녀의 표정은 이 세상 무엇보다도 아름다워 보였다. "얼마나 다를 수 있는지 정확히 알고 싶었던 게 아니었나요? 그래서 오늘 새벽, 당신이 내게 나타난 거예요." 그녀가 말했다.

"그 사람의 모습으로 말인가요?"

"전혀 모르는 시커먼 사람이었어요!"

"그러면 그 사람이 나라는 건 어떻게 알았습니까?"

"왜냐하면, 몇 주 전에 말했듯이, 나는 당신이 어떤 사람이 될 수 있었을까, 또 어떤 사람이 될 수 없었을까에 대해 골똘히 생각하고 상상해 보았어요. 말하자면 내가 당신을 어떻게 생각하는지 보여 주고 싶었거든요. 그렇게 곰곰이 생각하고 있으니 당신이 내게 다가왔어요. 그래서 궁금증이 풀렸죠. 난 알아요." 그녀가 계속 말했다. "그리고 그날 말했듯이, 당신도 그 문제에 사로잡혀서 스스로 보게 될 줄 알았어요. 오늘 아침 다시 당신을 보았을 때, 분신을 만났구나, 했어요. 그리고 처음부터 당신은, 내가 그를 볼 수 있기를 원했어요. 그가 내게 그 사실을 말해 준 것 같아요. 그러니 내가 그를 싫어할 이유는 없죠." 그녀가 묘하게 미소를 지었다.

이 말에 그는 벌떡 일어섰다. "그 끔찍한 짐승을 '좋아한다'는 말인가요?"

"그를 좋아할 수도 있었을 거예요. 그리고 나는 그가 전혀 끔찍하지 않았어요. 그를 받아들였어요."

"받아들였다고 했습니까?" 브라이든이 이상하다는 듯이 말했다.

"전에는 그가 다르기 때문에 그랬어요. ─ 그래요, 그를 알아보았기 때문에 내가 거부하지 않은 거예요. ─ 결국 당신도 그가 그토록 다른 모습을 하고 있는데도 잔인하게 거부하지 않았잖아요. 음, 그는, 말하자면, 그렇게 무섭지 않았어요. 그리고 내가 동정한 까닭에 그의 기분이 좀 좋아졌는지도 모르고요."

그녀는 그의 옆에 서 있었다. 그러나 여전히 그의 손을 잡은 채 팔로 그를 부축하고 있었다. 그는 그녀의 말을 어렴풋이 이해하면서도 받아들이고 싶지 않았으므로 화를 내며 말했다. "당신이 '동정'했다고 했나요?"

"그는 불행했고, 파멸했어요." 그녀가 말했다.

"그러면 나는 지금까지 불행하지 않았다는 건가요? 나도, 나를 바라보면 알겠지만! 파멸하고 있다는 생각이 들지 않습니까?"

"아, 그가 더 낫다고 하지는 않았어요." 그녀는 잠시 생각하더니 인정했다. "하지만 그는 우울하고 지쳐 있어요. ─ 그리고 그에게는 여러 가지 일이 일어났어요. 그는 당신의 멋진 단안경으로 갈아 끼지 않았더군요."

"그래요." 브라이든은 돌연 이런 생각이 떠올랐다. "나였어도 '시내에서' 그런 안경을 자랑스럽게 쓰고 다닐 수는 없었을 거예요. 다들 놀릴 테니까요."

"그의 도수 높은 두꺼운 안경 ─ 그 안경을 보았어요. 어떤 종류의 안경인지 알아볼 수 있었죠. 극심한 약시 안경이었어요. 그리고 그의 불쌍한 오른손 ─!"

"아!" 브라이든은 움찔했다. 그의 정체가 증명되어서든, 아니면 잃어버린 손가락 때문이든. 그러고는 그가 분명하게 덧붙였다. "그는 일 년에 100만 달러를 벌지만, 그 곁엔 당신이 없어요."

　"그렇다면 그는 당신이 아니에요. 절대로 당신이 아니에요!" 그가 그녀를 껴안자 그녀는 작지만 분명하게 이렇게 말했다.

짝퉁

"남은 물건이 훨씬 더 많아. 그분 방에 말이야. 네가 좀 봐
주면 좋겠어." 두 번째 장례식을 마친 뒤, 사촌이 그녀에게 건
넨 말이었다.

두 사람은 애도 중으로, 충분히 슬픔에 잠겨 있었다. 아직
점심 전이었기에 둘은 함께 정원에서 식사 호출을 기다리고
있었다. 그는 어떤 감정을 표현하기보다 오히려 감정을 보여
주려 하는 것 같았다. 물론 삼 주 전, 아버지가 돌아가신 지 일
주일도 안 돼서 계모마저 돌아가셨으니 그런 모습을 보이는
것 자체는 당연했다. 그러나 예민하고 신중한 그녀에겐 그가
슬픔에 잠겨 있지만 진정으로 슬퍼하지 않고, 괴로워하지만
고통이라 부를 만한 감정을 느끼지 않는 모습이 가장 눈에 띄
었다. 그는 이 말을 끝으로 몸을 돌렸다. 말을 하다 말고 그녀
가 알아서 이해하도록 내버려 두는 그의 이런 태도는 오랜 습
관이었다. 이제 목사 부인의 입장에서 보니, 목사 부인이 아들
과 친밀하지 않았음은 그녀 탓이 아니었다. 목사 부인은 의붓
아들이 받아들여 주는 한도 내에서 그를 배려했던 것이다. 그

리고 목사 부인은 혼자서 사흘 동안 그 추운 손님방에 누워 있었다. 손님들이 머물던 그 방은 축축하고 푸르죽죽하고, 애도 중이었으므로 충분히 슬픔에 잠겨 있었다. 교구의 숙녀 몇 사람이 두 명씩 짝을 지어 돌아가며 그녀를 경건하게 간호해야 했다. 이제 목사 아들과 교구의 개인적 관계는 그 어느 때보다 희미해졌고, 그는 정말 잠시도 기다리지 않고 이 기회를 빌려 자신이 그 숙녀들을 어떻게 생각하는지 똑똑히 드러냈다. 가정 교사로 있는 블릿에 휴가를 내고 애도하러 온 그녀 자신도 이 숙녀들과 마찬가지로 냉대당하는 느낌이었다. 그럼에도 이제 그녀는 약간의 추억, 즉 약간의 유물을 얻게 되리라는 더 나은 작은 희망을 가지고 그가 언급한 물건을 보러 위층으로 올라갔다. 그녀가 문을 열자마자 그 물건들은 어두운 방 탁자 위에 한 뭉치로 엉겨 붙은 채 밝은 빛을 내며 반짝이고 있었다.

처음 보는 물건이었지만, 그녀는 만져 보기도 전에 극장 소품이라는 사실을 금방 알아차렸다. 몹시 화려해서 도저히 목사관에 있을 만한 물건이 아니었다. 숙모가 보석 이야기는 한 적이 없으니, 너무나 멋진 이 보석들이 진짜일 리는 없었다. 왕관, 허리띠, 다이아몬드, 루비, 사파이어가 있었다. 번쩍이는 금속과 유리로 만든 현란한 보석들은 묘하게 천박해 보였다. 하지만 최초의 기이한 충격이 가신 뒤 그녀는 그것들을 찬찬히 들여다보았다. 무엇인지 분명히 알 수 없지만 이 물건은 바로 희미해진 지날날의 증거였다. 셰익스피어에 대한 해박한 지식과 어린 아들을 가진 정직한 홀아비 목사는 용감하게 취향과 습관을 확장해서 — 그건 사실상 그가 '구덩이'에 빠졌음을 암시했다. — 자기보다 서너 살 연상인 무명의 여성 배우에게 연정을 품게 되었다. 그는 목사임을 밝히고 곧 구혼을 함으로써 자신의 순수함을 충분히 드러냈다. 옛날이었으므로 아마 그 여성은 이 기묘한 구혼을 좀 더 그럴싸하게 만들었을 것이다. 그런데 이 이야기에 반전이 있기는 하다. 이 결혼을 통해 샬럿이 알아낸 것은, 돌아가신 숙부가 오래전부터 그저 그런 희극 배우 — 물론 잘나갈 때는 비극 배우나 팬터마임 배우 — 를 꿈꾸다가 포기했다는 사실이었다. 숙부는 배우가 되었어도 성공하지 못했을 테고, 아마 행복하지 않았을 가능성이 훨씬 컸다.

"뭔지 알겠니? 어머니가 절대 입에 담지 않던 시절의 낡은 물건들이야."

우리의 젊은 여성은 깜짝 놀랐다. 아까 함께 있던 남자가 결국 그녀와 합류한 것이었다. 약간 놀란 채 보석을 바라보던 그녀를 그가 잠시 지켜보았음이 분명했다. "그래서 정말 특이하다고 혼잣말을 하고 있었어요." 그녀는 자기도 제법 알고 있으니 더 이상 말하지 말라는 뜻으로 대답했다.

"보기 흉해. 싸구려 도금에다 감자만 한 다이아몬드라니. 우리 시대보다 야만적인 시절에 쓰이던 장신구 소품이야. 요즘 배우들이야 이보다는 나은 소품을 착용할 테지."

"아, 요즘 배우들은 진짜 다이아몬드 목걸이를 하고 나오나 봐요." 아서에 비해 아는 게 적은 샬럿이 말했다.

"몇몇 배우는 그래." 아서가 건조하게 대꾸했다.

"내 말은 시원찮은 배우들이나 그렇게 한다는 거지. 무명 배우도 그렇고." 이어서 이야기했다.

"무명 배우 중 몇은 가장 커다란 다이아몬드 목걸이를 하고 나오지. 하지만 어머니는 그런 부류의 사람이 아니었어."

"무명 배우가 아니었다고요?" 샬럿이 조심스럽게 물었다.

"누군가의 관심의 대상이 되는 무명 배우는 아니었다는 뜻이야. 음, 다이아몬드 목걸이를 하고 나오는 그런 무명 배우는 아니었지. 이 쓰레기 같은 보석은 다 해 봐야 5파운드도 안 될 거야."

이 낡은 싸구려 장신구는 그녀에게 뭔가 이야기를 건네고 있었다. 그녀는 계속 그것들을 뒤적였다. "이건 유물이잖아요. 나름대로 우울함에 위엄까지 지니고 있는 것 같은데요."

아서는 또 아무 말도 하지 않았다. 그러고는 물었다. "이 장신구들이 괜찮아 보여? 내 말은 기념품으로서 괜찮느냐고." 곧 그가 덧붙였다.

"오빠한테 기념품으로요?" 샬럿이 불쑥 말했다.

"내 기념품으로? 이게 나하고 무슨 상관이야? 네게 아주 다정했던 고인이, 그러니까 불쌍한 네 숙모가 남긴 기념품이지." 그가 짐짓 도덕적인 체하며 엄숙하게 말했다.

"저, 제가 이 장신구들 가질게요. 아무것도 안 가지는 것보다 낫겠죠."

"그래, 제발 가지렴." 그가 안심하는 어조로 대답했다. 우아하게 베푼다기보다 어서 가져가기를 열렬히 바라는 말투였다.

"고마워요." 샬럿은 장신구를 두세 개 들었다가 다시 내려놓았다. 이 짝퉁은 진품보다 가볍긴 하지만 너무 화려해서, 솔직히 유품으로 간직하기엔 좀 쑥스럽다는 생각이 들었다. 오히려 성냥갑이나 펜꽂이가 더 나을 것 같았다. 정말 이 장신구들은 너무나 노골적으로 짝퉁티가 났다. "어머니가 이런 걸 간직하고 계신 줄 몰랐어요?"

"이런 걸 간직하고 계셨다는 사실이 전혀 믿기지 않아. 거기 있는 건 나도 몰랐고, 틀림없이 아버지도 모르셨을 거야. 연극하던 시절의 사람들을 추억하기 위해 간직했을 리 없어. 이 잡동사니를 버리거나 없애려고 어두운 구석에 처박아 놓았다가 잊어버리셨을 테지."

샬럿이 의아해하며 물었다. "그럼 어디서 찾아냈어요?"

"저 낡은 양철 상자에서." 그리고 젊은이는 그 옆 의자 위에 있는 장신구 상자를 가리켰다.

"이 상자는 아직 괜찮군. 미안하지만 이건 안 줄 거야."

그녀는 상자엔 눈길도 주지 않고 연신 장신구만을 바라보았다. "숙모님은 대체 이걸 어느 구석에 두신 거예요?"

"어머니는 그걸 '둔' 게 아니야. 단지 잊어버리셨을 뿐이지. 까맣게 잊어버리신 거라고. 그 상자는 옛날 공부방 벽장의 꼭대기 선반에 있었어. 사다리를 타고 올라가서 머리를 한참 들이밀어야 보이는 데다, 아래에서는 전혀 보이지 않는 곳이지. 문이 좁을 뿐 아니라, 벽장 왼쪽 부분은 아예 벽 쪽으로 깊숙이 들어가 있었어. 상자는 수년 동안 거기 처박혀 있었지."

샬럿은 그의 갈팡지팡하는 마음과, 약간 괴로워하는 시선을 의식했다. 그리고 이러한 발견의 주인공인 장신구 두세 개를 들어서 살펴보았다. 구슬 눈이 달린 구불구불한 뱀 모양의 커다란 도금 팔찌와, 에메랄드와 루비가 박힌 청동 허리띠와, 화려한 형태의 목걸이 줄이었다. 리틀 페들링턴 왕립 극장에서 햄릿의 어머니가 햄릿 아버지의 후계자[1] 초상화를 매달

---

1   글로니어스. 햄릿 왕자의 숙부, 햄릿의 어머니 거트루드에겐 시동생이다. 클로디어스는 전왕(前王)인 형의 사후에 형수와 결혼하고 왕좌에 앉는다.

아 놓았을 법한 줄이었다. "이거 정말 값어치 없는 물건인 게 확실해요? 무게만 해도……!" 그녀는 저 유명한 잘리 부인[2]의 인물들 중 하나가 썼을지도 모를 왕관을 들어서 그 무게를 가늠해 보았다. 그러고는 들릴락 말락 하게 말했다.

하지만 아서 프라임은 이미 그 문제라면 다 해결되었노라고 생각하고 있음이 분명했다. 그는 쉽게 대답했다. "언급할 가치가 있는 물건이었다면 어머니께서 벌써 오래전에 팔아 버리셨겠지. 불행히도 아버지와 어머니는 상당한 액수의 물건을 자물쇠로 채워 두고 보관할 만한 처지가 아니셨거든." 그리고 그는 곁에 있는 여성이 확신에 찬 자신의 말을 받아들이는 동안, 자기가 그녀의 말을 회피하는 게 아님을 보여 주는 딱 그 정도의 태도로 계속 말을 이어 갔다. "이것들이 조금이라도 가치가 있다면…… 더욱더 네게 주고 싶구나."

이제 샬럿은 무늬가 희미해진 작은 비단 주머니 — 아득한 라벤더 향기와 장뇌유 냄새가 그들 개인사에서 어떤 역할을 했는지 말해 주는 골동품 잡화 중 하나 — 를 들고 있었다. 하지만 처음에 그녀는 주머니의 끈을 당기면서 그 속에 있는 문제의 보석보다 그 젊은이의 기색을 더 살폈다. "이게 좋네요. 이것만 가질게요."

"이것만 가지겠다고……?"

"어머니 유품 중에서."

그는 다소 토라졌고, 이 보잘것없는 장소 전체에 대고 호소하듯이 — 그녀가 유품을 너무 조금만 가져가는 데에 반대

---

2   찰스 디킨스의 장편 소설 『오래된 골동품 상점』의 등장인물로, 밀랍 인형 순회 공연단의 단장이다.

해 달라는 듯이 — 주변을 둘러보았다. "음, 더 가지고 싶은 것은 없니?"

"없어요. 고마워요." 그녀는 이 말을 하면서 이제 막 모습을 드러낸 비단 주머니 속 물건을 향해 눈길을 돌렸다. 커다란 진주 목걸이였다. 너무 휘황찬란해서 오필리아의 목을 장식했거나, 담황색 가발과 함께 어우러졌을 법한 목걸이였다. "이건 아마 좀 가치가 있을 거예요. 만져 보세요."

그는 똑같이 손으로 만져 보았음에도 아주 초연했다. "기껏해야 30실링쯤 되겠군."

"그 이상은 아니고요?"

"짝퉁이면 틀림없이 그 이상 나갈 리는 없잖아?"

"하지만 이게 짝퉁이에요?"

"이건 진주를 아는 사람이라면 금방 알아볼 가짜야. 윤기도 없고 번쩍이지도 않는걸."

"맞아요. 빛은 안 나네요. 불투명해요."

"게다가 어머니가 어떻게 진짜를 가지고 계셨겠어?" 그는 간단명료하게 반문했다.

"선물로 받은 물건일 수도 있지 않을까요?"

아서는 그녀가 부적절한 질문이라도 했다는 듯 노려보았다. "여성 배우들은 쉽게 사람들 눈에······?" 하지만 그는 말을 멈춰 세우더니, 그녀가 다음 말을 잇기도 전에 날카롭게 "아니, 그럴 리 없어!"라고 못 박았다. 그러고는 그녀에게서 등을 돌리더니 멀리 걸어가 버렸다. 그의 이런 태도에, 그녀는 자신이 눈치 없는 얘기를 꺼낸 것 같다고 느꼈다. 그날 저녁, 마지막으로 다시금 그 이야기를 하기 전에 그녀는 이미 그가 왜 그토록 성을 냈는지 충분히 이해했다. 그들은 저녁에 만나서 다음 날 아침에 있을 그녀의 출발에 대해, 기차 시각과 마차가 언제 그녀를 데리러 올지에 대해 이야기했다. 바로 이런 이야기를 나누던 도중에 그는 자신의 입장을 확실히 밝힐 기회를 잡았다. "정말이지 새어머니가 어느 때든 그런 식의 접근을 허용했을지 모른다는 인상을 가지고 이 집을 떠나선 안 돼."

"진주 목걸이나 그런 종류의 것으로 접근하는 일 말이에요?" 그녀는 그의 말뜻을 이해했음을 건방져 보이지 않게 보여 주고 싶었다. 그러나 뭐랄까, 아서가 그 일을 어렵게 했다.

어쨌든 그녀의 말은 그를 더 수심에 잠기게 했다. "그런 종류의 접근 말이야, 바로 정확해."

"오늘 아침에 얘기할 때는 아무 생각이 없었어요. 하지만 이제는 무슨 뜻인지 알겠어요."

"어머니를 비난할 여지가 없다는 뜻이야." 아서 프라임이 말했다.

"백번 맞는 말이에요."

"그래, 변변찮은 수입으로 진주 목걸이를 살 수 없었을 테지……."

샬럿이 말을 이었다. "그런 처지에서 진짜 진주 목걸이를 가질 수 없었을 거예요, 물론 그랬을 리 없어요. 우리가 이야기를 나눈 뒤, 나는 그 목걸이가 모조품이고 게다가 최상의 모조품조차 아니라는 사실을 완벽하게 깨달았어요. 고리도 금이 아닌 것 같아요. 가짜 목걸이니 금 고리가 아닌 게 당연하죠." 그녀가 생각에 잠겨서 말했다.

"전부 형편없는 짝퉁이야. 만약 짝퉁이 아닌데 어머니가 그토록 오랫동안 숨겨 놓고 간직했다면……." 그가 이 이야기의 종지부를 찍으려는 듯이 대답했다.

"그랬다면요?" 그가 말을 멈추자 그녀가 물었다.

"어떻게 생각해야 좋을지 모르겠어!"

"아, 알겠어요." 그녀는 약간 멍하게 그를 바라보았고, 그는 이 이야기가 적절하게 끝났다고 여겼다. 그리고 그녀가 떠날 때까지 그는 이 이야기를 두 번 다시 꺼내지 않았다. 다음 날 아침, 그녀는 비좁은 트렁크 속에 가까스로 그 화려한 유품을 집어넣은 뒤 선선히 떠났다.

그녀는 블릿에서 가끔씩 그 목걸이를 들여다보았다. 그리고 층층이 쌓인 옷 더미 아래에 그것을 감추어 놓았다. 이 유품을 두고 사촌과 그토록 많은 말을 주고받았던 일을 떠올리면 약간 우스팡스러운 수집품이라는 느낌마저 들었다. 그녀가 어딘가에 다녀올 때면, 특히 그웬돌렌과 블랑시는 뭘 가져왔는지 보고 싶어 했다. 그러나 그녀는 농담으로라도 학생들에게 그것을 보여 줄 마음이 전혀 없었다. 그래서 상황을 완전히 바꾸어 놓을 그 우연한 사건이 일어나지 않았더라면 그 물건은 새로이 매장되었을 것이다. 그 사건의 핵심은, 바로 마지막 순간에 레이디 바비가 갑자기 앓은 일이었다. 닷새 내내 이어지는 이 집 장남의 성년식 행사에 품격을 더하려면 반드시 레이디 바비가 나타나야만 했다. 이런 상황에서 가장 효과적인 대책은 하나뿐이었다. 바로 방향을 급선회해서, 황급히 가이 부인에게 기적적으로 이 파티에 참석해 줄 수 있는지 묻는 것이었다. 그녀는 보통 십여 개의 파티에 참석했다. 가이 부인에게, 레이디 바비가 참석한 것 못지않게 화려한 파티를 이끌어 줄 수 있을지 문의했다. 그곳의 일부 방문객들에게 가이 부인은 잘 알려진 유명 인사였으나 우리의 이기씨는 가이 부인을 잘 알지 못했다. 여러 차례, 전보가 오간 끝에 마침내 그녀가 초대에 응하기로 했고, 우리의 아가씨는 그제야 가이 부인이 불그스레한 머리카락에 검은색 옷을 입은 기묘한 매력을 지닌 여성임을 알게 되었다. 가이 부인은 동안인데도 지휘관의 권위를 지니고 있었다. 그녀는 신중하고 별난 젊은 가정 교사를 만나자마자 그 자리에서 자신의 계획을 털어놓았다. 과연 잘될지 모르겠다는 의구심에 대해서는 더욱 솔직하게 고백했다. 부인은 대체로 신속하게 일을 처리하는 것이 자신의 전략임을 암시하면서 의구심을 드러냈다.

"내일하고 목요일 행사는 다 괜찮은데, 금요일 행사가 좀 별로예요." 이튿날, 그녀가 샬럿에게 솔직하게 말했다,

"그럼 어떻게 해야 나아질까요?"

"음, 내 강점은, 아시다시피 활인화[3]예요."

"멋져요. 어떤 인물을 재현하고 싶으세요?"

"우두머리죠!" 가이 부인이 단호하게 답했다.

그녀는 진정한 우두머리답게 정말 몇 시간 안에 완벽한 계획을 세우더니 곧 졸개들을 소집했다. 그녀는 아주 적절한 말만을 했다. 하지만 가장 적절한 말은 장비를 대충 둘러본 뒤에 샬럿에게 건넨 질문이었다. 그녀는 약간 불만스레 장식품과 커튼을 하나하나 점검하면서 물었다. "너무 칙칙할 거예요. 좀 더 화려한 게 필요한데, 더 이상 뭐가 없을까요?"

샬럿에게 한 가지 생각이 떠올랐다. "있기는 해요. 그러니까 제게 뭔가 있기는 해요."

"그럼 가져다 놓지 그러셨어요."

---

3   무대나 배경 앞에 선 사람이 직접 적절한 의상과 소품을 갖추고 정지된 동식으로 명화나 역사적 장면을 재현하는 행위.

그녀는 골똘히 생각에 잠겼다. "제 방으로 오실래요?"

"아니요, 오늘 밤 제 방으로 가져오세요." 가이 부인이 말했다.

그래서 샬럿은 저녁이 다 지난 무렵에, 침실로 이어진 낡은 갈색 복도를 밝히는 촛불이 깜박일 때에 숙모의 무거운 유품을 가지고 친구의 방에 도착했다. 그러나 그녀는 재빨리 두려움을 내비쳤다. "너무 번쩍거리죠?"

그녀가 유품들을 소파 위에 펼쳐 놓자마자 가이 부인은 눈 깜짝할 사이에 왕관을 쓰고 거울 앞에 섰다. "정말 멋진데요. 아이반호를 묘사할 수 있을 거예요!"

"유리와 금속일 뿐인걸요."

"오히려 진짜보다 더 크군요! 장면을 재현하는 데에는 바로 이런 게 필요해요. 역사적 장면을 재현할 때 우리 보석으로는…… 진짜 보석으로는 부족해요. 난 로위나⁴ 역할을 맡을 거예요. 하지만 이해가 안 되네요."

"뭐가 이해가 안 되시는데요?"

가이 부인은 아주 슬쩍 바라보았다. "어떻게 이런 물건을 가지게 되었어요?"

가엾은 샬럿은 미소를 지었다. "유품으로 받았어요."

"가문의 보석인가요?"

"숙모님 것인데 몇 달 전에 돌아가셨어요. 숙모님께서 젊은 시절에 몇 년 동안 연극을 하셨어요. 숙모님 소품 중 일부예요."

---

4   앨프레드 대왕의 직계 후손이자 가장 고귀한 색슨계 혈통의 여성으로, 훗날 아이반호의 윌프레드와 결혼한다.

"숙모님이 선생님께 물려주신 건가요?"

"아니요. 아들인 사촌 오빠가 숙모님을 기억하라고 제게 준 거예요. 본인에겐 당연히 필요 없으니까요. 숙모님은 정말 친절한 분이셨어요. 제게 늘 아주 다정하셨고, 저도 숙모님을 좋아했어요."

가이 부인은 비상한 관심을 보이며 이야기를 들었다. "숙모님은 정말 친절한 분이군요!"

샬럿은 의아해하며 물었다. "어째서 그렇게 생각하시나요?"

"그분 역시 당신에게 '늘 아주 다정'했나요?"

아무도 없는 아침용 식당에서, 화려한 방문객과 얼굴을 맞대고 이런 얘기를 나누고 있자니 그녀는 이 상황을 더 진지하게 여기게 되었다. "무슨 말씀이세요?"

"모르세요?"

그녀의 머릿속에 뭔가가 떠올랐다. "이 진주요……." 하지만 그 질문은 입에서 가냘프게 새어 나왔을 따름이었다.

그날 아침, 우리의 젊은 아가씨는 새롭게 준비한 즐거운 행사를 학생들에게 빨리 보여 주려고 수업을 일찍 마쳤다. 그리고 그녀가 가이 부인 앞에 다시 나타났을 때, 부인은 이미 통통하고 새하얀 목에 돌아가신 프라임 부인 — 목사의 아내가 되기 전의 브래드쇼 양이 아니라 — 의 소품 중 틀림없이 가짜인 목걸이를 하고 있었다. 샬럿이 거울 앞에서 단 한 번도 이 목걸이를 해 본 적이 없는 까닭은, 공인된 '짝퉁'을 할 만큼 스스로를 낮출 수 없어서였다. 그런데 이제 가이 부인이 그 목걸이를 하고 있으니, 애매한 물건이 진품으로 통힐 수도 있음을 깨닫게 되었다.

"어루만지고 이해하고 찬탄한 다음, 목걸이를 걸쳤을 뿐이에요. 그게 이 진주가 원하는 거예요. 진주는 우리가 목에 걸어 주길 바라니까요. 그래야 진주가 깨어나죠. 진주가 살아 있어요, 모르겠어요? 그동안 이 진주를 어떻게 대접해 온 거예요? 이 진주는 파묻힌 채 무시당하고 경멸당해 왔음이 분명해요. 이 진주는 반쯤 죽어 있었어요. 진주에 대해 아는 게 없나 봐요." 가이 부인은 목걸이를 어루만지면서 이런 말을 쏟아 냈다.

"제가 알 리가 없죠. 당신은 아시나요?"

"전부 다 알아요. 이 진주는 그동안 잠들어 있다가 정말 내 손길이 닿는 순간…… 음, 눈길을 사로잡은 거죠."

"저보다 더 잘 아는 사람의 눈길을 사로잡은 거군요. 저는 의심하는 데에 그쳤는데 말예요. 그리고 아서보다 더 잘 아는 사람이어야 했을 테죠. 그러면 이 목걸이의 가치는……."

"오, 최상품 진주예요."

그녀는 잠시 곰곰이 생각한 뒤 다시 한 번 경이로움과 아름다움과 신비를 탐색했다. "확실한가요?"

그녀의 친구는 짜증을 내며 그녀 쪽으로 몸을 돌렸다. "확실하냐고요? 날 바보로 알아요, 아가씨?"

샬럿 프라임은 무슨 말을 해야 할지 몰랐다. "아서나 저 같은 사람은 잘 몰라서 그래요. 아서 오빠도 몰랐으니까요. 그는 가치가 없다고 생각했거든요."

"나머지 소품 때문에요? 그렇다면 당신 사촌은 멍청이예요. 하지만 내가 이해한 게 옳다면, 이미 그는 당신에게 목걸이를 주었잖아요. 그러니 이 목걸이와 아무 상관도 없지요."

"그런데 오빠는 가치가 없는 줄 알고 줬는데, 비싼 것으로 입증된다면……!"

"목걸이를 돌려줘야 하나요? 모르겠네요. 그렇게 멍청이 였으니 스스로 위험한 짓을 자초한 셈이죠."

샬럿은 환상적인 분위기에 취해 진주 목걸이를 물끄러미 바라보았다. 그 물건은 분명히 정교했다. 왠지 지금 이 순간, 그 목걸이는 아서나 자신의 것이 아니라 가이 부인의 것으로 보였다. "그러네요. 그가 위험한 짓을 했네요. 제가 분명히 이 목걸이는 다른 소품과 달라 보인다고 했는데도 제게 주었으 니까요."

"음, 그러면!" 가이 부인은 의기양양함을 넘어, 아주 들떠 서 말했다. 이상하게도 부인은 안심하는 기색이 역력했다.

하지만 이러한 부인의 반응을 보자, 우리의 젊은 아가씨 는 더욱더 이 문제를 심각하게 받아들이게 되었다. "아, 그는 이 목걸이만 외따로 다를 리 없다고 했어요. 정말 이상한 이야 기이긴 하지만, 달라서는 안 되기 때문에 그리 생각한 거예요. 아시겠죠?"

"달라서는 안 된다고요? 난 이해가 안 가는데요."

"왜, 어떻게 그분이 진짜 목걸이를 가지게 되었느냐는 문 제 말이에요." 샬럿은 솔직하게 표현했다.

"그분이라니? 누구요?" 가이 부인의 어조에는 가슴을 철 렁하게 하는 데가 있었다.

"제가 말씀드린 분 있잖아요. 사촌 오빠의 새어머니이신 숙모님 말예요. 이상하게 구석에 처박힌 채 좀체 눈에 띄지 않 던 숙모님의 낡은 유품 사이에서 그가 우연히 이 목걸이를 발 견했거든요."

가이 부인은 과거에 사라져 버린 브래드쇼 양에게 한 걸음 다가갔다.

"그분이 훔쳤다는 말이에요?"

"아니에요. 하지만 그분은 예전에 여자 배우였어요."

"오, 음, 그럼, 그게 목걸이를 손에 넣은 이유가 아니었을까요?" 하고 가이 부인이 소리쳤다.

"그래요. 그분은 뛰어난 배우도 아니었고, 출연료를 많이 받지도 않았어요. 그러니까 그 외에는 다른 방법이 없었을 거예요." 그녀는 예민한 문제에 대해 농담까지 했다. "우리의 로위나가 될 수는 없었을 거예요"

가이 부인은 그 주제에 대해 더 캐물었다. "그분이 혹시 못생겼나요?"

"아니에요. 당연히 젊었을 땐 아주 미인이셨을 거예요."

"자, 그럼! 이게 선물이었다는 뜻이로군요? 따라서 당신 사촌이 그다지도 질색한 까닭은, 바로 새어머니가 ─ 그분을 우러러보는 어떤 남자분에게서 값비싼 선물로 목걸이를 ─ 받았을지도 모른다는 생각 때문이군요." 가이 부인은 다시 의기양양해져서 날카롭게 평을 했다.

"이런 선물을 그냥 받았을 리 없다고 생각해서 말인가요? 가능한 일이네요. 아주 못생기진 않았다니까요. 그 남자분의 '호의'는 관객으로서 찬미하는 정도였을 거예요. 그분이 약간만 친절했기를 바라도록 하죠."

"음, 그분이 '친절'했던 건 맞는 것 같아요. 남편도, 아들도, 질녀인 저도 그분이 이렇게 비싼 보석을 가지고 있는 걸 몰랐으니까요. 꿈에도 몰랐죠. 그녀가 그 선물을 평생 아무도 볼 수 없는 ─ 눈에 안 띄고 의심받지 않을 만한 ─ 장소에 간직했음을 보면 그 말이 맞는 것 같아요."

"마치 그분이 이걸 아주 소중하게 간직하면서도 부끄러워했다는 말처럼 들리네요?" 가이 부인은 눈치가 빨랐다. 그녀는 진주알을 만지면서 웃음을 띤 채 "이걸 부끄러워하다니!"라고 말했다.

"하지만 아시다시피 목사님과 결혼했잖아요."

"그렇죠. 그분이 '묘했던' 건 틀림없네요. 어쨌든 숙부가 그분과 결혼했으니 말인데요, 숙부는 그분을 어떻게 생각했나요?"

"저, 그분이 그런 선물이나 받아 내는 부류의 사람이라고는 절대 생각하지 않으셨어요."

"아, 그런 선물은 받지 않는 부류의 사람이라는 말이군요!" 하지만 가이 부인은 곧 이어서 말했다. "그리고 그분의 아들도 그렇게 생각하고요? 그분이 새어머니일 뿐인데도……."

"그럴 정도로 그분을 좋아하느냐고요? 그래요. 그는 친어머니를 제대로 알지 못했고, 또 그분에게는 자식이 없었어요. 숙모님은 아주 참을성 있고 친절하게 사촌 오빠를 대했어요. 그리고 저도 그분을 아주 좋아했고요." 아가씨는 계속 말했다. "십여 년을 잘 지내다가 이렇게 이상한 방식으로 '그분의 비밀을 누설하는 것'은……."

"그럴 수는 없죠? 그러면 하지 마세요!" 가이 부인이 단호하게 말했다.

"아, 하지만 이 목걸이가 진짜라면 제가 가질 순 없어요!" 샬럿은 목걸이를 초조하게 바라보면서 끙끙댔다. "너무 어려운 문제네요."

"그의 편에서는 목걸이가 진짜일 경우의 추측을 인정하느니 차라리 버리겠다고 생각했는데, 뭐가 그리 어려워요? 당신은 가만히 있으면 돼요."

"그냥 간직하라고요? 제가 어떻게 그 목걸이를 하고 다니겠어요?"

"그걸 숙모처럼 감추어 두려고요?" 가이 부인은 재미있어하며 말했다. "쉽게 팔 수 있어요."

샬럿은 목걸이를 뒤에서 살펴보고자 부인의 뒤쪽으로 걸어갔다. 고리는 일부러 오해를 불러일으키려고 가짜로 만든 것이었다. 그 고리만 빼면 모든 것이 정말 아름다웠다. "음, 생각을 해 봐야겠어요. 숙모님은 왜 목걸이를 팔지 않았을까요?"

가이 부인은 즉각 대답했다. "그 사실을 두고 보자면, 그녀가 이 목걸이를 보면서 어떤 기억을 떠올렸을지 증명되지 않나요? 당신은 가만있기만 하면 돼요." 그녀는 열띤 태도로 같은 말을 되풀이했다. "생각을 해 봐야겠어요. 생각을 해 봐야겠어요."

가이 부인은 두 손을 모은 채 꼼짝도 않고 서 있었다. "그러면 이 목걸이를 돌려주고 싶다는 뜻이에요?"

샬럿은 목걸이를 만지는 일조차 두렵다는 듯 문 쪽으로 물러섰다. "오늘 밤에 말할게요."

"하지만 내가 목걸이를 해도 괜찮죠?"

"그때까지요?"

"오늘 저녁 식사 때요."

그 자리에서 당장 결정해 달라는 강한 압력이었다. 그녀는 문제의 문을 닫기 전에 잠시 생각하더니 "하고 싶은 대로 하세요!"라고 답했다.

그들은 파티 준비와 리허설을 하느라 그날 대부분을 보냈다. 그리고 그날 저녁 식사에는 손님들이 밀려드는 바람에 프라임 양은 앉을 자리조차 없었다. 결국 손님의 숫자가 불어나자 그녀는 혼자 교실에 있어야 했다. 가이 부인은 11시가 다되어서야 교실로 찾아왔다. 목걸이를 한 숙녀의 하얀 어깨가 벅찬 감정을 드러내며 들썩였다. 마치 하얀 어깨와 행복한 대조를 이루도록 바른 듯한 빨간 입술에서도 벅찬 감정이 터져 나왔다. "선생님, 목걸이가 얼마나 인기 있었는지 보셨어야 하는데. 대성공이었어요!"

샬럿은 잠시 어리벙벙했지만 곧 무슨 말인지 이해했다. "마치 전부 다 알아본 것 같네요? 진짜라는 사실이 점점 더 알려지겠어요. 우리 두 사람에겐 그만큼 더 나쁜 거고요!" 그녀가 어렵게 말을 꺼냈다. "제가 가만히 있을 수는 없어요."

"이걸 돌려주겠다는 뜻인가요?"

"안 그러면, 도둑이죠."

가이 부인은 그녀를 한참 쏘아보았다. 가이 부인의 얼굴에 이제 막 떠오른 표정은 평소의 시선과 영 판판이었다. 이윽고 부인은 잠시 고개를 푹 숙이더니 아름답게 드러난 팔을 뒤로 뻗어서 목걸이의 고리를 푼 다음 탁자 위에 두었다. "이걸 돌려준다면 당신은 바보예요."

"아, 저희 둘 중에는……!" 우리의 젊은 숙녀는 한숨과 함께 목걸이를 들어 올리면서 말했다. 그녀는 그것을 바라보는 일 자체가 고통스러웠으므로 최대한 빨리 눈앞에서 없애려는 듯 작은 책상 서랍에 목걸이를 넣은 뒤 자물쇠로 잠갔다. 그러고는 돌아보니, 목걸이를 하지 않은 그녀의 친구가 어쩐지 헐벗고 못생겨 보였다. "그런데 어떻게 얘기하실 거예요?" 그제야 그녀는 이 말을 물어봐야겠다는 생각이 떠올랐다.

"아래층에 어떻게 설명할 거냐고요?" 가이 부인은 성질을 억누르려고 애썼다. "아, 다른 목걸이를 하고 가서 먼저 것은 고리가 망가졌다고 하려고요. 그리고 그분께는 내가 목걸이를 했다는 사실을 말하지 않을 거죠?" 그녀가 덧붙였다.

"당신이 내게 사실을 알려 줬다고 말할 거냐고요? 아니요. 제가 좀 더 자세히 살펴보고 알게 되었다고 얘기할 거예요."

"그는 정말 당신이 전혀 몰랐다고 생각할까요?"

"전문적 지식이 없다고 생각하죠. 분명해요. 그리고 본인 의견을 늘 뽐내는 편이거든요."

"그러면 그는 당신 말을 믿지 않겠네요. 늘 믿기 싫어하니까. 자기 의견에 집착하고 자신의 감식안이 옳다고 계속 우길 테죠. 그러면 우리가 이 귀여운 것을 돌려받게 되겠군요!" 가이 부인은 다시 자신감에 차서 어린 친구에게 잘 자라고 키스했다.

하지만 가이 부인의 생각을 만족스럽게 정당화해 줄 사건은 바로 일어나지 않았다. 문제의 목걸이가 짝퉁이든 아니든, 샬럿은 마차를 타고 시내로 가지고 갈 용기가 나지 않았다. 행사가 끝나기 전에 그 문제가 해결될 — 부인은 일단 '돌려주는 것'으로 그 문제가 해결되길 기대하는 것 같았다. — 희망이 좀체 보이지 않자 부인은 실망했다. 더욱이 행사의 열기가 점차 달아오를수록 부인은 거기에 온전히 집중해야 함에도 자꾸 신경이 쓰였다. 결국 부인은 작별 인사를 하느라 전반적으로 어수선한 와중에도 굳이 틈을 냈고, 거기 모인 사람 중 가장 만나고 싶었던 사람에게로 돌진했다. "자, 그걸 어떻게 할 거예요?"

"진주 목걸이요? 아, 사촌 오빠와 이야기해야 할 것 같아요."

가이 부인은 얼른 열을 내며 적극적으로 물었다. "어디 사시는데요?"

"템플의 아파트에 살아요. 쉽게 찾을 수 있어요."

"하지만 당신이 간직할지 돌려줄지 결정하지 않으면 무슨 소용이 있겠어요?"

"오, 나는 돌려줄 거예요. 시내로 나갈 시간을 기다리는 것뿐예요. 이 목걸이를 꼭 가지고 싶으세요?" 그녀는 호기심에 차서 다시 엄숙하게 부인의 의도를 물어보았다.

"가지고 싶어 죽겠어요. 그 목걸이에 아주 특별한 매력이 있는데…… 확실히 뭔지는 모르겠지만 자신의 역사를 들려주고 있어요."

"그 역사에 대해 아는 바가 있으세요?"

"목걸이가 얘기해 주는 게 역사죠. 그 안에 역사가 다 담겨 있다가 — 밖으로 나오는 거예요. 그 목걸이에서는 다정한 숨결이 느껴져요. — 그 역사가 하얗게 빛나요, 선생님. 그 목걸이는 사랑의 선물이에요!" 가이 부인은 장갑 단추를 채우면서 아주 은밀하게 속삭였다.

"오!" 우리의 젊은 아가씨는 거의 희미하게 외쳤다.

"열정이 담긴 선물이라고요!"

"세상에!" 그녀는 헐떡이며 외마디 비명을 지른 뒤 멈추었다. 샬럿은 이제 고인이 되어 창백해진, 그리고 돌연 인생의 경로를 바꾼 친애하는 숙모를 이미 혼자 새로운 각도 — 이때쯤에는 새로운 각도라고 부를 민했다. 에서 이해하고 있었다. 그러므로 이 말은 크게 도움이 되지 않았지만 여전히 그녀의 뇌리에 남았다. 이제 진주 목걸이는 하나의 계시가 되었음이 분명했다. 숙모는 그냥 이 진주 목걸이를 받았을 것이다. 그렇다고 인정하자. 하지만 그냥 받은 목걸이를 그토록 오래 간직하며, 팔지도 않고 고이 숨겨 놓은 채 은밀하게 즐겼을 리 없다. 그리고 아무도 호기심을 갖거나 찾아내지 못하도록 유품 상자 속 모조품과 섞어 놓았다. 이 기이한 사실을 두고 불쌍한 샬럿은 끝없이 생각을 이어 갔다. 아무에게도 털어놓을 수 없는 이야기였으므로 진주 목걸이는 더 감동적이었고 훨씬 애착이 갔다.

그렇게 입을 다물고 있느라 브래드쇼 양은 매우 불쾌했거나 매우 행복했을 — 가이 부인이나 템플에 사는 젊은이가 말하는 방식으로 세련되게 표현하자면 — 터였다! 블릿의 어린 가정 교사는 이제 수업 중에 눈에 띄지 않도록 이 목걸이를 하거나 때로는 옷 아래에 감춘 채 목걸이를 걸기도 했다. 그녀는 정말 목걸이에 빠져드는 느낌이었다. 그러나 돈 한 푼 없는 상태에서 결국 돈 때문에 그 목걸이를 팔아야 할 것이다. 그녀는 또한 이 목걸이를 팔면 자신의 삶이 어떻게 달라질지 꿈꾸어 보기도 했다. 종종 스스로에게 이런 궤변을 늘어놓기도 했다. 아서는 설령 유품이 비싼 것이라 해도 내가 가져가기를 환영한다고 아주 분명하게 말했잖아. 이런 궤변은 무고한 것이었다. 알다시피 이것은 완벽한 사실이었으니까. 그가 이런 상황을 순조롭게 처리할 가능성 — 그녀가 상상 속에서만 그려 볼 수 있듯이 — 도 있었다. 그가 대단히 관대한 모습을 보여 주지 않을까? 가령 이런 말 정도만 하지 않을까? "그때 알았다면 너더러 가지라고 하지 않았겠지. 하지만 이미 내가 그것을 가져간 다음에 진실을 알아냈으니 어떻게 돌려 달라고 하겠어.

그런 형편없는 짓으로 내 얼굴에 먹칠을 할 순 없지, 안 그래?"

그녀는 오랫동안 기다렸다. 몇 달이 지난 뒤, 그녀는 숙고 끝에 블릿 저택 사람들이 여름을 시내에서 지내게 될 때까지 기다렸다. 그러고는 여유가 생기자마자 곧 기회를 놓치지 않았다. 그녀는 제일 괜찮은 옷을 차려입고 진실을 폭로하기로 단단히 마음먹은 채, 의아해하는 사촌의 집 문을 두드렸다. 그녀의 이야기를 듣는 와중에도 그는 여전히 의심에 차서 그녀의 희망과는 전혀 다른 표정을 지었다. 그녀가 목걸이를 내놓자 그의 얼굴은 창백해지는 듯했다. 무엇보다 불쾌해하는 것 같았다. 그녀가 기억하는 것 이상의 다른 이유가 있을 수도 있었다. 하지만 사실을 다 알고 나면 그는 어떻게 행동할까? 그녀가 탁자 위에 진주 목걸이를 내려놓자, 처음에 그는 손으로 만지지도 않고 싸늘하게 바라보기만 했다.

"난 진짜라고 믿지 않아." 마침내 그가 짤막하게 말했다.

"제가 듣고 싶은 말이 바로 그 말이었어요!" 그녀가 활기차게 대답했다.

이 말을 듣자 그의 안색이 변하는 것 같았다. 정말이지 나중에야 ─ 그녀가 한참 뒤 그 장면을 다시 떠올렸을 때에야 ─ 비로소 그가 그녀의 말에 화가 나서 얼굴을 붉혔던 장면이 생생하게 떠올랐다. "아주 불쾌한 비난이군, 알겠니!" 그리고 그는 목사관에서 늘 그랬듯이 그녀로부터 멀리 걸어가 버렸다.

"이건 내가 생각해 낸 게 아니에요. 목걸이가 진짜라는 사실을 믿기가 두렵다면⋯⋯." 샬럿 프라임이 말했다.

"두렵다면?" 그가 몸을 돌리더니 곧장 방을 가로질러서 그녀 곁으로 다가왔다.

"저, 그건 제 잘못이 아니에요."

그는 이 말에 대해 잠시 아무 답도 하지 않았다. 그저 탁자로 돌아왔을 뿐이었다. "내가 처음에 했던 말이 맞아. 이 목걸이는 시원찮은 짝퉁이야."

"그럼 제가 간직해도 되나요?"

"아니. 더 나은 의견을 알고 싶어."

"오빠 의견보다 더 나은 의견 말인가요?

"네 의견보다 더 나은 의견 말이야." 그는 또다시 기묘한 눈길로 진주 목걸이를 바라보았다. 그러고는 다가와서 목걸이를 만지더니, 정확하게 그녀가 블럿에서 가이 부인한테 취했던 행동을 그대로 했다. 목걸이를 한데 모아서 손에 그러쥐고 걸어간 다음, 서랍에 넣고 열쇠로 잠갔다. "두렵냐고 묻는데, 본드 거리에 가서 감정받아 보는 건 두렵지 않아." 다시 그녀와 눈길이 마주치자 그가 한 말이었다.

"만일 사람들이 진짜라고 하면요?"

그는 잠시 아무 말도 하지 않더니, 정말 이상한 태도를 보였다. "그럴 리 없어! 그런 말 하지 마!"

불쌍한 샬럿은 아서의 태도가 무엇을 의미하는지 완벽하게 알았으므로, 그의 말투를 듣자 뭐라고 대답해야 할지 알 수 없었다. "오!" 그녀는 가이 부인에게 마지막으로 대꾸했던 것처럼 외마디 신음만을 내뱉었다. 그리고 더는 대화를 나누지 않고 바로 출발했다.

이 주일쯤 지난 뒤, 그녀는 그의 연락을 받았다. 그리고 그 계절이 끝날 무렵, 가이 부인은 이튼 광장의 한 연회에 나타나서 분위기를 돋우었다. 샬럿은 저녁 식사엔 참석하지 않았지만 이윽고 연회에 참석했다. 가이 부인은 그녀를 보자마자 아주 잘생긴 청년 곁을 떠나서 일부러 그녀 쪽으로 건너왔다. 그러고는 말을 걸었다. 그 부인은 사랑스러운 목걸이를 자랑스럽게 차고 있었다. 그런 보석으로 치장하고 자부심을 드러내는 그녀의 버릇은 예전 그대로였다.

"알아보겠어요?" 그녀는 기쁨에 들떠 있었다.

정말 찬란한 목걸이였다. 진주 목걸이를 가졌다가 도로 빼앗긴 사건 이후에 보석의 신비를 알게 된 안목으로 보자면 그랬다. 그녀는 서글프게 웃었다. "거의 아서 목걸이만큼 훌륭하네요."

"거의라고요? 저런, 선생님 눈을 어디 두신 거예요? 바로 '아서의 것'이에요!" 그 말에 놀란 어린 가정 교사의 얼굴 전체가 새빨개지자 부인은 이렇게 말했다. "이 목걸이를 추적했어요. 당신이 어리석은 짓을 저지른 다음에요. 운 좋게도 그가 목걸이를 판 본드 거리의 보석상 창문에서 기적적으로 이 목걸이를 알아보았죠."

"목걸이를 팔았다고요?" 샬럿은 가쁘게 숨을 내쉬었다. "아서는 편지로, 내가 자신을 모욕했다면서 본드 거리의 보석상은 자신의 말이 맞았음을 판명해 주었다고 ─ 그 목걸이가 완전히 짝퉁이라고 ─ 했는데요."

가이 부인은 그녀를 물끄러미 바라보았다. "아, 내가 그랬잖아요. 그가 가만두지 않을 거라고요! 한 가지 확실한 점은, 그때 거래를 했어야 했어요!" 그녀는 말을 마쳤다.

샬럿은 아무것도 들을 수도, 볼 수도 없었다. 그녀는 내심 치명상을 입었다. "그는 내게 목걸이를 박살 냈다고 했는데." 그녀가 밀헸다.

가이 부인은 참으로 이상하다면서 동정을 표했다. "정말 병적인 사람이군요!" 하지만 그녀가 두 사람 중 과연 누구를 동정하는지는 명확하지 않았다. 샬럿은 그녀와 헤어지고 난 뒤에도 온갖 생각을 다 했다. 심지어 어린 가정 교사는 실제로 아프기까지 했다. 그녀는 가이 부인이 어떤 식으로 거래를 했는지, 그리고 정말 본드 거리의 보석상에서 기적적으로 그 목걸이를 알아보았는지 따위를 자문해 보기도 했다. 어쩌면 부인은 아서와 직거래를 하지 않았을까? 부인이 그의 주소를 알고 있다는 사실이 떠오르자 샬럿은 소름이 돋았다.

삶이라는 눈가림

김화진(소설가)

　헨리 제임스는 망설임과 모르는 척의 천재다. 말하려다 말기, 텅 빈 것 같기도, 의미심장한 것 같기도 한 말 늘어놓기 역시 그의 특기다. 헨리 제임스의 인물들은 뭔가를 누군가에게 솔직하게 털어놓아야 할 때 절대 털어놓지 않으려 애쓰는 사람들이고, 누군가에게 뭔가를 들어야 하는 순간에 그것을 미루고 피하는 데에 도가 튼 사람들이다. 그들 사이에는 진실이 놓여 있는데 어느 누구도 진실을 향해 직선거리로 냅다 걸어가지 않는다. 진실과 얼마간의 거리를 두고 원을 그리며 빙빙 돈다. 헨리 제임스의 소설에는 자주 그런 시간이 고인다. 서로 뭔가를 단단히 잘못 알고 있는 시간. 서로가 다르게 아는 각자의 진실을 확인하지 않고 그저 상대가, 내가 그렇게 알도록 두는 시간. 확인하지 않고 바로잡지 않아서 생명력을 얻는 오해. 진짜라고 굳게 믿은 채 살아가는 가짜의 시간.

　그 시간 동안 어떤 입장의 사람들에게 가짜는 진짜고, 오해는 진실이다. 그걸 아니라고 할 수 없다. 다른 한쪽이 그들로 하여금 그렇게 믿도록 내버려 두기 때문이다. 헨리 제임스의 소설을 읽으면 그런 것을 감각하게 된다. 솔직히 말해 달라고 질문하지 않거나 솔직하게 대답하지 않아서 생기는 갈등 없음, 사건 없음의 순간들. 그 '없음'이 소설을 이끌어 가는 소설 같은 순간을. 그리고 그것은 다시, 너무 입이 무거운 등장인물에게 왜 솔직하게 말하지 않아! 라고 다그치게 되는 유형과, 아무래도 솔직하게 말하기 힘들지…… 라고 끄덕거리게 되는 유형으로 나뉜다. 말하자면 『밀림의 야수』에서 「밀림의 야수」는 전자고, 「진짜」는 후자다. 「밀림의 야수」의 존 마처와 「진짜」의 '나'에게는 각각 그럴 수밖에 없는 나름의 사정과 입장이 있다.

「밀림의 야수」는 헨리 제임스가 쓰는 '실체 없는 것의 존재감'이 가장 두드러지는, 보이지 않는 것의 부피감이 늘어나고 줄어들 때마다 인물들의 행로가 결정되는 것이 보이는 신기한 감각의 소설이다. 등장인물인 '존 마처'와 '메이 바트럼'은 우연히 공유하게 된 마처의 비밀스러운 진실을 언제나 은밀하게 슬쩍 꺼내서 (전부도 아니고) 아주 살짝, 잽싸게 보여 주는데, 그때마다 그들 사이의 거리는 가까워지고 멀어진다. 그렇게 말하지 않은 것이 밝혀지려 하다가 결국 다시 침묵으로 돌아갈 때마다 그들의 마음은 동요한다. 「밀림의 야수」를 읽는 내내 나는 주인공들이 나누는, 구체적인 단어나 의지를 지닌 정확한 제안 없이, 오로지 뉘앙스와 지시어로만 이루어진, 심지어 묻는 이의 질문을 받아서 질문으로 대답을 대신하는 물음표 대답을 따라 그 속 어딘가에 있을 듯한 대화의 씨앗 같은 뭔가를 놓칠세라 긴장을 멈출 수 없었다.

그리고 긴장하는 한편, 마처와 바트럼을 향해, 왜 그 오랜 시간 동안 한 번도 제대로 얘기하지 않아서 이 지경을 만들어……? 하는 생각을 지울 수가 없는 것이다.(나는 급한 성격의 소유자…….) 이들의 대화를 대충 요약해 보자면 이런 식이다. "당신 운명, 그거 맞죠?" "그거 맞아요. 뭔지 알겠어요?" "왠지 알 것 같아요." 이때 이들이 말하는 '그거'는 같은 '그거'일까? '뭔지' 알 것 같느냐는 물음에 '왠지' 알 것 같아요, 라고 대답하기는 과연 옳은 질답일까? 그러니까 헨리 제임스의 세계에서는 아무도 "당신이 아는 '그거'를 설명해 봐요."라고 체크하지 않는다. "내가 아는 '그거'랑 다른데요." 하고 상대방을 남겨 둔 채 홀연히 떠나지도 않는다. 그들 대화의 목적은 오로지 서로를 붙잡아 두는 데 있는 것 같다. 붙들어 두기 위해서, 맴돌기 위해서, 내용물은 상관없는.

두 사람이 마처의 운명에 대해 처음 이야기할 때, 바트럼은 마처가 말하는 삶에 도사린 진실, 그를 언제 덮칠지 모르는 거대한 운명이 "사랑"이 아니냐고 묻는다. 그때 마처는 한사코 "사랑이 아니"라고 말한다. 오히려 파멸과 죽음에 가까운 것, 세계를 뿌리째 흔드는 일에 가까운 것이라고 말한다. 그런데 사랑이란 그런 것 아닌가? 나라면 그냥 넘어가지 않고 재차 질문했겠지만 바트럼은…… 넘어간다. 시간이 지나고 바트럼은 자신과 마처의 관계가 사랑으로 나아가는 것이 아닌, 마처에게 다가올 야수를 기다리는 일이라는 (오래전의) 진실을 먼저 알아챈다. 그럼에도 마처가 아직 야수는 나타나지 않았고, 여전히 기다린다고 하면 그저 끄덕일 뿐이다. 네가 그렇다면 그런 거겠지, 그럼. 바트럼은 기다린다. 마처가 아직 오지 않은 진실을 품은 사람으로 살 수 있도록. 얼마간은 마처의 눈을 가리고, 얼마간은 자신의 눈을 가리며.

그녀가 눈을 가린 덕분에, 마처의 삶의 의미, 삶의 서사가 완성된다. 바트럼을 잃은 마처가 끝내 "이 모든 것이 무슨 의미가 있는가?"라고 물을 때, 비로소 사랑의 의미가 생겨난다. 사랑을 확인하는 대화만이 중요하다고 생각한 성질 급한 나는, 그제야 사랑을 확인하지 않는 대화로 그려지는 사랑을 목격한다. 왜 솔직하게 말하지 않아! 라고 다그치고 싶어지던 마처의 운명에 대해 결국 다그치지 못하는 까닭은, 마처가 아무리 외면하고 거부했대도 그것이 이미 거기 있었다는 사실을 독자 역시 소설의 끝에서 확인할 수 있기 때문이다. 우리는 마처와 함께 운명이 우리를 후려치는 순간을 느낀다. 그 비애감, 쓸쓸함 그리고 볼 것을 보게 되었다는 이상한 후련함. 없음으로 가득 찬 행로의 끝에서 마주하게 된, 역시나 있었던 것. 두 사람이 지연시켰기에 발생하는 감각과, 그 감각을 느끼는 것까지 의미였음을.

한편, 「진짜」에서 마주하게 되는 (다른) 의미도 있다. 책에 들어가는 삽화를 그리며, 초상화가로서의 명예 또한 원하는 '나'의 화실에 어느 날 잘생긴 외모와 기품 있는 태도를 지닌 부부가 방문한다. '나'는 이들을 자신에게 초상화를 부탁할 귀족이라 추측하지만, 실상 이 가련한 부부는 파산한 뒤 일거리를 구하기 위해 화가인 '나'에게 자신들을 모델로 써 달라고 간청하러 온 참이다. 그들은 말한다. "매력적이지 않을까요?" (……) "진짜 신사와 진짜 숙녀를 모델로 삼는 것 말입니다." 그러나 '나'에게는 그들이 좋은 모델이 되리라는 감이 전혀 오지 않는다. 오히려 "형편없는 삽화" 같다는 느낌뿐이다. 그럼에도 '나'는 어쩐지 이들을 배려해 주고, 거절하고 싶지 않다. 그들의 '진짜 귀족'으로 보이는 재능은 이런 순간에 힘을 발휘한다. '나'는 그들과 친구가 되고 싶으므로 그들을 모델로 쓴다. 그들의 자질이 형편없더라도 말이다.

그러나 결국 진실은 '나'의 눈에도, '내'가 그린 삽화를 보는 타인의 눈에도 드러나기 마련이다. 모나크 부인은 '첨 양'에게, 모나크 소령은 '오론테'에게, 그러니까 '진짜'가 아닌 이들에게 모델로서 밀린다. 예술에서 '진짜'는 무용하다. 이 나름의 진실을 정확히 깨닫기 전에도, 화가인 '나'는 어렴풋하게나마 자신이 지향하는 곳을 알고 있다. 그는 이렇게 말한다. "진짜보다 그럴싸해 보이는 게 좋았다." 훗날 첨 양에 대해 저런 여인이 어떻게 공주가 될 수 있느냐고 의문을 품는 소령에게, '나'는 이렇게 말하기도 한다. "제가 공주로 그리면 공주처럼 보이죠." 모델은 주인공이 아니다. 그 사실을 이해하는 사람은 아주 소수의 모델과 작가뿐이다. 여느 모델과 작품을 감상하는 다수의 구경꾼은 그 점을 모르거나, 알지 못하더라도 상관없다.

우아한 상류층 귀족이 초라해지고, 노동 계급의 초라한 모델이 우아해지는 것. 「진짜」의 화자는 그것을 "예술의 연금술"이라 표현한다. 작품의 모델이 되기 위한 어떤 자질은 "사라지는 것"이다. 모델의 오리지널리티는 어느새 거기에, 결과물에 남지 않아야 한다. 모든 작품이 그래야 하지는 않지만, 「진짜」의 작가에겐 그래야 한다. '나'는 그것을 추구한다. 사라지는 모델, 드러나는 작가. 그리고 '나'는 말한다. 진짜, 혹은 스스로를 진짜라고 주장하는 이들과는 "거리를 둘 수 없었다."라고. 예술가는 대상을 관찰하지만 그리고자 하는 목적에 따라 변주하거나 해석할 '자유'가 있다. 그러므로 모델을, 대상을 예술로 만들어 내거나 만들 수 없게 한다. 이 같은 '자유' 없이 진짜를 진짜로 그려 내야 하는 일은, 적어도 '나' 같은 예술가에겐 불가능하며, 무의미하고, 결과물 역시 형편없다.

헨리 제임스는 「진짜」에서 또 한 번 보이지 않는 것을 보고자 눈을 가늘게 뜬 인물을 보여 준다. 화가인 '나'는 귀족 부부와 만난 일화를 통해 보이지 않는 것들은 거머쥐었다. 모나크 부부에게 진짜인 것이 '나'에게는 진짜가 아니라는 예술가적 진실. 모나크 부부를 경험하면서 알게 된 예술의 원칙.(거리감과 자유도.) 「진짜」에서 주인공 '나'뿐 아니라, 독자 역시 깨닫게 되는 (보이지 않는) 것도 있다. 바로 모나크 부부 뒤에 가려진 '나'다. 그가 오직 돈을 벌기 위해서 그림을 그리는 사람이 아니라, 예술을 추구하고 욕망하는 인물이라는 사실. 진짜의 가치를 그대로 받아들이지 않는 사람들, 없는 것을 있는 것처럼 그리는 사람들, 눈에 보이지 않는 것에 진지하고 심지어 사로잡힌 사람들, 진짜건 가짜건 아무래도 상관없는 사람들이 예술가이므로, 아무래도 우리는 예술가가 좀 이상한 사람이라는 사실을 받아들여야 하는지도 모른다.

어쩌면 헨리 제임스가 가장 잘 보여 준 주제는, 삶이라는 눈가림과 예술이라는 속임수, 나는 그것을 소설을 통해 감각하는 일이 좋았다. 예술에 속는 것. 삶으로 눈을 가리는 것. 그 경험을 포기하거나 모른 채 살아간다면 어떤 '의미 없음'이 우리 삶을 잠식하게 될 것이다. 의미 없음으로 가득 찬 삶과 보이지 않는 의미로 충일한 삶 중 하나를 택해야 한다면, 나는 후자를 고를 것 같다. 둘 중 뭐가 더 낫다는 얘기는 아니지만. 가끔 텅 빈 곳을 오래 바라보거나 그렇게 오래 바라보다가 일

순 눈을 감으면, 감각의 착각인지 오류인지 모르겠지만 거기에 나에게만 보이는 이상한 형상들이 나타나는 듯하다. 헨리 제임스의 소설은 마치 내 눈 속에서만 발생하는 이 형상들과 닮았다. 그 무늬들이 만들어 내는 것은, 그러니까 결국 우리 모두가 저마다 지닌 어떤 '의미'인데, 우린 의미 없이는 살 수 없는 것이다.

비단실로 짠 거미집처럼 섬세한 감수성

헨리 제임스는 일생에 걸쳐 22편의 장편 소설과 113편의 중편과 단편 그리고 수많은 비평, 여행기, 희곡, 자서전, 전기 등을 남겼다. 이러한 다작을 통해 그는 내면 성찰과 계시의 순간을 세련된 문체로 포착했다. 그의 주제인 소설과 현실의 애매한 관계라거나 집요한 자의식의 탐구는 후대 작가인 제임스 조이스나 버지니아 울프의 작품 세계 및 내면적 독백 형식에 큰 영향을 미쳤다.

헨리 제임스는 1843년 4월 15일 뉴욕에서, 헨리 제임스 1세와 메리 로버트슨 월시의 다섯 자녀 가운데 둘째 아들로 태어났다. 아버지는 신학을 연구한 종교 철학자이자 스베덴보리의 신봉자로 자식들에게 지대한 영향을 끼쳤으며 그의 형인 윌리엄 제임스는 미국 심리학 연구의 선구자였다.

1862년, 제임스는 하버드 법대에 입학하지만 일 년 뒤 학교를 떠나고, 그 후 문학 연구, 그중에서도 발자크와 호손 연구에 전념한다. 이때부터 그는 단편 소설과 비평을 쓰기 시작하지만 점차 자신이 살던 뉴잉글랜드의 문화적 전통에 불만을 품고, 1875년 유럽에 거주하기로 결심한다. 그러고는 일 년 동안 파리에서 체류한다. 그 기간에 제임스는 투르게네프, 플로베르, 모파상, 졸라 등과 교우한다. 1876년에 영국으로 이주한 제임스는 1915년 7월에 여태껏 유지해 왔던 미국 국적을 버리고 영국으로 귀화한다. 1916년, 영국 국왕인 조지 5세로부터 명예 훈장을 받고, 그해 2월 28일 런던의 저택에서 73세를 일기로 세상을 떠났다.

　제임스의 작품은 보통 초기, 중기, 후기의 세 시기로 구분된다. 1865년부터 1882년 사이의 초기 작품들은, 유럽 문화와 미국 문화의 갈등을 다룬 '국제 주제'를 가장 큰 특징으로 꼽을 수 있다. 『로더릭 허드슨』을 비롯해 『아메리칸』, 『데이지 밀러』, 『여인의 초상』이 바로 이 시기의 작품이다. 『여인의 초상』을 발표한 이후 십여 년 동안은 제임스의 작품 활동에서 중기에 해당한다. 이 시기의 제임스는 지금까지 관심을 쏟아 온 국제 주제에서 탈피해 자연주의 소설을 시도한다. 『보스턴 사람들』, 『카사마시마 공주』가 이 시기 작품에 속한다. 1890년 『비극의 뮤즈』를 발표한 다음 일곱 편의 희곡을 썼고, 그중 두 편은 실제로 상연되었다. 그러나 극화하여 무대에 올린 「아메리칸」의 반응이 좋지 않았던 데다, 심지어 1895년 「가이 돔빌」의 공연마저 실패하자 더는 희곡을 쓰지 않았다.

　1900년에서 1차 세계 대전 사이에 발표한 작품들은 제임스 문학의 후기에 속한다. 1901년에 출간한 『성자의 샘』에 이어 나온 세 편의 후기작, 『비둘기 날개』, 『대사들』, 『황금 주발』은 주제 면에서, 제임스가 초기 소설에서 다룬 국제 주제를 심화했을 뿐만 아니라, 현대적 서술 기법을 도입하며 원숙하고 풍부한 솜씨로 등장인물의 심리를 묘사한다. 독자는 보통 한 인물의 눈을 통해서 사건을 보지만, 이 인물의 인식은 개인적 질투, 오해, 자기기만으로 얼룩지기도 한다. 제임스는 이러한 관점을 채택함으로써 인물들의 심리에 대한 독특한 통찰을 제공하는 한편, 때로는 객관적 진실과 허구의 구분을 흐리기도 한다. 클리프턴 패디멀의 말대로 "여기 겉으로만 보아서는 알 수 없는 섬세한 작가가 있다. 그의 복잡함은 끝이 없다. 표면 아래에는 아직 발굴되지 않은 풍요로운 광맥이 숨어 있다. 그는 누구도 쉽게 정복할 수 없는 작가다."

이 책에 번역, 수록한 「진짜」(1892), 「짝퉁」(1899), 「밀림의 야수」(1903), 「밝은 모퉁이 집」(1909)은 헨리 제임스의 대표작들로, 현실과 예술의 관계, 국제 주제, 뒤늦은 깨달음이라는 제임스의 중요한 주제들을 다루고 있다. 1891년 2월 22일에 쓴 일기에서 헨리 제임스는 「진짜(The Real Thing)」를 쓰게 된 동기를 다음과 같이 밝히고 있다. "조르주 뒤 모리에가 프리스의 소개로 온 어떤 신사 숙녀의 이야기를 해 주었다. 이 이야기를 듣자 1만 7000자나 1만 자 사이의 짧은 이야기를 쓰기에 알맞은 주제라는 생각이 들었다. 뒤 모리에를 찾아온 사람들은 나이 든 한 쌍의 남녀로, 퇴역 장교였던 남자는 다른 일로 돈을 벌려 했으나 뜻대로 안 되자 모델 일을 하려고 했다. 멍청하게 살아가는 이 기묘한 상황이 내게는 전형성을 띤 뭔가로 보였고, 또한 충격적이기도 했다. 일생 내내 고정 수입으로 옷이나 빼입고 별생각 없이 클럽과 저택을 드나들며 살다가(그 계급의 많은 사람들이 그러하듯이) 밥벌이 기술이나 재주가 없으므로 아무 일도 못 하게 되자 스스로를 멋지게 잘 다듬어진 깨끗한 동물로 제시해야 하는 상황……. 이것은 찬란한 작은 보석 같은 이야기로 생생하게 살아날 것이다……. 주인공은 그들을 계속 모델로 쓴다면 큰 일거리를 놓치게 되리라는 사실을 예측하고 그들에게 그만두라고, 다시 냉혹한 세상에 나가라고 얘기할 수밖에 없다. 등장인물을 사오십 대로 설정하면 더욱 감동적일 것이다."

그러나 「진짜」의 진정한 주제는 모나크 부부가 아니라 화자인 화가의 의식, 즉 예술과 현실의 관계라고 할 수 있다. 잡지의 삽화가인 화자는 유형화된 인물을 그리면서도 관념적으로는, 친구와의 논쟁에서 보이듯이, '유형'을 거부한다. 자신의 예술론과 작품 사이에서 커다란 괴리를 느끼던 그에게 모나크 부부는 유형을 넘어서서 현실을 사실적으로, 개성 있는 인물을 표현할 수 있는 기회를 제공해 주리라 여겨진다. 마침 그들 부부는 현재 자신이 삽화를 그리는, 사교계의 로맨스를 소재로 한 소설에 등장하는 부부 한 쌍과 일치한다. 따라서 유형화된 인물이 아닌, 사실적인 인물을 그릴 수 있으리라는 기대를 품게 된다. 그러나 직접 그들을 모델 삼아서 그리기 시작하자 모나크 부인은 마치 카메라 앞에 있는 것처럼 꼼짝도 하지 않는다. 그리고 그가 아무리 애써도 화폭 위의 부인은 키가 너무 큰 여자일 뿐이다. 모나크 대령의 경우에는 더 끔찍해서, 어떻게 그리든 거인이 되어 버린다. 당황한 화자는 결국 모나크 부부가 모델로 부적합하다는 결론을 내린다. 그러나 여기에 감추어진 더 중요한 의미는 화가로서 화자가 겪는 좌절과 실패 속에 있다. 그는 모나크 부부를 모델로, 상투적 유형화를 벗어나서 예술가적 상상력을 발휘해 독창적 작품을 창조하려 하지만 끝내 성공하지 못한다. 첨 양이나 오론테를 모델로 삼아 유형화된 인물을 그릴 수밖에 없는 자신의 한계에 부딪힌 것이다.

이러한 화자의 당혹스러움으로 인해 촉발된 현실과 예술의 문제는, 헨리 제임스에게도 가장 중요한 문제였다. 「소설의 기술」에서 제임스는 "경험이란 결코 제한적일 수 없으며 또한 완전하지도 않다. 그것은 무한한 감수성을 말하는데, 즉 의식의 방에 있는 미세한 비단실로 엮인 일종의 거대한 거미집처럼, 공기 중에 있는 모든 것을 조직 속으로 흡수한다." 요컨대 문학의 '사실성'은 현실의 충실한 묘사에 의해서가 아니라, 현실 세계에 대한 능동적이고 창조적인 인식을 통해 가능하다는 것이 제임스의 주장이다. 그러므로 「진짜」의 화자에게 부족한 것은 바로 이러한 능동성과 창조성이다.

　「짝퉁(Paste)」의 표면적 이야기는 진주 목걸이가 과연 짝퉁인가 진짜인가 하는 문제지만, 심층적으로는 샬럿 프라임을 둘러싼 외양과 현실의 차이를 탐색한다. 이 작품의 출발점은 제임스의 친구이기도 한 기 드 모파상이 쓴 「목걸이」다. 「목걸이」의 줄거리는 여자 주인공이 다이아몬드 목걸이를 빌린 뒤 분실하는 바람에 큰 빚을 지게 되고, 무려 십 년 동안 고생한 끝에 마침내 빚을 다 갚고 나서야 다이아몬드 목걸이가 실상 가짜임을 알게 되는 이야기다. 제임스는 모파상의 플롯을 빌려 오지만 그와 반대로 짝퉁이 진짜로 밝혀지는 반전을 다룬다. 제임스는 이러한 반전 가운데 나타나는 인물들의 반응을 통해서 그들이 얼마나 외양에 갇혀 있고, 정작 현실에는 다가가지 못하는지 보여 준다. 특히 이 이야기는 인물을 직접 판단하지 않고 그들의 생각과 사건만을 묘사하는 삼인칭 화자의 관점에서 제시되는데, 그런 까닭에 인물들의 한계가 좀 더 효과적으로 드러난다.

　진주 목걸이와 관련해서 아서 프라임에게 중요한 것은,

우선 자신 또는 가문의 명예다. 아서는 새어머니의 유품인 진주 목걸이를 샬럿에게 주면서 5파운드도 안 되는 싸구려 짝퉁임을 강조한다. 배우 시절의 선물일 수도 있지 않겠느냐는 샬럿의 추측에 대해선 모욕감마저 느낀다. 당시 여자 배우들은 도덕적으로 해이하다고 여겨졌을 뿐만 아니라, 성(性)을 제공하는 대가로 후원자에게 선물 세례를 받는 경우가 많았기 때문이다. 그는 이 목걸이를 짝퉁으로 규정짓고, 더 이상 관심을 갖지 않으려 한다. 하지만 명예를 지키려는 그의 의지는 목걸이가 진짜로 밝혀지면서 이득을 취할 수 있는 상황에 이르자 욕심 앞에 맥없이 무너져 버린다. 명예 못지않게 이득이 중요한 아서에게 새어머니의 인간적 감정은 전혀 관심의 대상이 아니다.

이런 아서에 비해 샬럿은 숙모에 대해 공감적 상상력을 보인다. 그녀가 보기에 숙모는 후원자의 선물을 노리는 상투적 유형의 배우가 아니라, 그 목걸이에 담긴 추억을 소중하게 간직하는 여성이다. 그러나 이 같은 공감은 좀 더 깊이 있는 탐색으로 이어지지 않는다. 그녀에게 가장 중요한 문제는 스스로 도덕적인 인물인가의 여부다. 그녀 역시 목걸이를 돌려주기 전에 아서가 받으려 들지 않는 모습을 상상해 보기도 하고, 목걸이를 몰래 옷 아래에 착용해 봄으로써 목걸이를 소유하고 싶은 욕망을 드러낸다. 그러나 도덕적인 샬럿은 끝내 아서에게 목걸이를 돌려준다. 제임스는 샬럿의 이런 행동을 도덕적 승리로 묘사하지 않는다. 그녀는 현실을 꿰뚫어 보는 현명한 인물로 성장하지 못하고, 그저 스스로를 도덕의 틀에 욱여넣는 데 그치고 만다.

제임스가 독자에게 주는 '선물'은, 작중 인물 그 누구도 깨닫지 못한 채 끝나는 프라임 부인의 애틋한 열정이다. 샬럿은 그 목걸이에 대해서 "아무도 호기심을 갖거나 찾아내지 못하도록 유품 상자 속 모조품과 섞어 놓은 것"에 주목하지만 곧 자신의 도덕성에 집중해 버린다. 그러나 독자는 프라임 부인의 깊은 열정에 대해서 공감하고 상상하는 가운데, 이 열정의 현실에 한 걸음 더 다가간다.

초기 작품인 『아메리칸』 이후, '국제 주제'는 제임스의 작품 세계를 규정하는 가장 중요한 주제다. 「밝은 모퉁이 집(The Jolly Corner)」은 다시 국제 주제를 다루지만 더욱 원숙해진 제임스의 통찰이 녹아 있다. 제임스는 미국을 떠나 유럽에서 지냈고 결국 영국에 귀화했지만 그에게 미국은 영원히 풀어내야 할 화두였다. 「밝은 모퉁이 집」의 핵심적 고민은 주인공 혹은 제임스가 미국에 있었으면 어떻게 되었을까 하는 것이다. 초기 작품들에서 한층 나아가며, 제임스는 주인공 혹은 자신의 내면에 잠재된 미국적 자아에 대해 섬세하고 풍부한 통찰력을 보여 준다.

주인공 브라이든은 삼십삼 년을 유럽에서 보낸 뒤 고향인 뉴욕으로 돌아온다. 그는 미국의 팽창적 에너지를 끔찍해하면서도 동시에 이끌린다. 특히 경제적 활기에 매료되고, 자신에게 사업 수완이 있을지 모른다는 사실을 즐겁게 받아들인다. 그는 이에 머물지 않고, 자신이 만약 유럽으로 가지 않고 계속 미국에 있었으면 어떻게 되었을까 하는 호기심에 강박적으로 사로잡힌다. 이러한 브라이든의 관심은 개인적 탐색인 동시에 미국 문화에 대한 탐색이기도 하다. 자신의 자아 중 억눌린 부분이 지닌 문화적 의미, 즉 자아 속에 숨겨진 미국성에 대한 탐색인 것이다.

이러한 탐색은 '밝은 모퉁이 집'에서 이루어진다. 이 집은 그의 어린 시절의 추억을 그대로 간직하고 있다. 그러나 자신의 근원으로 돌아갔을 때 브라이든이 발견하는 것은 어린 시절의 분열되지 않은 자아라기보다 자기 내면에 억압되어 있는 또 하나의 자아, 즉 미국적 자아다. 그는 이 낯선 자아를 유령-타자에게 투사해 외면화한 뒤, 이 타자에 빠져든다.("그는 내가 아녜요. 그는 전혀 다른 사람이라는 말예요. 하지만 그를 보고 싶어요." (……) "그리고 볼 수 있어요. 아니 보게 될 거예요.") 자신의 분신인 유령을 만나는 사건이 이 작품의 축을 이루고 있으며, 브라이든과 유령의 대면은 클라이맥스를 이룬다. 이때 브라이든은 유령에게서 자기가 원하는 의미, 미국을 저버린 선택을 정당화해 줄 근거를 찾는다. 자신의 분신인 이 유령에게 두 개의 손가락이 없는 까닭은 "마몬을 경배하는" 호황기의 미국이 요구하는 희생을 보여 주며, 눈이 먼 이유는 폭력적이고 공격적으로 이윤을 추구하는 도덕적 맹목성과 무능을 상징한다. 그런데 브라이든의 딜레마는 자신의 일부인 미국적 자아를 부인할 수도, 그렇다고 수용할 수도 없다는 점이다. 그는 이 딜레마를, 즉 미국적 자아를 유령인 타자에게 모두 투사한 뒤 그 타자를 거부하는 것으로 해결한다. 유령과 만났을 때 기절하고 마는 것은, 그가 미국적 자아를 자기 일부로서 통합할 수 없음을 의미한다.

　　브라이든은 기절함으로써 미국적 자아를 통합하는 데 실패하지만 그의 내면에는 여전히 이를 자신의 일부로 받아들이고자 하는 욕망이 남아 있다. 그가 앨리스의 품에서 깨어나는 순간은, 곧 유럽 문화와 미국적 자아를 통합하려 하는 스스로의 소원이 성취되는 장면이다. 앨리스에게 유령은 '두려운 존재'가 아니다. 그녀는 유령을 인정할 뿐만 아니라 '동정'하기까지 한다. 브라이든은 앨리스의 품에서 깨어남으로써 그녀를 통해 간접적으로 자기 내면에 자리한 미국적 자아를 받아들일 수 있게 된다. 그는 앨리스를, 앨리스는 유령을 받아들임으로써 결국 그가 유령을 수용하게 되는 것이다. 브라이든은 자아의 일부인 미국적 자아를 정면으로 대면하고 통합하는 대신, 그 부담을 앨리스에게 넘긴다. 앨리스와의 사랑으로 브라이든은 미국적 자아를 거부하는 동시에 수용할 수 있으니 말이다. 이 작품의 결말은 모순의 해결 없이, 모순적 존재가 그대로 받아들여진다는 점에서 진정한 합일이라기보다 형식적 통합에 그친다.

'국제 주제'와 더불어 제임스의 문학에서 빈번히 다루어진 주제 중 하나는, 등장인물들이 삶의 의미를 뒤늦게 깨닫는 상황이다. 제임스의 인물들은 종종 고정된 자아에 집착한 나머지 주변 세계를 특정한 관점에서 인식함으로써 삶을 낭비하고 결국 나중에야 깨달음을 얻는다. 「밀림의 야수(The Beast in the Jungle)」는 이런 뒤늦은 깨달음을 다룬 대표적 작품으로, 주인공 마처를 통해 낭비된 삶에 대한 자각이 극적으로 표출된다. 이 작품은 주인공이 자신의 정신적 강박 관념과 상상력이 빚어낸 야수에게 급습당하는 순간 클라이맥스이자 결말을 맞는다.

마처는 '밀림의 야수'의 급습과 같은 예기치 못한 사건이 자기 삶에 들이닥치리라는 강박에 시달린다. 즉, 자신이 특별한 운명을 겪으리라는 견고한 생각에 압도되어 있다. 여자 주인공인 메이는 이러한 그의 운명이 어떤 모습으로 전개될지 함께 지켜보기로 약속하고, 그러는 가운데 예언자적 통찰력을 얻는다. 그녀는 그의 가면 그리고 그가 사람들과 맺는 관계의 공허함을 꿰뚫어 보며, 시간의 흐름 속에서 변하지 않는 그의 모습을 지켜본다. 메이는 가까운 척하는 것보다 진정으로 친밀한 관계를 바라지만, 그는 초대를 주고받는 런던 사람들에게 본심을 감출 뿐만 아니라 메이에게조차 친밀한 시늉만을 한다. 그를 진심으로 사랑하게 된 그녀는, 그가 결코 진실을 알지 못하리라는 확신에 이른다. 한편 마처가 메이의 병에 대해 관심을 갖는 까닭은, 그녀 자체에 대한 애정이라기보다 그녀가 자신의 운명을 같이 목격하지 못하리라는 두려움 때문이다. 그는 여전히 메이가 암시하는 방향으로 생각을 바꾸지 못한 채 고착된 가정에 사로잡혀 있다. 그에게 메이는 자신의 강박 관념을 함께 지켜볼 시선, 즉 이기적 목적을 위한 수단일 뿐이다.

그 중요한 4월의 어느 날, 메이는 그에게 무엇인가를 보여 주려고 한다. 그는 그녀의 계시를 숨 가쁘게 기다리지만 그녀는 이미 너무 많이 보았다는 듯이 눈을 감고 "천천히 보일 듯 말 듯 몸을 떨" 따름이다. 이러한 그녀의 떨림과 마처의 "어쩌면 끝까지 그녀가 아무 말도 않고 죽을지 모른다"는 두려움 사이의 확연한 대조는 그의 한계를 잘 보여 준다. 그녀는 이미 야수가 뛰어오른 모습을 본 것이다. 그녀는 쓰러지면서 그에 대한 희망과 자신의 역할을 포기한다. 무슨 일이 일어날지 묻는 그에게 그녀는 "일어날 일"이라고만 대답하며, 그가 스스로 답을 찾도록 내버려 둔다. 마처와 삶을 연결시키려 했던 그녀의 시도는 결국 실패로 끝난다.

긴 방황 끝에 다시 메이의 묘지를 방문한 마처는 비통한 슬픔에 잠긴 한 남자의 표정에 충격을 받는다. 그 표정은 메이가 말하고자 했던 진정한 관계의 의미를 "불로 쓴 글씨"로 보여 준다. 즉, 마처는 스스로 만든 자아의 감옥에 갇혀 메이가 암시했던 사랑을 거부하며 인생을 낭비했음을 뒤늦게 깨닫는다. 마처는 그다지도 두려워했던 '밀림의 야수'가 바깥에서 그를 기다린 것이 아니라, 감옥에 갇힌 자아의 밀림 속에 잠복해 있었음을 발견한다. 제임스는 이러한 절망적 각성을 마처에게 면죄부를 주거나 죽은 메이가 위안의 말을 건네는 방식으로 처리하지 않는다. 마처는 자기 운명의 의미를 절감하고, 야수는 예정대로 그를 덮친다. 밀림의 야수는 황폐한 자아에 대한 충격적 인식, 그것이었다.

작가 연보

1843년 4월 15일 메리 월시와 헨리 제임스 시니 어의 4남 1녀 중 둘째 아들로 출생한다. 형은 훗날 유명 철학자가 된 윌리엄 제임 스로, 곧 파리와 런던 등으로 가족 여행 을 떠난다.

1845~1860년 미국 올버니와 뉴욕에서 유년을 보내고, 1855~1860년에는 다시 가족과 유럽으 로 여행을 떠난다. 그동안 가정 교사와 공부를 하거나 잠깐씩 유럽의 학교를 다 닌다. 귀국한 뒤 가족은 로드아일랜드주 뉴포트에 정착한다.

1861년 뉴포트에서 소방수로 지원해 활동하던 중 화재를 진압하다 허리를 다친다. 이 부상으로 남북 전쟁에 참전하지 못한다.

1862~1864년 하버드 대학교 법과 대학에 진학하지만 흥미를 느끼지 못하고 중퇴, 1864년에

가족이 보스턴으로 이주한다. 익명으로 첫 단편 「실수의 비극」과 비평을 잡지에 발표하고, 윌리엄 딘 하월스가 《애틀랜틱 먼슬리》의 편집장이 되어 그와 친분을 쌓는다.

1869~1870년 유럽 여행. 여행 중 사촌 미니 템플의 사망 소식을 듣는다.

1871년 『파수꾼』을 《애틀랜틱 먼슬리》에 연재한다.

1875~1876년 《애틀랜틱 먼슬리》에 『로더릭 허드슨』 연재, 이듬해 책으로 출간한다. 신문사 특파원으로 파리에 거주하면서 플로베르, 졸라, 모파상, 도데, 투르게네프 등과 교제한다. 특파원을 그만두고 런던으로 이주한다.

1877년 『아메리칸』 출간.

1878년 《콘힐 매거진》에 『데이지 밀러』를 발표한 뒤 미국과 유럽에서 호평을 받는다.(이듬해 책으로 출간.)『유럽인들』출간.

1879년 평전 『호손』 발표.

1880년 『워싱턴 스퀘어』 출간.

1881년 『여인의 초상』 출간.

1881~1882년 어머니가 돌아가시고, 프랑스 여행 중 아버지의 임종을 보기 위해 귀국하지만 결국 임종을 지키지 못한다.

1886년 『보스턴 사람들』과 『카사마시마 공주』

출간.

1887년 　이탈리아 여행.

1888년 　『반사경』과 『애스펀의 편지』 발표.

1890년 　『비극의 뮤즈』의 발표와 함께 극작에 관심을 기울이고, 1895년까지 '극작 시기'를 이어 간다.

1891년 　『아메리칸』을 각색하여 런던 무대에 올리고 비교적 호평을 받는다.

1895년 　『가이 돔빌』을 런던 무대에 올리지만 첫 공연이 끝난 뒤 관객들의 야유를 듣고 충격을 받아 극작을 그만둔다. 이후 극작 기법을 소설에 적용하려고 노력한다.

1897년 　『포인턴의 전리품』, 『메이지가 알았던 것』 발표.

1898~1899년 　『나사의 회전』과 『사춘기』 출간.

1902~1905년 　『비둘기의 날개』, 『대사들』, 『황금 주발』을 연이어 출간. 약 이십 년 만에 미국으로 돌아와서 여행과 강연을 한다. 그 경험을 토대로 1907년에 『미국 기행』을 출간한다.

1907~1909년 　스물네 권으로 된 뉴욕판 전집인 「헨리 제임스 전집」을 출간한다. 일부 작품을 개고하고 각 작품에 서문을 붙인다.

1913~1914년 　자서전의 첫 번째 두 권인 『어린 소년과 다른 사람들』, 『아들이자 동생의 비망록』을 출간한다.

| 1916년 | 영국 국왕 조지 5세로부터 명예 훈장을 받은 뒤 2월 28일 일흔세 살의 나이로 별세한다. 미국 매사추세츠주 케임브리지의 가족 묘지에 안장된다. |
| 1917년 | 자서전의 세 번째 권이자 미완의 유작인 『중년』이 출간된다. |

옮긴이
조애리

서울대학교 영문학과를 졸업하고 같은 학교 대학원에서 석사, 박사 학위를 받았다. 현재 카이스트(KAIST) 인문사회과학부 교수로 재직 중이다. 옮긴 책으로는 헨리 데이비드 소로의 『달빛 속을 걷다』, 『시민 불복종』, 샬럿 브론테의 『제인 에어』, 『빌레뜨』, 헨리 제임스의 『밀림의 야수』, 마크 트웨인의 『왕자와 거지』, 레이 브래드버리의 『민들레 와인』, 제인 오스틴의 『설득』 등 다수가 있으며, 저서로는 『성·역사·소설』, 『역사 속의 영미 소설』, 『19세기 영미 소설과 젠더』가 있다.

밀림의 야수

1판 1쇄 찍음 2024년 4월 26일
1판 1쇄 펴냄 2024년 5월 3일

지은이 헨리 제임스
옮긴이 조애리
발행인 박근섭, 박상준
펴낸곳 (주)민음사

출판등록 1966. 5. 19. 제16-490호
서울시 강남구 도산대로 1길 62(신사동)
강남출판문화센터 5층 06027
대표전화 02-515-2000 팩시밀리 02-515-2007
www.minumsa.com

© 조애리, 2024. Printed in Seoul, Korea

ISBN 978 89 374 3832 5 04800
ISBN 978 89 374 2900 2 (세트)

* 잘못 만들어진 책은 구입처에서 교환해 드립니다.